Du même auteur :

La quadrature du Cercle. 2007

Jean-Luc MOUTON

Le masque d'Anubis

Roman

Edition de la Balance des 2 Terres

L'éternité c'est long…, surtout vers la fin

Un mauvais rêve

Meritamon s'agitait dans son sommeil. Elle rêvait qu'Anubis, le dieu psychopompe la poursuivait de ses assiduités à travers la nécropole de Thèbes. Elle courait aussi vite que ses sandales et sa tunique de lin à demi transparente le lui permettaient. Elle avait les poumons en feu et son cœur faisait des bonds dans sa poitrine. Malgré tout, elle n'arrivait pas à distancer le chacal solaire. Bien au contraire, elle le sentait se rapprocher de plus en plus. Elle commençait même à sentir son souffle chaud sur sa nuque.

Une main noire comme la nuit se posa soudain sur son épaule. Elle hurla de terreur. Une deuxième main tout aussi sombre prit son autre bras dans un terrible étau et la stoppa net. Anubis la força alors à faire demi-tour pour la contempler en face. Au moment où elle aperçut sa face canine, toute la scène se dissipa en fumée et elle se réveilla.

– Ce n'était qu'un cauchemar, dit-elle tout haut pour se rassurer. Anubis ne s'en prend jamais au vivant, il a bien assez à faire avec les morts !

Elle ouvrit les yeux.

Elle ne vit rien.

Sa chambre, d'habitude éclairée par le clair de lune ou par la lueur des torches des patrouilles, était totalement obscure. Elle ne distinguait absolument rien dans le noir intégral où elle était plongée.

Elle essaya de se relever pour chercher à tâtons sa lampe à huile et sa pierre à briquet, mais n'y parvint absolument pas. Elle ne pouvait bouger ni les bras ni les jambes. Seule sa tête semblait libre de tout mouvement. Ses membres, eux, étaient collés à son corps et refusaient tout office.

Elle tenta de se contorsionner pour se débarrasser des liens invisibles qui la ligotaient, mais sans succès. Elle restait aussi immobile qu'une momie dans son sarcophage.

La panique montait lentement mais sûrement.

– Pourquoi suis-je attaché ? Qui m'a attaché ? Où suis-je ?

Les questions s'enchaînaient sans réponse. Elle avait beau fouiller dans ses souvenirs, elle ne se rappelait de rien. Dans sa tête aussi, il y avait un grand trou noir.

Hier soir, elle servait comme à l'accoutumée les habitués de la maison de bière où elle travaillait depuis qu'elle était toute petite.

Au début elle se contentait de nettoyer la salle après la fermeture, elle était passée au rang de serveuse puis de danseuse. Elle avait perdu sa virginité avec un client dans la petite pièce réservée à cet effet au fond de la cour intérieure. C'était peu après son quatorzième anniversaire qu'elle était devenue une femme.

Aujourd'hui, elle avait vingt-deux ou vingt-trois ans, elle ne savait pas vraiment, elle n'avait jamais été douée pour les chiffres, et travaillait toujours dans le même établissement. Le patron, Amibhotep, était exigeant et un peu radin. Il était toujours de mauvaise humeur au réveil et tout son personnel et même sa propre épouse évitait de le croiser avant que Rê ne soit haut dans le ciel. Il passait ensuite à la dégustation de la bière du jour et le blond breuvage adoucissait son caractère jusqu'à ce qu'il s'effondre, raide comme la justice aux dernières heures de la nuit.

Elle ne se rappelait pas si hier soir, elle avait assisté à sa sortie. Elle ne se rappelait absolument pas du déroulement de la soirée, ni des clients qu'elle avait servis, ni des danses qu'elle avait exécutées.

Sistres ou tambourins ? La question incongrue la hanta de longues minutes. La crise de panique finit par s'estomper pour laisser place à une sourde angoisse. Où était-elle ? Qui l'avait emmené ici et pourquoi ? Ces trois questions tournaient en boucle dans son esprit. Elle ne se connaissait pas d'ennemis, elle ne possédait aucune richesse. Étant orpheline, aucune famille n'accepterait de payer une rançon pour sa délivrance. Elle avait beau y réfléchir à s'en faire chauffer les neurones, elle ne comprenait pas.

– À moins que…, à moins que je ne sois morte ? S'exclama-t-elle tout haut. Je suis dans le Nout, la non-existence. J'attends de comparaître devant le tribunal d'Osiris. Mon âme Bâ va être posée sur la balance. Maât sera déjà présente dans l'autre plateau. Malheur à mon Kâ si l'équilibre ne se fait pas. La grande dévoreuse va m'avaler pour l'éternité.

– À moins qu'elle ne m'ait déjà englouti ! Je suis dans le ventre de la dévoreuse, je suis maudite.

Meritamon se mit à sangloter dans l'obscurité. Un long fragment d'éternité passa lentement. Elle nageait à la limite de la folie, ne sachant plus si cette obscurité et les liens qui l'enserraient étaient réels ou pas. Soudain, un petit détail titilla son œil droit et la tira de son état de prostration.

Les ténèbres n'étaient plus aussi épaisses. Elle commençait à apercevoir des ombres dans la nuit. En tournant la tête vers la droite, elle commença à distinguer une faible lueur dans le lointain. Un point lumineux minuscule loin, très loin, quelque part sur sa droite. Le point grossit et grandit lentement. L'obscurité de l'endroit où elle était retenue reculait peu à peu chassée par la lumière. La lumière se balançait doucement. Cela ne faisait plus aucun doute, quelqu'un ou quelque chose approchait.

Sa première pensée fut qu'on venait la libérer. Un fol espoir la submergea et elle se mit à crier.

– Au secours, au secours, pour l'amour d'Isis venez me secourir ! Je suis ici, je vous en supplie, venez m'aider.

Mais elle ne reçut aucune réponse en retour et bien vite elle comprit : C'était son ravisseur qui avançait vers elle.

La lumière s'était encore agrandie et elle pouvait en distinguer la source. Une torche portée par une silhouette aux contours informes.

– Un démon, c'est un démon qui approche ! Je suis vraiment morte. Il va m'emporter dans le non-lieu. Mon nom va être effacé à tout jamais !

La chiche lumière émise par la torche fit sortir de l'ombre le décor de sa prison. Elle se trouvait dans une caverne manifestement creusée par l'homme. Les parois rectilignes étaient décorées de motifs variés. Sur le mur en face d'elle étaient dessinées les scènes de la vie d'un certain Happou, grand scribe du nome du Lièvre, intendant royal des silos de pharaon. Tout autour de lui, ses serviteurs s'affairaient dans les champs et dans les ateliers. Happou, lui, était représenté dans la posture traditionnelle des scribes. Accroupi, un papyrus déroulé sur ses genoux, il tenait son calame à la main. Plus loin on le voyait chasser le canard sauvage dans une forêt de jonc. Encore plus loin, on le voyait jouer au jeu du serpent avec son épouse.

Elle comprit où elle se trouvait : Dans une tombe en cour de construction quelque part dans la belle vallée. Elle n'était donc pas morte, du moins pas encore.

Son ravisseur se rapprochait de plus en plus. Il cheminait lentement dans une galerie étroite qui ne semblait avoir de fin. Elle commençait à distinguer son visage. Un sentiment de malaise l'emplit. Elle avait l'impression que ce visage n'était pas humain. Le nez était bien trop long.

L'apparition baissa un instant sa torche. Sa tête se retrouva en pleine lumière. Elle hurla.

– Non je ne suis pas morte !

Elle venait de reconnaître le visage canin d'Anubis. Sa truffe noire tout au bout de son long museau. Ses oreilles en pointe jaillissaient vers le ciel de son épaisse chevelure d'un noir de jais aussi sombre que la nuit. Le maître des nécropoles en personne venait la chercher.

Son divin visiteur déboucha enfin dans la grande salle où elle était retenue et s'approcha d'elle. Meritamon comprit sa méprise. Ce n'était pas Anubis, mais son masque rituel. Celui que portait le maître des secrets, le prêtre supérieur chargé de superviser les rites de momification. Elle baissa les yeux sur sa couche et reconnut la grande table de pierre sur laquelle les embaumeurs disposaient le corps des défunts pour les préparer à leur dernier voyage.

Son ravisseur se pencha vers elle et lui dit d'une voix assourdie par le masque :

— Je vois que tu es réveillé ma belle enfant.

— Laissez-moi partir mon frère, je vous en supplie. Je ferais tout ce que vous voudrez, mais de grâce, rendez-moi la liberté. Je chanterais pour vous, je danserais pour vous, je vous ferais cadeau de mon corps si vous le désirez.

— Tu vas effectivement m'offrir ton corps, mais certainement pas comme tu te l'imagines.

Il partit alors d'un rire effrayant, un rire de dément qui résonnait lugubrement contre les parois de la tombe d'Hapou.

Meritamon sut qu'elle était perdue et se remit à pleurer tout en continuant à supplier l'homme qui se cachait sous le masque d'Anubis.

— Tu perds ton temps si tu crois que tes larmes vont m'attendrir ou que tes prières seront exaucées. D'ailleurs, je t'ai assez entendue.

Il sortit un bâillon de sa tunique et le posa sur la bouche de la jeune fille. Il lui redressa la tête sans ménagement en l'empoignant par les cheveux. Meritamon hurla une dernière fois. Le malfaisant lui enfonça le bâillon dans la bouche, la réduisant au silence. Il en noua les deux extrémités d'une seule main et laissa retomber la tête de sa victime. Son crâne produisit un son mat en heurtant la surface de la table de pierre. Elle grimaça de douleur et manqua s'étouffer en tentant de parler. Le bâillon avait un goût atroce qui lui soulevait le cœur. Elle sentait monter en elle une furieuse envie de vomir. Elle retint comme elle pu les hauts le cœur qui l'agitaient. Son estomac se calma enfin, mais pas sa peur.

Pendant ce temps, Anubis la contemplait, les bras croisés sur sa poitrine. Il se tenait immobile telle une statue et Meritamon ne percevait même pas sa respiration. Il l'observa ainsi sans prononcer une seule parole pendant de longues minutes d'angoisse.

Elle put ainsi l'observer tout à loisir. L'homme était vêtu d'une robe sacerdotale en lin teinte en noir. Une écharpe rouge décorée de hiéroglyphes divins retombait des deux côtés de son cou. Sous la robe, elle apercevait une paire de jambes musclées et poilues. Aux pieds, son agresseur portait une simple paire de sandales en cuir avachi.

Son visage était entièrement recouvert par un masque de cérémonie à l'effigie d'Anubis. Il portait en plus une lourde perruque d'apparat qui masquait complètement ses vrais cheveux.

Soudain il leva les bras au ciel et s'agenouilla dans le même mouvement. Il commença à psalmodier une étrange prière dont la pauvre Meritamon ne captait que des bribes.

– Oui seigneur Osiris, je t'entends dans ma tête. Ton verbe pur jaillit de ma bouche.

– Oh seigneur Amon, ta rectitude m'envahit ! Je ne suis qu'un instrument entre tes mains.

– Oui seigneur Anubis, tu habites mon corps et mon Kâ. C'est ta volonté qui anime mes pas. C'est ta science qui guide ma main dans la tâche sacrée que m'ont confié les dieux.

– Oh seigneur Rê ! Astre rayonnant, vainqueur de la nuit et d'Apopis, c'est ton courage qui gonfle mes veines et réchauffe mon sang.

Il continua ainsi pendant un interminable quart d'heure à rendre grâce à tous les Dieux de l'Égypte. Ceux de l'ennéade d'Héliopolis, ceux de Memphis et de Thèbes jusqu'aux dieux des Nubiens et même ceux des Libyens.

Enfin, il se releva à nouveau et se tourna vers sa victime toujours ficelée et bâillonnée.

Le masque d'Anubis

– Les dieux m'ont confié une mission sacrée. Celle de te préparer à comparaître devant leur tribunal. Tu ne le sais pas, mais tu es déjà morte. Je vais apprêter ton corps tel que me le commande le seigneur Anubis qui parle par ma bouche.

Il saisit alors un objet qu'il tenait caché sous les pans de sa tunique et le porta vers le ciel. La lame métallique accrocha la lueur de la torche et envoya un éclair dans l'œil de Meritamon. Elle reconnut une herminette[1] de cérémonie. Un petit couteau à lame courbe utilisé par le prêtre pur procédant à l'ouverture rituelle de la bouche d'un décédé. La dernière étape pour le défunt avant que sa momie ne soit couchée dans son sarcophage pour l'éternité.

Anubis approcha la lame du visage de Meritamon qui prit une expression encore plus terrifiée qu'auparavant.

– Osiris parle par ma bouche, tu dois être préparé pendant quarante jours et quarante nuits. Ne crains rien, c'est la volonté des dieux.

Il se redressa et posa la lame sur la tunique de la jeune fille livide.

– Je vais commencer par t'ouvrir le flanc à l'aide de la pierre sacrée d'Éthiopie pour en extraire ton foie, tes intestins, ton estomac et tes poumons. Je les laverais consciencieusement avec du vin de palme. Ensuite, je mettrai ton corps dans un bain de natron pour que ta peau conserve son teint de pêche comme m'en a fait la demande mon seigneur et maître, Osiris. Pour terminer, je remettrai tes organes en place. Je t'emmailloterai dans le lin le plus fin en y insérant les amulettes et les scarabées rituels. Ensuite j'aspirerai la pourriture qui t'emplit le crâne et je t'emmènerai comparaître devant le tribunal d'Osiris.

Meritamon écouta son ravisseur sans parvenir à croire à son discours. Ce n'était pas possible, il n'allait pas la momifier vivante. Pas elle, elle était trop jeune pour ça ! Elle n'était pas morte ! Pas morte. Elle essayait de lui dire tout ça

---

[1] Outil tranchant doté d'une fine lame recourbée se trouvant dans un plan perpendiculaire au manche et principalement utilisé pour façonner le bois.

mais le bâillon transformait ses suppliques en vagues râles sans signification.

Son agresseur se dirigea alors vers le tunnel de sortie et s'éloigna lentement, laissant l'obscurité se refermer à nouveau sur elle.

Enquête

Amset se réveilla avec la migraine. La soirée d'hier soir avait encore été agitée. Pour les besoins d'une enquête, il avait du suivre un suspect dans tout Thèbes, entrant à sa suite dans un nombre incalculable de maisons de bière. Pour ne pas se faire repérer, il avait été contraint de consommer lui aussi. Même s'il avait bu avec modération, se débrouillant toujours pour faire durer sa coupe le plus longtemps possible, l'alcool de la boisson fermenté avait fini par lui monter à la têtc. Quand le quidam qu'il suivait avait enfin réussi à retrouver le chemin de sa maison, Amset n'était plus vraiment frais. Il était rentré rapidement à la caserne des Medjaï[2] et s'était couché tout habillé sur sa natte. Il dormait avant d'avoir touché le sol.

---

[2] On admet généralement que les Medjaïs (Med-jai, Medjay, Medju, ou encore Mazoi) étaient originaires de la partie orientale du désert nubien. Leur terre devait se situer à proximité de la deuxième grande cascade du Nil. Plusieurs textes anciens égyptiens font référence à ce peuple et le situent dans cette zone géographique dès 2300 avant J.C.

Le masque d'Anubis

Amset était le fils d'un Nubien à la musculature discrète. Loin d'être bâti comme les mais de son père enrôlés dans les armées de Pharaon à cause de leur physique de poids lourd, il se comparait plutôt à une liane. Il était grand et mince. Son corps ne semblait pas contenir la moindre trace de graisse. Son teint n'avait pas la sombre couleur anthracite des habitants de Koush[3]. Sa mère, originaire du Delta, lui avait transmis un peu de sa pâleur. Sa peau avait la couleur du pain d'épice. Ses cheveux tiraient étrangement sur le roux et se dressaient fièrement vers le ciel sans le moindre signe de frisure. Son visage, bien que fortement halé, avait les traits fins et réguliers des habitants du *Double Pays*. Seule sa bouche aux lèvres pulpeuses trahissait ses origines Koushites.

Il faisait partie du corps de Medjaï depuis bientôt dix ans. Cette police du désert avait été créée à l'origine pour protéger les mines de Turquoises et d'Or du grand désert oriental. Mais bien vite, on lui avait confié toutes les tâches de maintien de l'ordre dans l'ensemble du pays de Kêmi[4].

Amset était lieutenant des Medjaï et chef de cohorte. À ce titre, il dépendait directement du vizir du sud. Il enquêtait principalement sur les vols et trafics divers perpétués dans la capitale et aux alentours. Sa juridiction théorique s'étendait sur plusieurs nomes, mais en pratique, il ne quittait que rarement Thèbes. La ville était le centre de l'empire depuis que le pharaon Amosis avait chassé le vil ennemi Hyksos de sa tanière d'Avaris.

Thèbes avait pris depuis un essor extraordinaire. En tant que lieu de résidence du dieu dynastique Amon-Rê la ville

---

[3] Le royaume de Koush est l'appellation que les égyptiens antiques donnèrent au royaume qui s'établit au sud de leur pays dès l'Ancien Empire égyptien. Ce royaume eut une longévité peu commune et trouve ses origines dans les cultures néolithiques qui se développèrent dans le couloir nilotique du Soudan actuel et de la Nubie égyptienne.

[4] Les Égyptiens de l'Antiquité donnaient parfois à leur pays le nom de Kemet ou Kêmi (*km.t* en translittération). Les égyptologues traduisent généralement ce mot par « la terre noire », en référence à la bande de terre rendue fertile par le limon noir déposé par la crue annuelle du Nil, artère vitale de la civilisation de l'Égypte antique

était devenue l'Héliopolis du Sud, toute consacrée au culte du dieu dynastique, étroitement associé à l'idéologie royale. Son territoire devient également le siège de la nécropole royale, avec le creusement dans la montagne thébaine de dizaines d'hypogées royaux.

Sur la rive est se dressaient les maisons des vivants, de part et d'autre des voies processionnelles qui reliaient les enceintes de Karnak et le temple de Louxor, voies qu'empruntaient les barques sacrées d'Amon, de Mout et de Khonsou lors de la fête d'Opet. Sur la rive ouest, la rive des morts, s'étaient établis les demeures d'éternité des pharaons, et leurs Châteaux des Millions d'années, qu'Amon venait visiter chaque année, lors de la Belle fête de la vallée.

La capitale spirituelle de l'Égypte semblait attirer comme un aimant les malfaiteurs du monde entier. Amset passait ses journées à lutter contre les bandits libyens qui parvenaient à s'infiltrer jusque dans la ville, contre les trafiquants asiatiques qui venaient distribuer leurs marchandise de contrebande en provenance du Liban jusqu'à la cinquième cataracte.

Il était aussi chargé de résoudre les affaires de meurtre ou d'enlèvement et bien sûr les pillages de tombe. Ce fléau était en passe de devenir un sport national. La belle vallée avait beau être surveillée nuit et jour par une nombreuse troupe, il ne se passait pas un mois sans qu'une tombe ne soit visitée.

Amset réussit finalement à se lever. Il se dirigea vers le coin-cuisine de son petit appartement de fonction. Il prit un oignon cru dans un panier et entreprit de l'avaler. Soignant le mal par le mal, il accompagna son petit déjeuner d'une louche de bière qu'il puisa dans la grande jarre où le précieux liquide fermentait. Une fois rassasiée et son mal de tête calmé, il se dirigea vers la sortie de la caserne. Saluant le vigile qui en gardait l'entrée à toute heure de la journée, il partit d'un bon pas vers le palais du grand vizir du Sud.

Le planton à l'entrée le reconnut et lui ouvrit la lourde porte d'acacia qui en défendait l'accès. En passant sous le grand portique, il admira comme à chaque fois les bas reliefs polychromes qui le décoraient. Pharaon sur son char, tenait d'une main une massue de combat et de l'autre les rênes de son attelage. Il massacrait sans pitié de vils Asiatiques dont les corps s'entassaient sous ses roues.

Il remonta ensuite une petite allée ornée de sphinx à tête de bélier représentant Khnoum, le seigneur du Nil, le maitre de l'eau fraiche et des cataractes le potier céleste. Il contempla en passant la statue du Démiurge qui modela l'œuf de la création dans le mystère de la naissance divine et donna sa forme à l'enfant-roi avec le limon du Nil sur son tour de potier, pour lui donner la vie et façonner son Ka.

Arrivé devant l'entrée principale, il bifurqua vers la droite. Comme à son habitude, il coupa à travers le jardin, cueillant une mangue au passage. Parvenu à l'arrière du bâtiment il y pénétra par l'entrée des cuisines. Il salua Ptahotep, le responsable des fourneaux qui lui offrit un morceau de canard, vestige du banquet de la veille. Amset le mangea sur le pouce et s'essuya distraitement les mains sur son vieux pagne taché.

Il parvint finalement jusqu'au bureau du premier scribe après avoir suivi un véritable labyrinthe de couloirs et de salles hypostyles.

Il frappa à la porte et entra sans attendre la réponse.

L'occupant des lieux leva à peine les yeux du papyrus qu'il était en train d'examiner.

– Bonjour Amset, toujours aussi ponctuel ! Dit-il tout en continuant sa lecture. Prends un siège et fais-moi ton rapport.

Le Medjaï entreprit de raconter par le menu sa filature largement alcoolisée de la veille à son supérieur qui semblait l'écouter d'une oreille distraite. Mais en fait, Imhotep enregistrait chaque détail du rapport et aurait pu le réciter sans se tromper lorsque son subordonné eut fini de parler.

Le masque d'Anubis

Imhotep était le gardien de la loi de Haute Égypte. Nommé par Pharaon sur les conseils du grand prêtre d'Amon, il était tout à la fois juge suprême et chef de la police.

Ses cheveux grisonnants qu'il portait coupé court pour pouvoir enfiler sa perruque d'apparat avaient tendance à déserter son front plissé par de nombreuses rides.

Il se leva de son siège en prenant appui des deux mains sur les accoudoirs représentant des têtes de lion sculptées. Il entreprit de faire les cent pas dans son bureau tout en continuant d'écouter son subalterne.

Ce dernier ne put s'empêcher de s'apitoyer en remarquant qu'Imhotep avait l'air encore plus voûté que d'habitude. Sa démarche hésitante en disait long sur les tourments que ses rhumatismes lui faisaient subir. Mais quand il se retourna et vrilla son regard de bronze, d'une rare intensité, dans ses yeux, Amset eut honte de ses pensées. Le vieil homme devant lui débordait d'énergie. Son intelligence et ses capacités de travail sublimaient son apparence physique.

– En gros tu as perdu ton temps et dépensé inutilement l'or de pharaon, s'exclama-t-il soudain.

– J'en ai bien peur, vénéré maître, répondit le policier en se recoiffant machinalement d'un revers de main.

– Ce n'est pas plus mal, j'ai une nouvelle mission à te confier.

– Je vous écoute.

– Depuis quelque temps, on nous signale des disparitions suspectes un peu partout dans le nome. À chaque fois, il s'agit de jeunes et jolies femmes.

– Sans doute finissent-elles dans des maisons de bière ou s'enfuient-elles avec un amant.

– C'est ce que j'ai pensé au début, mais dans ces cas là, on finit toujours par retrouver leurs traces. Mais là rien ! Elles semblent s'être littéralement volatilisées, comme si Seth lui-même les avait emportées.

Au nom de la redoutable divinité, Amset ne put s'empêcher de porter la main à l'amulette qui pendait à son cou. On n'était jamais assez prudent avec le frère d'Osiris. Prononcer son nom à la légère pouvait vous coûter très cher.

— De plus, il m'a semblé à la lecture des rapports qu'il y avait quelques similitudes dans leur disparition. Elles ont toutes disparu le soir venu. Elles étaient toutes extrêmement belles.

— C'est un peu maigre ! Ne put s'empêcher de dire le Medjaï, coupant son supérieur.

— L'intuition ! Quelque chose me dit que toutes ces disparitions sont liées. Voici la liste des disparues et les rapports de police. Lis tout ça, réfléchis-y bien et tu verras que tu seras du même avis que moi. Aussi sûr que la voie de Maât est le chemin de la rectitude. Allez ! Vas maintenant, j'ai une journée chargée qui m'attend.

Le vieil homme se rassit et replongea le nez dans ces papyrus après avoir fait glisser vers Amset un rouleau de cuir contenant les fameux rapports. Le policier s'en saisit et quitta le bureau en saluant son chef. Il n'obtint qu'un grognement pour tout au revoir. Le rouleau sous le bras, il rejoignit son propre bureau, une loge au confort spartiate et sans fenêtre située au sous-sol du palais.

La liste était singulièrement longue même pour une ville telle que Thèbes. Il dénombra une vingtaine de noms sur le premier papyrus qu'il consulta. Il parcourut rapidement les différents rapports de police et acquit lui aussi la certitude qu'il y avait un lien entre toutes ses disparitions.

Il décida de reprendre l'enquête à zéro, mais plutôt que de commencer par le haut de la liste, il s'intéressa à la dernière victime. La disparition avait été signalée trois jours plus tôt. Il s'agissait d'une certaine Meritamon, serveuse dans la demeure des délices de Bès, une maison de Bière située près du port dans le quartier des entrepôts. Bien qu'il se ressente encore des abus d'alcool de la veille, il partit courageusement à la recherche de l'établissement.

Le supplice de Meritamon

La pauvre Meritamon oscillait depuis un temps infini entre le désespoir et la rage. Chaque minute semblait durer des heures dans l'obscurité totale où elle était plongée depuis le départ de son ravisseur. Chaque petit bruit lui faisait craindre son retour. Chaque période de silence, uniquement troublée par le bruit de sa respiration et les battements de son cœur, la plongeait dans un semi-coma. Elle basculait sans cesse entre le sommeil et la torpeur, tentant de se persuader qu'elle allait s'en tirer ou qu'elle allait enfin se réveiller et quitter cet affreux cauchemar.

Mais le réveil ne venait jamais.

La soif et la faim commençaient à la tourmenter. L'envie d'uriner aussi. Quand sa vessie lui envoya les premiers signaux d'alarme, elle les réprima vigoureusement. Mais son organe devenait de plus en plus douloureux et l'envie toujours plus pressante. Elle finit par s'y abandonner dans son sommeil. Le jet de liquide chaud entre ses cuisses la réveilla en sursaut. Elle pâlit dans l'ombre. La honte la submergea un instant avant qu'elle ne se rappelle dans quelle situation elle se trouvait. Le liquide ambré coula le long de ses jambes en suivant la surface légèrement en pente de la table de momification et s'écoula au sol par l'orifice creusé à cet effet à l'une de ses extrémités. Ne resta plus sur elle que la sensation de chaleur qui s'estompa peu à peu pour laisser la place à la morsure du froid.

Le tombeau, du moins si cela en était vraiment un, était glacial et humide. Il devait se trouver loin sous la surface de la Terre pour que la chaleur du désert ne parvienne pas jusqu'à elle.

— Je suis enterrée vivante ! cria-t-elle soudain. Le bâillon qu'elle avait oublié lui fit ravaler son cri avec un hoquet. De nouveau, les hauts le cœur lui retournèrent l'estomac. Elle ravala à grand-peine un jet de bile qui lui escaladait l'œsophage. Vomir avec ce bouchon dans la bouche entraînerait une mort certaine. Elle avait vu trop d'ivrognes manquant d'être asphyxiés par leurs renvois pour finir comme ça.

Les idées les plus saugrenues s'entrechoquaient dans sa tête. Peu à peu elle se sentait glisser vers la folie. Son estomac vide lui faisait souffrir le martyr. Sa gorge sèche lui réclamait de l'eau en vain. Elle n'arrivait même plus à déglutir.

Soudain les ténèbres s'entre-déchirèrent. Sans qu'elle s'en rende immédiatement compte, elle commença à distinguer des ombres parmi les ombres. Elle dirigea machinalement son regard vers la direction où avait disparu son ravisseur. Elle distingua, comme la première fois, une vague lueur dans le lointain.

— Isis aidez-moi ! Nephtys ais pitié de moi ! Selkhet je t'en conjure viens à mon secours.

— Oh Sekhmet, viens à moi et détruis l'homme malfaisant qui s'avance vers moi.

Mais ses prières restèrent vaines et la lueur grossissait de plus en plus, jusqu'à ce que de nouveau Anubis se tint à ses côtés.

Le masque d'Anubis

– Je vois que tu t'es laissée aller maudite femelle. Tu as osé souiller de tes excréments la table sacrée ! Hurla-t-il en apercevant les traces d'urine qui maculaient la pierre.

– Espèce de chienne lubrique, de chatte de harem ! Maudit sois-tu pécheresse !

Meritamon voulut s'expliquer, mais ne parvint qu'à produire quelques borborygmes dénués de sens.

– Tais-toi femelle, je ne veux pas t'entendre !

La pauvre captive se le tint pour dit et lui fit son regard le plus langoureux pour tenter de l'amadouer.

– Ne me regarde pas comme ça ! Tes rites de séduction ne fonctionnent pas sur moi. Je suis Anubis, le paraschiste[5] divin, ne l'oublie pas.

Meritamon n'en continuait pas moins à le fixer du regard. Son ravisseur passa alors l'extrémité de sa torche dans un anneau scellé au mur. Le morceau de bois embrassé descendit jusqu'à la moitié de sa hauteur et s'immobilisa, éclairant la scène de sa lumière tremblotante.

– Tu l'auras voulu catin ! Cria Anubis en se penchant vers elle. Il enfonça ses deux index dans les orbites de sa prisonnière pour en extraire ses globes oculaires qu'il laissa pendre négligemment sur la poitrine de sa victime.

La douleur fut atroce, comme si on lui enfonçait des charbons ardents dans les yeux. Sa vue se troubla lorsque les deux doigts de son bourreau repoussèrent ses yeux vers l'intérieur de ses orbites. La vision qu'elle avait du tombeau et de son ravisseur se mua en geyser de lumière. Elle hurla comme une folle malgré le bâillon enfoncé dans sa gorge.

Anubis sortit alors son herminette de sous sa tunique de cérémonie. Il prit l'œil droit de Meritamon dans sa paume et le tira vers lui. Le nerf optique se tendit accentuant encore la douleur de la pauvre fille. D'un geste précis, il le coupa net à l'aide de sa lame de bronze. Il répéta l'opération avec l'autre globe oculaire.

---

[5] Embaumeur de cadavres spécialisé dans l'extraction des viscères.

Meritamon plongea dans la nuit et dans un océan de souffrance. Elle entendit nettement le bruit humide que firent ses deux yeux quand ils éclatèrent contre la paroi de la tombe où Anubis venait de les jeter violemment.

– Je t'avais pourtant prévenu de ne pas me regarder comme ça lui murmura-t-il à l'oreille. Je vais maintenant te retirer ton bâillon, mais si tu cris, je te coupe aussi la langue. C'est compris !

– Hum hum, parvint à murmurer son otage terrorisée et percluse de douleurs.

Il lui souleva la tête sans ménagement et défit le nœud du linge. Il retira alors la boule de tissu qui lui obstruait la bouche depuis si longtemps. Meritamon eut un hoquet et ne put s'empêcher de râler. Anubis, vif comme l'éclair empoigna sa langue à pleine main et tira dessus comme un forcené. De l'autre main, il entreprit de la découper à l'aide de son herminette. Meritamon tenta en vain de rentrer sa langue à l'abri dans sa bouche. Elle crut y parvenir enfin mais ne ravala qu'un misérable moignon. Le sang se mit à jaillir à flots, emplissant complètement sa bouche, manquant de l'étrangler. Muette et aveugle, Sa bouche et ses yeux absents en proie à une douleur atroce, elle perdit enfin connaissance.

Cabaret

Amset sortit du palais du vizir pensif. La chaleur de ce mois de Djehuty lui sauta à la figure à peine eut-il quitté l'ombre protectrice de la grande salle hypostyle qui servait de hall d'accueil. Il leva la tête vers le ciel sans nuage. La luminosité extrême de la mi-journée lui fit plisser les yeux. Il se demanda si c'était vraiment une bonne idée d'aller se promener dans Thèbes à l'heure où l'ensemble de la population, le Grand Prêtre d'Amon y compris, faisait la sieste dans l'ombre bienfaitrice des maisons.

– Le devoir avant tout, dit-il tout haut en prenant la direction du port.

Seul un chien famélique leva la tête en entendant ces mots. Il contempla le policier quelques secondes puis vaincu par la chaleur, il reposa sa tête de chacal dans l'abri de ses deux pattes avant et reprit le cours de sa sieste.

Amset suivit pendant quelques minutes l'avenue principale de Thèbes. La voie, large et bien aplanie, menait de la porte de l'occident jusqu'au palais du vizir. Il bifurqua bientôt dans une petite ruelle qui serpentait entre les maisons aux hauts murs en direction du Nil. Une ombre providentielle protégeait la venelle et la chaleur se fit moins intense.

La ruelle se faisait de plus en plus tortueuse. Amset passait sans s'arrêter devant des ateliers de potiers déserts et des fabriques de bière tout aussi vides. Il déboucha enfin sur la berge du fleuve et ne put s'empêcher de s'arrêter pour le contempler.

Le Nil, le poumon du double pays coulait paresseusement devant lui. L'eau verte, chargée du limon, était presque à son niveau le plus haut. La crue était bonne cette année et le spectre de la famine ne viendrait pas hanter le royaume de Pharaon.

Sur l'autre rive, distante de cinq cents coudées[6], Amset apercevait les temples de millions d'années des prédécesseurs de Pharaon. En tournant la tête vers l'amont, il distingua la muraille du temple de Karnak, la demeure terrestre d'Amon le caché, recouverte d'échafaudages, signe de travaux de rénovations ou d'agrandissements comme en faisait chaque nouveau souverain en montant sur le trône d'Horus.

Amset remonta la rive à contresens du courant. De nombreuses embarcations étaient amarrées sur les quais. Leurs marchandises à moitié déchargées ou à moitié embarquées suivant qu'elles venaient du Sud ou repartaient vers le Delta. L'agitation était souvent intense, mais la trêve de midi était ici aussi respectée et on ne voyait âme qui vive. Un chat noir sauta soudain du recoin de fenêtre sur lequel il scrutait les environs et monta en trombe à bord d'une grosse embarcation décorée de l'œil de Râ sur son flanc. Sans doute avait-il repéré quelques rats en train de fouiller la cargaison. Apparemment des grains d'épeautres, constata Amset qui ne put s'empêcher de jeter un œil aux grands paniers de jonc qui encombraient le pont.

---

[6] la « coudée royale ancienne » attestée depuis la IVe dynastie mesurait environ 52,4 cm ; la « coudée royale nouvelle » (ou souvent « coudée royale » tout court) attestée depuis la XIIe dynastie mesurait environ 52,9 cm.

Le masque d'Anubis

Il continua ainsi quelque temps sa promenade entre les entrepôts et les nombreux bateaux à quai. Il finit par déboucher sur une placette décorée de tamaris et d'une des nombreuses statues de Pharaon qui encombraient toute la ville. Entre un entrepôt fermé et une petite échoppe d'accastillage se tenait la maison de bière qu'il recherchait. Une inscription en caractères hiératiques[7] hésitants lui indiqua le nom de l'établissement, pompeusement baptisé « les délices de Bès ». Il poussa la porte d'entrée et pénétra dans une salle obscure. Une dizaine de tables gisaient entassées dans un coin de la pièce, sans doute pour libérer le sol de pierres disjointes afin de le laver. Sur l'autre mur se tenait un échafaudage instable formé de chaises et de bancs aux couleurs passées. Au fond de la salle, sagement alignées contre le mur, se tenaient quatre immenses jarres à bière. Juste à côté, un petit meuble bancal en bois noueux d'acacia abritait une collection hétéroclite de coupes de métal et de bols en poterie.

– Y'a quelqu'un ? Demanda Amset à tout hasard, bien que sa vision, maintenant adaptée à la pénombre, lui permettait de s'apercevoir que la salle était complètement déserte.

N'obtenant aucune réponse, il renouvela sa question en haussant le ton tout en se dirigeant vers une petite porte basse située près des jarres. Il atteint l'ouverture et frappa de son poing sur le battant en posant pour la troisième fois la même question.

Il perçut le son d'une étoffe qui se froisse en provenance de l'autre pièce, suivit d'un bruit de pas hésitant qui se rapprochait de l'ouverture. Un déclic et un judas de bois s'ouvrit à hauteur de regard. Il se pencha vers l'ouverture et contempla le visage ridé et bouffi d'une femme qui venait manifestement de se réveiller.

– C'est fermé ! Revenez ce soir ! Lui dit la harpie avant de lui refermer sèchement le judas au nez.

---

[7] Dans l'Égypte antique, l'écriture hiératique permettait aux scribes d'écrire rapidement en simplifiant les hiéroglyphes et était utilisée dans l'administration.

– Police ! Ouvrez ! Répondit Amset. Je suis ici sur ordre de Pharaon ! Craignez son courroux si vous ne m'ouvrez pas immédiatement.

La réplique du policier eut l'effet désiré et la porte s'ouvrit lentement vers l'intérieur de la pièce.

– Ça va, entrez, ce n'est pas la peine de hurler, lui dit la femme qui tenait le battant. Qu'est ce que vous voulez ?

– Vous parler de Meritamon, fit Amset en entrant dans ce qui ressemblait à une cuisine des plus mal tenue.

– Cette petite oie qui nous a laissé tomber la semaine dernière ?

– Nous pensons qu'on l'a plutôt enlevé.

– Enlever cette écervelée ? Qui pourrait avoir une idée aussi saugrenue ?

– C'est ce que j'essaye de déterminer madame… ?

– Dame Touy, l'épouse du maître des lieux, Amibhotep.

– Qui est présentement… ?

– En train de ronfler dans la cave bien sûr ! Lui répondit la tenancière en levant les yeux au ciel.

– Je n'ai pas une vie facile, vous savez ! Rajouta-t-elle en soupirant fortement, ce qui eut pour effet de faire trembler son corsage à la façon d'un flan.

La mégère, qui devait bien avoir une cinquantaine d'années, était vêtue à la dernière mode de Thèbes. Son corps gras et flasque était paré d'une robe de lin semi-transparente qui laissait vulgairement apercevoir ses appâts périmés. Elle triturait nerveusement sa perruque en essayant sans succès de la remettre d'aplomb.

– Vous vous appelez comment, beau militaire ?

– Mon nom est Amset, lieutenant Amset, mais parlez-moi un peu de Meritamon.

– Elle était chez nous depuis très longtemps. Ses parents, des paysans de la vallée, l'ont placée en apprentissage alors qu'elle venait d'avoir dix ans. On a toujours été gentil avec elle, c'était un peu comme notre fille, vous voyez !

— Vous n'en rajoutez pas un peu ? questionna Amset incrédule.

— Je le jure sur la tête de Bès !

— Pourquoi la traitiez-vous d'écervelée il n'y a pas cinq minutes alors ?

La réplique du fonctionnaire laissa la matrone muette. Elle piqua un fard et s'enferra dans son histoire de mère adoptive bonne comme le pain.

— Arrêtez vos salades ou je vous coffre, s'emporta Amset, lassé des racontars de la rombière. Je veux la vérité, rien que la vérité. Je ne suis pas venu pour vous juger, je suis là pour Meritamon uniquement !

— Mais.

— Suffit ! Quand l'avez-vous vue pour la dernière fois ?

— Le dernier jour de la décade précédente.

— À quelle heure et dans quelles circonstances ?

— En fin de service, vers la septième heure de la nuit. Elle est partie accompagner un client.

— Ça lui arrivait souvent ?

— Bien sûr, ça fait partie du métier.

— Elle vendait ses charmes en indépendante ou sous votre coupe ?

— On partageait les gains, c'est l'usage !

— Le client avec lequel elle est partie, vous le connaissiez ?

— Il me semble qu'il venait de temps en temps, mais on reçoit tellement de monde ici.

— Vous pouvez me le décrire ?

— J'en serai bien incapable, on ne distingue pas bien les gens d'ici.

— Qui sert en salle ?

— Mon époux, Amibhotep, et nos deux autres serveuses.

— Où sont-elles ?

— Elles doivent faire la sieste chez elles. Elles reviendront ce soir à la nuit tombée.

– Bien, montrez-moi le chemin de la cave, j'ai quelques questions à poser à votre mari.

– C'est vous qui décidez, mais ce n'est pas une très bonne idée de le réveiller pendant sa sieste. Il a le réveil difficile, si vous voyez ce que je veux dire ! Lui répondit la tenancière en le précédant vers le fond de la cuisine.

Elle ouvrit une petite porte basse dévoilant un escalier s'enfonçant dans le ventre obscur de Thèbes.

– Attention à la tête, c'est bas de plafonds !

L'avertissement arriva trop tard, Amset qui s'était baissé pour passer le seuil de la porte venait de se cogner le crâne en se relevant trop rapidement. Il poussa un juron et entreprit de descendre les marches courbé en deux. Il descendit ainsi une dizaine de degrés pour déboucher dans un minuscule couloir où deux personnes n'auraient pas pu se croiser. Le conduit, creusé dans la terre, était étayé de loin en loin par des poutres vermoulues semblant dater de la construction des pyramides.

Sa guide le précédait en ondulant langoureusement de la croupe. La vision de cet arrière-train digne d'une jument se cognant aux murs dans un simulacre de danse lascive fit naître un fin sourire sur les lèvres du policier.

– Décidément, j'aurais tout vu dans ce boulot ! Pensa-t-il en progressant dans l'obscur boyau.

Ils arrivèrent finalement devant une nouvelle porte, fermée. La charmeuse l'ouvrit sans bruit et tenta de s'effacer pour laisser la place à Amset. Ce dernier fut obligé de se mettre en biais pour pénétrer dans le local. L'exiguïté du couloir additionné à la corpulence de son hôte fit qu'il fut obligé de se frotter contre la rombière pour entrer dans la pièce. Il sentit ses deux seins flasques s'écraser contre sa poitrine. Tentant de la repousser, il en empoigna un à pleine main, ce qui fit gémir sa propriétaire.

– Chut grand fou, tu vas réveiller mon mari ! Lui murmura-t-elle à l'oreille. Quand tu en auras fini avec ce sac à bière, viens me rejoindre dans ma chambre, c'est à l'étage.

Le masque d'Anubis

Sans lui laisser le temps de répondre à sa proposition, elle s'enfuit, plus prestement que sa corpulence le laissait présager, vers l'escalier tout au bout du couloir.

Amset détourna la tête et tenta d'apercevoir quelque chose dans la pénombre qui régnait dans la cave. L'obscurité n'y était pas complète. Il distinguait le contour d'un soupirail au raz du plafond, apparemment obstrué par une planche. Sa vision s'habitua progressivement au manque de lumière. La cave était entièrement tapissée d'étagères grossières qui ployaient sous les jarres de vin de palme et les flacons d'hydromel. Sur le sol en terre battue, était couché sur le dos un homme corpulent dont la poitrine se soulevait régulièrement, signe d'un profond sommeil. Amset l'enjamba et enleva la planche servant de volet. Le soleil de la mi-journée entra à flots par l'ouverture et l'aveugla à moitié. Il détourna son regard vers le tenancier toujours endormi. Il se baissa et le secoua sans ménagement en lui criant :

– Police du vizir ! Réveillez-vous !

Amibhotep se réveilla en sursaut. Se voyant agressé, il empoigna Amset par les poignets et le tira vers le sol. Le policier, surpris et en plein déséquilibre, s'étala de tout son long sur le cabaretier. Ce dernier entreprit de se retourner et projeta Amset sur sa gauche. Il lui sauta alors dessus et entreprit de l'étrangler.

– Maudit voleur, gredin, boit-sans-soif, tu comptais vider ma cave ! Crève charogne ! Suppôt de Seth ! Résidu d'Apopis !

Amset tentait en vain de s'expliquer, mais les deux mains d'Amibhotep lui écrasaient le larynx et l'empêchaient de s'exprimer. Il commençait à étouffer sous la poigne du commerçant et décida d'agir d'abord et de parler ensuite. Il banda ses muscles et s'arc-bouta soudainement. La pression sur sa trachée se relâcha un peu. D'un mouvement félin du bassin, il dressa ses jambes à la verticale et les enroula autour du cou de son agresseur. Il les abaissa ensuite violemment vers le sol, entraînant dans le mouvement Amibhotep qui lâcha prise et alla heurter violemment le sol de la tête. Amset aussitôt libéré bondit sur ses pieds et posa sa sandale sur la gorge du gros homme qui se débattait sous son pied comme un ver blanc obèse.

— Police, arrête de bouger où tu finiras la journée dans les geôles du vizir !

Amibhotep finit par s'exécuter et resta allongé immobile sur le sol. Le policier retira alors sa chaussure de la trachée du tenancier.

— Relève-toi doucement maintenant. Au moindre froncement de sourcil, je t'assomme, lui annonça-t-il en empoignant la petite massue qu'il portait dans son pagne.

Le tavernier se releva lentement sans quitter du regard l'arme d'Amset. Ce dernier s'en servait pour battre la mesure sur la paume de sa main gauche de façon fort dissuasive.

— Qui me dit que vous êtes bien de la police finit-il par demander en se frottant l'arrière du crâne ?

— Tu sais lire ?

— Un peu.

— Alors regarde ce qui est écrit sur ce papyrus, lui dit le fonctionnaire en lui tendant un morceau de parchemin qu'il venait d'extraire de la bourse en cuir qu'il portait autour du cou.

Amibhotep examina le document d'un air suspicieux. La seule chose qu'il parvint à reconnaître était le cartouche de Pharaon. Il rendit le papyrus à son propriétaire en marmonnant une réponse indistincte.

— Bien, maintenant que les présentations sont faites, tu vas répondre à mes questions.

Amibhotep tiqua un peu. Il essayait de deviner sur laquelle de ses combines frauduleuses le fonctionnaire enquêtait.

— Quand as-tu vu pour la dernière fois Meritamon ?

Au nom de sa serveuse, il poussa un soupir de soulagement qui n'échappa pas à Amset.

— Cette garce n'est pas venue travailler depuis au moins une décade. Quand elle se décidera à reparaître devant moi, ça va être sa fête.

— Quand l'as-tu vu pour la dernière fois ?

— Le samedi soir !

— Précise !

— Elle est partie avec un client vers la sixième heure de la nuit. Elle n'est jamais revenue.

— Cela lui était déjà arrivé ?

— De partir avec un client ? Rigola le tenancier. Ça lui arrivait plusieurs fois par soirée.

— De ne pas revenir après, espèce d'abruti sans cervelle.

— Seulement si c'était l'heure de la fermeture.

— Dans ces cas-là, elle vous prévenait ?

— Oui, oui, elle me faisait un signe avant de partir.

— Et ce soir-là, elle vous a fait un signe ? S'enquit Amset en revenant au vouvoiement.

— Pas que je me rappelle.

— Le client avec lequel elle est partit, vous pouvez me le décrire.

— Il faisait sombre et c'était déjà tard, je ne me rappelle plus très bien.

— Faites un effort par Amon !

— Il était assez grand et plutôt mince.

— C'est vague comme description, concentrez-vous un peu plus. Comment était-il habillé ?

— Il portait un grand manteau noir avec une capuche. Ça m'a paru bizarre comme tenue avec la chaleur qu'il fait en ce moment.

— Vous avez vu son visage ?

— Pas distinctement, mais quand il est sorti de la taverne, sa capuche a glissé et j'ai vu son crâne.

— De quelle couleur étaient ses cheveux ? Ils étaient longs ou courts ? Il portait une perruque ?

— Non, non, il était complètement rasé.

— Autre chose ? Ses chaussures ? Son pagne ?

— Non, je ne me rappelle de rien d'autre.

— Vous lui avez servi à boire pendant la soirée ?

— Non, c'est Meritamon qui s'en est occupée. Il était dans son coin de salle. Chaque serveuse a un espace attitré et s'occupe de tout : servir, débarrasser, danser et charmer.

— Les autres filles ont vu quelque chose de louche ce soir-là ?

— Je ne crois pas, vous n'aurez qu'à leur demander, elles ne vont pas tarder à rappliquer ces deux traînées.

— Bien, je vais vous laisser cuver votre bière à l'ombre ! Si vous vous souvenez d'un détail, le plus infime soit-il, prévenez-moi immédiatement.

— Je n'y manquerai pas. À qui dois-je m'adresser au cas où ? Demanda d'une voix mielleuse le commerçant toujours allongé par terre.

— Demandez le lieutenant Amset à la caserne des Medjaï.

Sur ces dernières paroles, le policier fit demi-tour et entreprit de remonter à l'air libre. La femme du cabaretier surveillait sans en avoir l'air l'escalier de la cave depuis sa cuisine. Lorsqu'Amset poussa la porte, elle se précipita sur lui.

— Vous ne l'avez pas tué j'espère, espèce de grande brute ? Lui demanda-t-elle avec un grand sourire tout en se collant sous son nez.

— Ne vous inquiétez pas, il continue sa sieste comme si de rien n'était. A quelle heure arrivent vos deux autres serveuses ?

— Elles ne vont plus tarder ces deux oies sans cervelles. Asseyez-vous dans la salle, je vais vous servir une bière pour vous faire patienter.

— Apportez-moi plutôt une coupe d'eau fraîche si vous en avez, lui répondit Amset en l'esquivant adroitement. Il passa le seuil de la cuisine et alla s'attabler.

La mégère lui apporta son eau avec célérité et tenta de réengager la conversation en lui faisant un grand sourire aguicheur. Mais le policier n'était pas d'humeur à badiner. Son regard noir la dissuada d'ouvrir la bouche. Elle déposa la coupe devant lui et se réfugia dans sa cuisine.

Amset réfléchissait. Il analysait ce que venez de lui dire les deux tenanciers de ce tripot. Il ramassa un tesson de poterie qui traînait par terre et entreprit d'y inscrire ce qu'il savait sur le suspect.

Il était de grande taille, avait le crâne rasé et était vêtu d'un lourd manteau.

C'était un peu maigre comme description. Bien sûr, les hommes de grande taille n'étaient pas majoritaires à Thèbes, mais comment repérer un homme chauve. La moitié de la population masculine de la ville se rasait la tête pour porter une perruque ou pour des raisons sacerdotales.

Déjà il pouvait éliminer les prêtres. Bien que Thèbes en soit rempli, jamais aucun membre du clergé ne se serait aventuré dans un bouge pareil.

Les deux autres serveuses arrivèrent peu après. Elles étaient entrées dans l'établissement par la porte des fournisseurs qui donnait directement sur le Nil et surprirent Amset en pleine réflexion. La matrone les présenta au policier.

– Voici Nitis, une ancienne prêtresse de Neith, dit-elle en désignant la plus petite des deux, et la grande gigue là, c'est Hetepherès qui vient de Memphis.

Les deux serveuses, intimidées par le policier, dansaient d'un pied sur l'autre tout en regardant fixement le sol.

– Asseyez-vous mesdemoiselles, j'aurais quelques questions à vous poser.

– Ça fait longtemps qu'elles ont perdu leurs deux ailes ! Pouffa la tenancière.

– Et si vous alliez voir à la cave si votre ivrogne de mari a besoin d'aide la coupa Amset.

Le visage de la rombière vira au rouge pivoine. Elle tourna les talons et partit s'enfermer dans sa cuisine sans manquer toutefois de laisser la porte entrouverte pour pouvoir écouter la conversation.

Le détail n'échappa pas à l'œil aguerri du policier, mais il n'en fit pas la remarque.

– Allons, asseyez-vous !

Les deux serveuses allèrent prendre des chaises dans le tas contre le mur et s'installèrent aux côtés du Medjaï.

Nitis était une petite femme potelée au maquillage outrancier. Ses yeux marrons, sa bouche lippues et son teint mat trahissaient ses origines Kouchites.

Hetepherès était tout son contraire, aussi grande que la première était petite, maigre comme une trique, le visage pâle et les yeux couleur de vase.

On pouvait deviner leur profession au premier coup d'œil. Rien que leurs tenues renseignaient sur leurs mœurs faciles. Elles étaient toutes deux vêtues d'un long pagne en tissu et d'une tunique de lin quasiment transparente qui laissait tout le haut du corps dénudé. Elles ne portaient pas de perruque, trop incommode pour servir en salle, mais un nombre impressionnant de colliers, de bracelets et de bagues de pacotille.

Reprenant leurs habitudes, elles firent les yeux doux au policier et se méprenant sur ses intentions, elles le serrèrent de près. La main de Nitis se posant même par inadvertance sur le genou du Medjaï.

– Reprenez vos distances mes belles, je suis en mission officielle.

Vexée, Nitis retira sa main et fit la moue. Hetepherès se recroquevilla sur sa chaise en attendant la suite des événements.

– Vous travaillez bien ici le soir où Meritamon a disparu.

– À bon, elle a disparu ! répondit Nétis.

– Vous ne vous en êtes pas aperçus ?

– On a bien vue qu'elle était plus là, mais vous savez, les filles ici, ça va ça vient. Moi-même je ne suis là que depuis un mois lui confia-t-elle. J'ai dû quitter le temple de Neith à cause d'une cabale mais j'y retournerai bientôt.

— Et vous, vous êtes là depuis combien de temps ? Demanda Amset à la deuxième serveuse.

— Ça doit faire six mois, avant j'étais employée au jardin d'Isis, la gargote qui est un peu plus loin sur la berge.

— Vous vous souvenez de votre dernière soirée avec Meritamon ?

Aucune des deux femmes ne répondit.

— Vous aviez des problèmes avec elle ?

— C'est-à-dire…

— Dites-moi tout si vous ne voulez pas le regretter.

— Elle était plus jeune et plus jolie que nous, vous comprenez commença Hetepherès.

— Elle avait toujours droit aux meilleurs pourboires et aux plus riches clients, renchéris Netis.

— Vous en étiez jalouses alors ?

— Un peu, admit la boulotte en rougissant quelque peut.

— Est-ce que vous vous rappelez l'allure du client avec lequel elle est partie ce soir-là.

— Avec le monde qu'il y avait…

— Faites un effort. Vous ne voulez pas être suspectées de sa disparition quand même ?

— Nous ? Mais pourquoi ?

— La jalousie ?

La dernière réplique du policier fit mouche. Les deux filles s'entre-regardèrent inquiètes. Elles se voyaient déjà emmenées dans la sinistre prison du palais.

— Il faisait sombre comme d'habitude et j'avais beaucoup de travail, mais c'est moi qui l'ai accueilli lorsqu'il est arrivé. Mais il n'a pas voulu de moi et m'a envoyé paître. Il n'avait d'yeux que pour cette mijaurée, avoua Netis.

— Oui c'est bien vrai ajouta sa compagne

— À quoi ressemblait-il ?

— Il était de grande taille.

— Grand comment ?

— Je ne me rappelle plus exactement, mais il était plus grand que vous.

— Vous vous souvenez de son visage ?

— Il portait un manteau avec une capuche et il ne l'a pas retirée devant moi.

— Vous n'avez pas vu ses yeux ?

— Impossible avec la capuche et le noir qu'il fait ici le soir. Ce radin d'Amibhotep n'allume jamais plus de deux torches à la fois.

— Comment étaient ses mains ?

— Ses mains ? Répéta bêtement Netis.

— Oui ses mains, décrivez-les-moi.

— Il me semble qu'il avait les mains fines, les mains d'un scribe en fait.

— Autre chose ? Des bagues, des bracelets ?

— Oui, il avait une bague à la main gauche représentant Anubis et un tatouage aussi.

— Sur sa main ?

— Non sur son bras droit, je l'ai aperçu quand il m'a désigné du doigt Meritamon.

— C'est tout ? Un autre détail ? Un signe particulier ?

— Non, c'est tout ce que j'ai vu, je vous le jure, monsieur le policier, pleurnicha-t-elle.

— Et vous ? Dit-il en se retournant vers Hetepherès.

— Je ne lui ai même pas parlé. Je m'occupais de l'autre partie de la salle. Juste…

Elle ne termina pas sa phrase, se perdant dans ses souvenirs.

— Qu'est ce que vous alliez dire ?

— Quand il est parti avec Meritamon, sa capuche a glissé et j'ai pu voir son crâne. Il était complètement rasé. Lisse comme un œuf de caille. Je me rappelle que j'ai pensé « Meritamon a levé un prêtre, peut-être va-t-il la confesser » Ça m'a fait beaucoup rire.

— Rien d'autre ?

Les deux femmes hochèrent la tête négativement. Amset continua malgré tout à les interroger pendant quelques minutes, mais il n'apprit plus rien d'intéressant.

– Si un détail, même insignifiant, vous revenez, n'hésitez surtout pas à venir me voir à la caserne, leur dit-il en prenant congé.

– On n'y manquera pas beau brun, roucoula Netis retrouvant bien vite ses réflexes professionnels.

– Reviens nous voir quand tu veux, renchérit Nepheterès, on te fera un prix.

Il quitta la taverne sans répondre aux avances des deux traînées. Il se rendit ensuite dans le quartier des tanneurs, où la fille d'un artisan avait disparu depuis bientôt deux mois. Il se laissa guider par son odorat vers ce lieu bâti un peu à l'écart de la ville, mais proche du fleuve. Bien que n'étant pas sous les vents dominants, on sentait l'odeur pestilentielle des jarres de décantation à plusieurs centaines de coudées à la ronde.

Il déboucha enfin sur une vaste place, toute entière encombrée par un enchevêtrement de grandes jarres maçonnées. Une foule d'ouvriers s'affairait tout autour, sortant des peaux des récipients ou les plongeant dedans tout en remuant leur contenu à l'aide d'une grande perche. L'odeur acre prenait à la gorge et piquait les yeux. Amset se demandait comment on pouvait passer la journée entière dans ces lieux sans suffoquer ou y laisser sa santé.

Stoïque, il interrogea plusieurs artisans, mais le temps était passé avant lui, emportant les souvenirs et les détails de la disparition.

Personne dans la famille ou dans l'atelier ne lui donna le moindre renseignement utile, hormis le fait qu'ils ne pensaient pas à une fugue. La victime était âgée d'à peine seize ans. Elle s'entendait bien avec son père et sa mère, elle était plus ou moins fiancée avec un contremaître de la tannerie voisine et on ne lui connaissait pas d'ennemi ni d'amants cachés.

Par acquit de conscience, Amset interrogea le fiancé ainsi que les employés des différentes tanneries du secteur. Il n'y pêcha aucune information intéressante, mais repartit de là en emportant sur sa peau et son pagne, l'odeur nauséabonde des bains dans lesquels trempaient les peaux avant d'être apprêtées par les tanneurs.

Il rentra à la caserne et fila directement vers la salle d'eau. Le vigile à l'entrée ne put masquer complètement la grimace de dégoût qui lui était montée aux lèvres quand les effluves que dégageait le policier étaient venues lui irriter les papilles.

Amset déposa son pagne dans une corbeille destinée aux lingères et s'allongea de tout son long dans une baignoire d'eau froide creusée dans le sol de la salle. Il entreprit de se récurer consciencieusement avec un bloc de natron disposé là à cet effet. Une fois qu'il eut réussi à chasser les mauvaises odeurs de son corps, il sortit du bain et se laissa sécher à l'air libre

Nouvel échec

Le temps avait passé très lentement pour Meritamon. Aux portes de la folie, emprisonnée dans sa douleur, elle n'avait plus vraiment conscience du monde extérieur. Le cosmos s'était rétracté tout entier dans sa bulle de souffrance. Il y régnait les ténèbres absolues, violemment troublées de temps en temps par des flashs lumineux envoyés à son cerveau par ses nerfs optiques à vif.

Dans sa bouche pâteuse, le sang avait cessé de s'écouler de sa langue tranchée. Son moignon avait presque cicatrisé, profitant de ses nombreuses périodes d'inconscience.

Isis et Athor étaient venues lui rendre visite. Les deux déesses avaient répondu à ses prières. Elle avait senti leurs caresses sur tout son corps et les mots de réconforts qu'elles avaient glissé à son oreille résonnaient encore dans sa tête.

Un bruit de pas dans le lointain la tira brutalement de son sommeil comateux. Son tourmenteur approchait. En proie à une terreur absolue, elle tenta de briser ses liens en s'agitant en tout sens tout en hurlant à pleins poumons. Du moins, c'était son intention. Mais la terrible blessure de sa langue ne lui permit que d'émettre un coassement digne d'une grenouille du marais, dont le son eut bien du mal à franchir ses lèvres. L'effort rouvrit la plaie et le sang recommença à couler dans sa gorge. En même temps ses mouvements désordonnés de la tête firent taper l'extrémité de son nerf optique contre les parois de ses orbites vides. La douleur qui s'était un peu calmée fut atroce. Elle cessa ses efforts inutiles et s'immobilisa à nouveau.

Les bruits de pas de son ravisseur gagnaient en intensité. Preuve s'il lui en fallait, qu'il se rapprochait inexorablement. Privé de vision, elle se surprit à compter ses pas. Son esprit enfiévré lui renvoyait l'image d'un Anubis gigantesque au masque terrifiant. Son museau noir était taché du rouge vermillon de son sang et ses canines acérées lançaient des éclairs dans l'obscurité.

Les pas cessèrent enfin, remplacés aussitôt par un bruit de respiration. Le frôlement d'un objet sur du tissu la rendit folle d'angoisse. Elle revoyait encore la lame luisante de sang de l'herminette en train de lui trancher le nerf optique.

— Du calme, du calme.

La voix honnie de son ravisseur eut l'effet inverse. Meritamon oubliant la douleur se contorsionnait dans tous les sens pour lui échapper. Mais les liens ne se détendirent même pas et elle fut bientôt de nouveau contrainte à l'immobilité.

— C'est mieux. J'ai emmené de quoi soigner ta langue. Ouvre donc la bouche !
Meritamon, bien au contraire, serra sa mâchoire le plus fortement possible. Anubis eut beau forcer sur son menton, il ne parvint pas à lui ouvrir la bouche. Excédé, il lui pinça violemment le nez, obstruant ses deux narines.

– Si tu veux respirer, tu vas bien être obligé de l'ouvrir ! Murmura-t-il.

– Ouvre ta bouche ou je te fracasse la mâchoire à coup de massue, espèce de traînée ! S'emporta-t-il soudain tout en la giflant à la volée.

Meritamon ne put retenir son souffle plus longtemps. Elle desserra un tout petit peu les mâchoires pour tenter d'avaler une goulée d'air. Anubis s'en rendit compte aussitôt. Il força encore plus et sa pauvre victime se retrouva avec la bouche grande ouverte. Sans perdre un instant, il lui lâcha le nez.

La danseuse sentit soudain un liquide froid s'introduire en jet dans son gosier. Elle toussa et s'étrangla tout en tentant de refermer sa bouche toujours béante, mais son tourmenteur ne l'entendait pas de cette oreille. Elle fut obligée de boire. Au lieu de la douleur à laquelle elle s'attendait, elle reconnut le goût sucré d'un vin de palme de qualité supérieure. Elle but avidement le breuvage des dieux, mais son ravisseur s'en aperçut et cessa de faire couler le divin nectar.

– Ce n'est pas pour boire, c'est pour cicatriser ta plaie. Je n'ai pas envie que tu meures d'hémorragie avant que tu ne sois complètement prête.

Meritamon entendit distinctement le bruit que fit la gourde de cuir quand Anubis la posa au sol. Il relâcha en même temps son emprise sur sa mâchoire. Elle en profita pour tenter de faire pénétrer dans son gosier un maximum de liquide. La soif lui tenaillait le ventre depuis si longtemps.

Anubis s'affairait autour d'elle. Elle reconnut le bruit métallique d'instruments tranchants qu'il déposait sur la table de pierre où elle était entravée. Elle se mit à trembler secouée par des frissons de la terreur pure. Elle imaginait toute une panoplie de lames acérées qui l'entourait de toutes parts.

– Je vais maintenant procéder à l'ablation de tes organes internes pour les purifier.

– Nnn ! nnn !

– Parle plus fort, je ne comprends pas, rigola l'affreux personnage.

Elle sentit soudain la lame de pierre froide se posait contre son flanc. Elle se raidit et tenta d'éloigner son corps de cet objet maudit.

– Plus tu bougeras et plus tu auras mal idiote !

La lame s'enfonça d'un seul coup dans sa chair, faisant jaillir le sang et la douleur. Elle sentit ce corps étranger entrer dans son flanc et le déchirer. La lame, maniée de main experte, remonta le long de son ventre tout en le découpant et vint buter sur une de ses cotes. La sensation de froid disparut lorsque l'instrument fut retiré. La douleur n'était pas aussi intense que ça finalement.

Elle sentit la main d'Anubis pénétrer par l'ouverture sanglante et trifouiller à l'intérieur de son ventre. C'était bizarrement plus gênant que douloureux. La main entra et sortit plusieurs fois. A chaque fois, elle entendait le bruit d'un objet entrant en contact avec du liquide. Son ventre semblait s'affaisser peu à peu.

Soudain elle eut un spasme d'une violence inouïe. Un geyser de sang fusa de l'ouverture de son ventre. La douleur fut telle, qu'elle réussit à briser ses liens. Elle roula sur le côté dans un tintamarre de récipient renversé. Elle tomba de la table et heurta violemment le sol de pierre. La douleur reflua. L'obscurité se déchira. Elle aperçut un cercle de lumière qui l'attirait irrésistiblement. Au loin, elle percevait encore le son d'une voix humaine qui hurlait des insanités, mais plus rien ne pouvait l'atteindre maintenant.

Anubis jurait comme un charretier tout en écumant littéralement de rage. Il tenait encore dans sa main gauche, un bout de l'intestin grêle de Meritamon. Sa main droite, rouge de sang, se contracta et il leva un poing rageur vers le plafond. Il avait encore échoué. Se calmant peu à peu, il contempla le spectacle qui l'entourait.

D'une jarre pleine de vin de palme posée au sol s'échappaient les intestins de sa victime qui rejoignaient son corps supplicié en formant une étrange guirlande sanguinolente.

Il se baissa vers le corps de Meritamon d'où s'échappait encore un flot de sang. Il posa un petit miroir de bronze poli contre ses lèvres. Nulle buée ne vint troubler sa surface. Cette garce était bel et bien morte.

Il la prit à bras le corps et la déposa à nouveau sur la table de momification. Empoignant son couteau d'éventration, il en nettoya sommairement la lame, taillée dans une pierre d'Éthiopie, et entreprit d'agrandir l'ouverture du flanc de Meritamon.

Il écarta les chairs déchirées et remit en place tant bien que mal les organes qu'il avait enlevés précédemment.

Il recousit grossièrement la plaie avant que le cadavre ne se raidisse. Il l'emmaillota ensuite à l'aide de fines bandelettes de lin le plus rapidement possible.

Après une demi-heure de travail acharné, il se redressa pour contempler son œuvre.

Le résultat n'était vraiment pas terrible, mais de toute façon, personne ne poserait jamais les yeux sur cette étrange momie.

Il rangea ses instruments dans sa besace en cuir de chèvre et nettoya sommairement la table et le sol autour.

Il hissa ensuite, non sans mal, la momie sur son épaule et s'éloigna avec son funeste chargement vers la galerie d'accès.

Le masque d'Anubis

La momie de trop

Une décade s'était écoulée depuis le début de l'enquête d'Amset et le policier désespérait de trouver un indice lui permettant de progresser.

Il était en train de méditer à l'ombre d'un des sycomores de la cour de la caserne lorsqu'il vit Abidouhotep, un de ses subalternes accourir vers lui.

– Lieutenant, lieutenant, je vous cherche depuis des lustres. Lui dit-il tout de go.

– Et bien, vous m'avez trouvé !

– Il y a eu un incident dans une tombe de la belle vallée.

– Encore un pillage ? Lui demanda Amset en se relevant.

– Non, non, c'est beaucoup plus bizarre.

– C'est-à-dire ?

– On a trouvé une momie !

– Une momie dans une tombe ? Je ne vois pas ce qu'il y a de bizarre.

– Mais quelqu'un la déposé là cette nuit et s'est enfui !

— Calmez-vous, reprenez votre souffle et vous me raconterez depuis le début lorsque nous traverserons le Nil.

— À vos ordres lieutenant. Je vous y conduis sur le champ.

Amset emboîta le pas du soldat et tous deux se dirigèrent vers la sortie de la caserne. En passant devant le corps de garde, Amset réquisitionna trois Medjaï désœuvrés. Le petit groupe se dirigea d'un bon pas vers l'embarcadère de la police.

Après une marche rapide dans les rues de Thèbes, les deux policiers débouchèrent sur la rive du fleuve. Ils se dirigèrent rapidement vers l'embarcadère des forces de l'ordre du royaume. Une barque de roseaux tressés les attendait. Ils montèrent à bord de la frêle embarcation avec l'aide de deux marins. Ceux-ci larguèrent les amarres et se mirent à pagayer en cadence. La crue était bientôt là et le fleuve coulait plus rapidement que d'habitude. Les deux marins avaient le plus grand mal à conserver une trajectoire rectiligne vers le ponton situé sur la rive opposée.

Amset, assis en tailleur dans la position préférée des scribes demanda à son adjoint de lui faire un rapport détaillé de cette étrange histoire de momie.

— Hier soir, la patrouille de Medjaï chargé de la garde de la nécropole est allée faire une inspection-surprise de la vallée des nobles. Ils ont surpris un inconnu alors qu'il sortait d'une tombe. Ils se sont lancés à sa poursuite, mais le malfaiteur leur a échappé. La lune n'était pas encore levée et la visibilité était quasi nulle. Apparemment le quidam connaissait très bien le lieu. Quand il a aperçu la patrouille, il a jeté sa torche et s'est enfui en courant dans l'obscurité la plus totale.

— Les soldats de la patrouille l'ont vu distinctement ? Lui demanda Amset.

— Non, ils étaient trop loin pour voir son visage. D'après eux, il était grand et maigre. Les cheveux coupés très court ou rasé.

– Ça va être coton de le retrouver avec une description aussi précise ! Ensuite ?

– Le chef de patrouille a voulu entrer dans la tombe pour constater les dégâts, mais le voleur s'était donné la peine de refermer la porte et de remettre en place les sceaux magiques. Il a quand même posté une sentinelle à l'entrée au cas bien improbable où le voleur reviendrait. Ce matin, il est retourné dans la tombe avec la famille du défunt pour qu'ils puissent nous dire ce qui a disparu. Mais rien ne manquait ! Le prêtre pur qui accompagnait la famille s'est alors rendu compte que le sceau du sarcophage avait été brisé et réparé.

– Il a donc refait les sceaux de l'entrée et du sarcophage ? Plutôt inhabituel comme technique. D'habitude, les pilleurs de tombe ne s'embarrassent guère de détails pareils, non ?

– Oui, généralement ils sont très pressés et laissent la tombe ouverte, mais attendez la suite.

– J'attends !

– Excusez-moi, je reprends. La famille du défunt ne voulait pas que l'on ouvre le sarcophage. Ils craignaient pour le repos de son Bâ. Le chef de patrouille a tout de même insisté et ils ont fini par accepter.

– Le ritualiste a procédé au retrait des sceaux conformément à la doctrine d'Amon et il a retiré le couvercle. A l'intérieur du sarcophage, il y avait deux momies au lieu d'une !

– Deux momies ?

– Comme je vous le dis lieutenant, l'individu qui s'est introduit dans la tombe n'était pas un voleur. Il s'est contenté d'inhumer une momie.

– Elle est toujours en place ?

– Bien sûr ! La famille a hurlé pour qu'on l'enlève, mais le chef de patrouille a été intransigeant. Rien n'a bougé.

Pendant qu'Abidouhotep faisait son rapport au lieutenant, les deux marins avaient achevé la traversée du fleuve roi. Ils maintinrent l'embarcation contre le débarcadère pour permettre aux deux policiers de quitter le bord. Les deux hommes escaladèrent le ponton de bois et se hissèrent sur la berge, les trois soldats qui les accompagnaient firent de même.

— Revenez nous chercher ce soir, je n'ai pas envie de passer la nuit dans le désert ! Leur dit Amset alors que le frêle esquif s'éloignait déjà de la berge.

— Comptez sur nous lieutenant lui répondit le plus gros.

Le policier resta immobile un moment en les regardant s'éloigner dans le courant. Il laissa son regard dérivé au fil des flots tumultueux du Nil.

— La crue sera bonne cette année ! Dit-il pensif à son subalterne.

— Si Knouhm le veut, lui répondit ce dernier.

— Conduisez-moi donc à cette momie excédentaire finit-il par dire en commençant à marcher vers les collines.

La petite troupe progressa lentement vers les hauteurs. La végétation luxuriante des rives du fleuve laissa vite place aux cailloux. Ils marchaient à la queue leu leu sur une piste étroite qui serpentait dans la pierraille. La chaleur était étouffante. Le soleil dardait ses rayons vers eux sans qu'un seul nuage ne vienne s'interposer. Les roches, chauffées à blanc, réverbéraient la chaleur vers les deux voyageurs qui étaient déjà en nage. Ils avaient heureusement pris soin de se munir d'outres en peaux de chèvres remplies d'eau du Nil. Régulièrement, ils faisaient une halte pour se rafraîchir.

Après une heure de marche dans la fournaise, ils arrivèrent enfin à la place de vérité. Le village des artisans, de la nécropole, cerclée d'une muraille plus symbolique que tactique, était composé de petites maisons blanches collées les unes aux autres.

Les deux hommes suivis de quelques mètres par les trois soldats pénétrèrent dans l'enceinte par la porte principale et allèrent saluer le chef d'équipe.

L'équipe de gauche étant au travail dans la vallée, c'est Hapou, le patron de l'équipe de droite qui les reçut.

Amset le connaissait bien. Le personnage était à double visage. C'était un excellent artisan, maître dans l'art de la peinture, mais il ne supportait pas l'alcool. Lorsqu'il avait bu, il devenait violent et irritable. Quand Amset était en poste dans la vallée, il avait souvent reçu des plaintes de ses équipiers pour des violences non justifiées, mais le pauvre homme était tellement navré quand il avait dessoûlé qu'il ne s'était jamais résolu à le faire jeter en prison comme lui demandaient avec insistance certaines des artisans travaillant avec lui.

Désireux de bavarder un peu, Hapou entreprit de les accompagner un peu sur le chemin de la tombe que les Medjaï voulaient contrôler.

– C'est moi qui l'ai décorée il y a bientôt quatre inondations, leur confia-t-il tout en cheminant dans la pierraille et en discutant de choses et d'autres sur la vie à Thèbes. Les artisans de la vallée n'avaient pas souvent l'occasion de descendre en ville, ils en étaient d'autant plus avides d'informations sur la capitale spirituelle du royaume

– Voilà, c'est la quatorzième de la vallée sur le côté droit après la crête que tu aperçois là-haut. Je vous laisse là, je retourne chez moi, c'est l'heure de ma sieste.

Hapou fit demi-tour et redescendit vers le village pendant qu'Amset et ses policiers continuaient leur ascension sous le soleil torride. La chaleur faisait miroiter l'air et les enveloppait dans son étreinte brulante.

Le petit groupe parvint enfin devant l'ouverture de la tombe. Deux Medjaïs, épée de bronze à la poitrine montaient la garde à l'ombre protectrice du boyau s'enfonçant dans la montagne thébaine. Un peu à l'écart deux hommes, manifestement riche à en juger leurs mises, devisaient avec un prêtre au crâne rasé sous l'abri précaire d'ombrelles en papyrus que tenaient au dessus de leur tête deux esclaves asiatiques.

Le masque d'Anubis

Quand ils aperçurent les policiers, ils se précipitèrent vers eux en glapissant. Amset ne leur adressa pas un regard et pénétra dans la tombe à la suite d'Abidouhotep. Les deux sentinelles aidées des trois soldats stoppèrent net le prêtre et les parents furibonds.

Amset déboucha dans la pièce principale de la tombe. Elle avait la forme d'un rectangle de dix coudées de large pour trente de long. Les murs étaient richement décorés de scènes de la vie du défunt d'un côté et de son passage vers l'au-delà sur la paroi d'en face. Le policier repéra dans un coin de la salle, un magnifique char d'apparat en pièces détachées ainsi qu'une maquette d'une barque solaire. Ses deux objets côtoyaient des meubles et de la vaisselle à profusion ainsi que d'innombrables coffres et coffrets scellés.

Le centre du tombeau était occupé par un magnifique caveau en granit d'Assouan, décoré sur ses quatre coins des représentations des déesses Isis, Nephtys, Selkis et Neith. De larges extraits du livre des portes étaient gravés en hiéroglyphes sur ses flancs.

Son couvercle richement décoré sur lequel était représenté le dieu Osiris, était posé contre un mur.

Amset se baissa et regarda à l'intérieur du sarcophage. Il aperçut aussitôt une momie bizarrement tordue qui reposait sur un deuxième sarcophage en bois stuqué relevé par un décor à base de pâte de verre et de feuilles d'or.

– Abidouhotep, viens me donner un coup de main pour la sortir.

Il empoigna la momie par les épaules pendant que son adjoint se saisissait des jambes. Ils la sortirent du cercueil de pierre et la déposèrent au sol.

Amset se mit à genoux pour l'observer de plus prêt. Son attention fut attirée par une tache suspecte au niveau de l'abdomen. Il posa son doigt sur la surface de lin et y exerça une pression. Son doigt s'enfonça sans effort dans le corps de la momie.

Le masque d'Anubis

Il porta son index à la bouche et le mouilla avec sa salive. Il le frotta ensuite sur la tache noirâtre qui se désagrégea sous ses doigts. Il porta à ses narines l'échantillon déposé sur son doigt.

– Par Thot, que je sois damné ! S'écria-t-il soudain. Aide-moi, il faut enlever les bandelettes.

– Mais c'est impossible ! Les embaumeurs enduisent les linges de bitume.

– Ce n'est pas du bitume, c'est du sang.

Les deux fonctionnaires royaux entreprirent de déposer les bandelettes de lin qui enserraient la momie. La tournant et la retournant dans tous les sens, ils finirent par arriver au niveau de la peau. Abidouhotep qui s'occupait des bandelettes de la tête poussa soudain un cri.

– C'est une femme, mais par Isis, on lui a ôté les yeux !

Amset lâcha les pieds et regarda de plus prêt le visage de la momie. Apercevant des croûtes de sang séchées autour de ses lèvres. Il lui ouvrit la bouche et constata que la langue avait elle aussi disparu.

– Quelle horreur, ne put s'empêcher de s'exclamer Abidouhotep. La pauvre fille !

Les deux hommes finirent d'ôter les bandelettes qui formaient maintenant un tas d'un bon mètre de haut. Ils se penchèrent alors sur la cavité abdominale.

– Regarde ! On lui a ouvert le ventre puis on l'a recousu. Les seins ont été découpés, les yeux et la langue arrachés. Aucun doute, c'est un meurtre. L'état de décomposition du corps nous dira s'il a été commis récemment.

– Il ne reste plus qu'à connaître l'identité de la victime fit son subordonné en s'épongeant le front. Vu l'état de son visage, cela ne va pas être simple.

– Pour ça j'ai mon idée rétorqua son supérieur. Occupe-toi de faire ramener le corps à la maison de vie du palais. J'aimerais qu'un maître embaumeur l'examine. Je vais interroger la famille, même si je suis persuadé de perdre mon temps.

Amset planta là son adjoint et ressortit à l'air libre. Les deux parents et le prêtre étaient toujours en train de parlementer avec les sentinelles pour qu'elles les laissent pénétrer dans le tombeau.

— Bonjour mes seigneurs. Je suis le lieutenant Amset de la police de pharaon.

— C'est un scandale, je me plaindrai auprès du vizir lui répondit le plus gros des deux hommes.

— Si vous le désirez ! Monsieur ?

— Alambichotep, maître des chais de Pharaon, cousin par alliance du vizir Horkheb. Et voici mon frère, Neferdinefer et Imhotepsed, le supérieur en second du sanctuaire de Ptah.

— C'est votre père qui repose ici ? Le coupa le policier.

— Oui, mais…

— Soyez rassuré, le sarcophage intérieur est intact. Son corps et son Kâ reposent toujours sous la protection d'Osiris.

— Mais la deuxième momie ?

— Ce n'est qu'une farce grossière. Il n'y avait que de la paille de roseaux sous les bandelettes, mentit Amset.

— Mais qui …

— L'enquête sera longue, mais nous mettrons la main sur le coupable et le châtiment sera exemplaire, je vous en fais le serment. Mais vous ne devriez pas rester ici. Ce n'est pas un lieu convenable pour des gens de votre qualité. Rentrez au plus vite à Thèbes, je vous tiendrai personnellement informé des progrès de l'enquête.

Avant qu'aucun d'entre eux n'ait le temps de rajouter quelque chose, Amset était déjà parti. Une discussion plus poussée avec le chef d'équipe s'imposait.

De son côté, son adjoint fit rentrer les trois soldats qui les avaient accompagnés jusque-là. Puisant dans le mobilier funéraire du défunt, ils improvisèrent un brancard sur lequel ils déposèrent le corps de la jeune fille après l'avoir à nouveau emmailloté grossièrement dans les bandelettes de lin.

Le masque d'Anubis

Les sentinelles de l'entrée firent reculer la famille du propriétaire de la tombe et les quatre hommes reprirent le chemin du Nil en emportant la pauvre dépouille suppliciée.

Le masque d'Anubis

La parole des dieux

Anubis était dans son antre. Après avoir déposé le cadavre de Meritamon, il n'avait échappé que d'extrême justesse à la patrouille des Medjaïs. Heureusement pour lui qu'il connaissait la vallée dans ses moindres recoins. Il avait réussi à semer ses poursuivants dans les collines d'éboulis. Se déplaçant dans l'obscurité totale, il avait pu rejoindre les bords du fleuve sans être inquiété. Sa barque de roseau l'y attendait, cachée dans un bouquet de papyrus et de joncs mêlés. Ramant le plus silencieusement possible, il avait traversé le Nil en se servant de la lueur des torches qui brillaient toute la nuit sur l'embarcadère royal pour le guider. Rasant les murs, il était ensuite rentré chez lui sans rencontrer âme qui vive.

Plusieurs jours avaient passé sans que personne ne vienne l'interroger. Sûr de son impunité il était de nouveau descendu dans son repère.

Ne portant pour seul vêtement que le masque d'Anubis, il était pour l'instant agenouillé devant une statuette représentant le divin canidé passeur d'âme.

– Oh Seigneur Anubis ! Écoute ma prière.

– Oh Seigneur Amon ! Reçois ma confession.

– Oh Seigneur Osiris ! Absous mes fautes.

– Oh Seigneur Seth ! J'accepte ton juste courroux.

Tout en psalmodiant ses incantations, il s'inclinait face contre terre puis se relevait droit comme un i, les deux bras levés vers le plafond de la grotte. Il levait le regard vers le ciel puis baissait la tête entraînant à nouveau son corps vers le sol.

Il continua son manège pendant près d'une heure avant de s'arrêter net, l'oreille aux aguets. Il ôta son masque et le posa à terre. L'expression de son visage passa de l'adoration à la surprise puis à la peur. Perdu dans son délire, il semblait écouter les ténèbres :

– Il sera fait selon votre volonté seigneur Seth, fit-il soudain.

Seul le silence de son repaire souterrain lui répondit. Ce qui ne l'empêcha pas d'entamer une conversation avec l'invisible.

– Oui Seigneur Seth, il va falloir améliorer ma technique d'éventration.

– …

– Cela me semble effectivement plus judicieux de laisser les organes en place. Toutes mes tentatives pour les sortir des corps se sont soldées par le décès prématuré de vos servantes.

– …

– Oui, je me contenterai à l'avenir de mettre le natron directement dans la cavité abdominale.

– …

– Oui Seigneur, je mérite une punition pour mon échec.

– …

– Le fouet et les poids ? Comme il vous plaira seigneur Seth.

Sur ces dernières paroles, il se releva et se dirigea vers une table de travail en acacia. Il se saisit de deux boules métalliques auxquelles était soudée une chaînette terminée par un crochet. Il introduisit les deux crochets dans les anneaux d'or qui perçaient ses deux seins. Il laissa alors les boules pendre au bout des chaînettes qui se tendirent aussitôt lui arrachant un cri de souffrance. Il prit une troisième boule d'aspect encore plus imposant et la suspendit à l'anneau de bronze qui maintenait son sexe et ses bourses prisonniers. Il grimaça à nouveau, mais parvint à rester silencieux. Il mit ensuite en place sur son pénis, un étui phallique, utilisé habituellement comme vêtement dans les contrées sauvages au sud de la quatrième cataracte. Le fin boyau de cuir était empli d'épines d'acacia qui lui entrèrent dans la chair, le faisant hurler à nouveau de douleur. Il s'empara pour finir d'un fouet à lanière courte et entreprit de se flageller lui-même en frappant de toutes ses forces par-dessus son épaule. Les lanières de l'ustensile creusèrent leurs sillons sanglants dans la peau de son dos. Après chaque impact, le tueur murmurait une prière :

– Oh Seth ! Seigneur des ténèbres, accepte mon pardon.

– Oh Anubis, gardien des nécropoles, vois comme je souffre pour toi !

– Oh Amon, toi le caché, toi le maître de l'univers, reçois mon sang en expiation !

– Oh Osiris, Seigneur de l'au-delà, maître des enfers, pardonne mes errances.

Les coups de fouet résonnèrent pendant une heure, entrecoupés de gémissements oscillants sans arrêt entre la douleur et le plaisir. Le cuir se taisait par moment, réduit au silence par des incantations magiques de plus en plus obscures et dénuées de sens. Le dos et les fesses en sang, les tétons martyrisés, le sexe tendu, pissant le sang et prêt à s'arracher, il finit par laisser tomber à terre son instrument de torture. Il s'effondra à sa suite et resta prostré au sol un long moment, secoué de tremblements sporadiques et de longs sanglots.

– Oh dieux ! Qu'il est dur d'être votre serviteur ! Hurla-t-il soudain en se redressant à moitié.

Progressivement, il retrouva son calme et entreprit d'ôter les instruments de torture qui pendaient encore de son corps. Il se leva et les rangea soigneusement sur la petite table d'acacia. Il prit ensuite un petit flacon de terre cuite hermétiquement fermé par un bouchon de bois. Il l'ouvrit et plongea ses doigts dedans. Laborieusement, il commença à s'enduire le sexe, le dos et les fesses de la pommade qu'il contenait. Un savant mélange d'herbes, d'essences rares et de miel, concocté par les médecins du palais et réputé pour apaiser la douleur.

Une fois la pommade étendue grossièrement sur ses plaies, Il se saisit d'une outre en cuir de chèvre et but avidement la bière qu'elle contenait. Le liquide ambré coulait sur son menton et sa poitrine puis tombait au sol où il s'éloignait en fine rigole se perdant dans l'obscurité. Sa soif apaisée, il s'essuya la bouche d'un revers de main et enfila son pagne de travail.

Il sortit la torche qui éclairait la scène de l'anneau mural dans laquelle elle était fichée et s'éloigna dans le couloir d'accès.

Tout en marchant vers la lumière du jour, il réfléchissait au choix de sa future victime. Les nouvelles instructions de Seth étaient limpides. La divinité voulait une servante de choix et ne supporterait plus un échec de sa part. C'était sa dernière chance de plaire à son divin maître. Un visage féminin se forma dans son esprit.

– Mais oui, vous avez raison Seigneur Seth ! Elle sera parfaite pour vous.

Les yeux roulant follement dans leurs orbites, il ébauchait des plans pour approcher sa nouvelle proie et l'attirer dans son repère. La partie allait être rude, mais lorsqu'on bénéficie comme lui de l'aide des Dieux, rien n'est impossible…

Le masque d'Anubis

Autopsie d'un mystère

Amset cheminait entre les pierres et les buissons arides sur le petit sentier qui reliait la belle vallée au village des artisans. Après un quart d'heure de marche qu'il avait mis à profit pour réfléchir à cette nouvelle affaire, il arriva en vue de la place de vérité. Il passa la porte d'accès du village et se dirigea droit vers la maison du chef d'équipe.

Il frappa à la porte de cèdre et entra sans attendre de réponse. Il pénétra dans une petite salle aux murs aussi richement décorés que ceux d'une tombe. Dans un coin de la pièce, un petit meuble bas servait d'abri pour les minuscules statues des ancêtres du maître des lieux. Au centre trônait une statuette de Bès, le génie du foyer chargé d'assurer la protection des lieux.

Une table, croulant sous les papyrus et le matériel de scribe, occupait le centre de la pièce. Elle était entourée par trois chaises dépareillées ayant connu des jours meilleurs.

Les volets étaient tirés, ne laissant filtrer dans l'habitation qu'un mince rayon de soleil dans lequel dansaient joyeusement de fines particules de poussière et de sable mêlés.

Le sol était fait de terre battue. Le plafond de paille de palmier séché disposé sur des traverses de bois toutes biscornues. Une porte faisant face à l'entrée menait au reste de l'appartement de fonction.

La maison avait l'air déserte. Pas un bruit ne se faisait entendre, à part le bourdonnement aigu d'une mouche prisonnière d'une jarre de bière posée contre le mur ouest. Amset frappa à nouveau sur le battant.

— Debout là-dedans, c'est l'heure de la relève ! Cria-t-il à tue-tête.

Un bruit sourd suivi d'une plainte monta de la deuxième pièce. Un bruit de pas traînant se fit entendre et la porte s'ouvrit, laissant passage à Hapou, le chef de l'équipe de droite.

À la vue du policier, il se figea sur le seuil de la chambre. Il n'en arrêta pas moins de se gratter copieusement l'entrejambe tout en baillant à s'en décrocher la mâchoire.

— J'oublie toujours que tu as fait l'école du cirque de Memphis, finit-il par déclarer à Amset.

— D'Akhetaton.

— Pardon ?

— J'ai suivi les cours de l'école du rire d'Akhetaton, reprit le Medjaï.

— Hi, hi, hi ! De mieux en mieux. C'est pour me sortir des âneries pareilles que tu oses interrompre ma sieste ?

— Tu as raison, venons-en de suite aux choses qui fâchent.

— Un problème ? Encore un vol dans la tombe que tu es allé visiter ? Tu sais bien que personne ici ne s'y risquerait. Mais avant de m'annoncer de mauvaises nouvelles, assis-toi et mangeons un peu.

Amset prit une chaise et s'y laissa tomber. Il reprit la conversation pendant que le chef de chantier s'affairait en fouillant dans un coffre de bois.

— Il ne s'agit pas d'un vol, reprit-il, mais d'une profanation !

Hapou se figea un instant. Il se releva en tenant un plat d'une main et un pichet de l'autre. Il posa le tout sur la table et s'assit à son tour.

– Une profanation ? Tu es sûr de toi ?

– On a retrouvé deux momies dans un même sarcophage. Celle de son propriétaire légitime et celle d'une inconnue manifestement momifiée à la hâte.

– Tu sais, il n'est pas rare que les familles nous demandent de réemployer le mobilier des ancêtres.

– Je sais ! Mais là, la famille est catégorique. Cette momie n'est pas à eux.

– Tu soupçonnes quelqu'un d'ici ? Moi peut-être ? Tiens, en attendant de me jeter en prison prends donc quelques concombres ou un morceau de poisson.

Il se servit en premier et fit glisser le plat vers le policier. Ce dernier y jeta un coup d'œil. Le récipient en terre cuite était copieusement garni d'oignons doux, de figues, de poissons séchés, de gratin d'aubergine et de concombres.

– Pas encore, je n'ai aucune piste, répondit-il en piochant une figue, mais le gaillard qui a fait le coup a glissé entre les doigts de la patrouille cette nuit. Il connaît parfaitement le terrain.

– De nombreuses personnes viennent ici. Nous ne sommes pas les seuls à connaître la vallée à la perfection.

– Ah oui ? Et qui la connaît aussi bien que vous ?

– Les Medjaïs pour commencer !

– Tu accuses mes hommes, releva Amset.

– Tu accuses bien les miens ! répondit Hapou du tac au tac.

– Soit ! Mais encore ?

– Les prêtres purs du temple d'Anubis, les porteurs de sarcophages, les fonctionnaires du trésor. La liste est longue.

– Je ne le sais que trop mon vieil ami !

Sur cette dernière remarque, Amset resta silencieux un moment. Il avait beau réfléchir, il ne voyait pas pourquoi on était venu rajouter une momie dans un sarcophage.

Le laissant réfléchir, Hapou avait rempli deux coupes à l'aide de la jarre. Il en tendit une au policier.

– Goûte-moi ce nectar, il vient des vignobles du Delta.

Le masque d'Anubis

Amset porta la coupe à ses lèvres et goutta le précieux liquide. Tout en se délectant du divin breuvage, il posa la question qui le taraudait depuis un moment au chef d'équipe :

— Pourquoi a-t-il mis cette fausse momie là ?

— À part pour se débarrasser définitivement d'un corps, je ne vois pas, lui répondit, ce dernier.

— S'en débarrasser définitivement tu dis ?

— Bien oui ! Les tombes, une fois fermées, sont rarement rouvertes. Quant à rouvrir un sarcophage... Seuls les pilleurs de tombe osent profaner un cercueil.

— Tu dois avoir raison. Il ne reste plus qu'à connaître l'identité de la momie de trop. Il ne manque personne dans ton équipe ou dans celle de l'autre bord, demanda le policier en pointant son index vers les maisons que l'on apercevait par la porte toujours ouverte de l'autre côté de la rue.

— Pas à ma connaissance. Tu sais, c'est un petit village ici. Si quelqu'un manquait à l'appel, je le saurais depuis longtemps.

— Personne ne s'est absenté sans raison valable ?

— Je vérifierai avec l'autre bord quand ils reviendront de la vallée, mais de mon côté personne n'a quitté la place de vérité depuis au moins un mois.

— Je te crois sur parole. Fais-moi prévenir par les Medjaïs s'il y a quelque chose de louche de l'autre côté.

— Je n'y manquerai pas, rigolo !

Amset finit sa coupe et la reposa sur la table. Il prit une dernière figue et se leva. Il tourna les talons et fit mine de quitter la pièce. Avant de franchir le seuil, il s'arrêta et se retourna vers le chef d'équipe. Il lui dit en souriant :

— Comique ! Mon nom c'est comique !

Amset rejoignit son subalterne sur la berge du Nil. Ce dernier avait déjà prévenu par signaux la patrouille fluviale et une barque de roseau venait les rechercher.

— En arrivant à Thèbes, tu iras me chercher la dame Touy et tu la conduiras à la maison de vie du temple d'Anubis.

– Et je la trouve où votre dulcinée ? Plaisanta Abidouhotep.

– Dans la taverne sur le port où on a signalé la dernière disparition suspecte.

– Vous pensez qu'on a retrouvé la serveuse ?

– J'en suis presque sûr. Et si j'ai raison, je sais où chercher les autres.

– Et où donc ?

– Dans la nécropole.

Abidouhotep resta sans voix et dévisagea son supérieur pour savoir si c'était lui, qui à son tour plaisantait. Mais le visage d'Amset affichait une expression des plus sérieuses.

– Cela ne va pas être évident de fouiller toutes les tombes, finit-il par s'exclamer en pensant aux difficultés d'une telle opération.

– Je ne le sais que trop bien. Quand tu m'auras emmené la dame, retourne à la caserne et prépare un détachement pour demain. Départ à l'aube.

– Mais vous n'aurez jamais l'autorisation d'ouvrir les tombes aussi vite.

– Pour commencer, on va se contenter d'inspecter les portes. Si ma théorie se vérifie bien sûr.

Sur ces entre-faits, la barque avait accosté. Le Medjaï, aidé par les deux marins hissa le corps à bord puis tout le monde s'entassa dans l'embarcation qui se dirigea lentement vers la capitale du nome.

La journée tirait à sa fin et le dieu soleil était déjà bas sur l'horizon. Rê se préparait à combattre une nouvelle fois le serpent Apopis et ses créatures qui l'attendaient tapis sur le trajet du voyage le long des heures de la nuit. Mais comme chaque nuit depuis que le monde avait émergé de l'océan du Nout, il renaîtrait au matin, plus fort encore que la veille.

La barque avait à peine atteint le port qu'Amset sautait déjà à terre et partait d'une marche rapide vers le temple d'Anubis. Les Medjaï le suivaient après avoir déchargé le corps du bateau. Le temps qu'ils trouvent une charrette pour le trajet, il aurait mis la main sur le maître embaumeur auquel il pensait pour l'examen.

Le temple d'Anubis ne faisait pas partie du complexe de Karnak ni de celui plus récent de Louqsor. Là-bas, Amon régnait en maître. Il avait été au contraire construit en plein cœur de Thèbes tout près du Nil. Amset remonta rapidement le cours du fleuve.

Il quitta la zone portuaire pour se retrouver dans le quartier d'habitation des pêcheurs. Il le traversa rapidement et obliqua soudainement sur sa gauche, remontant un petit canal qui se jetait dans le fleuve. Le sanctuaire du dieu des morts trônait au milieu d'une petite place. Son architecture était des plus classiques. Un vaste pylône, orné d'oriflammes aux couleurs éclatantes en protégeait l'entrée. Amset passa dessous sans même relever la tête pour admirer les scènes polychromes gravées sur ses parois. Il déboucha dans une vaste et sombre salle hypostyle. La lumière du soleil ne pénétrait dans l'édifice que par de minuscules ouvertures découpées dans le plafond central qui était légèrement surélevé par rapport au reste de la salle.

Il travers rapidement la forêt de colonne papyriforme et s'enfonça dans le sanctuaire à la recherche de Hiapou, le maître embaumeur du domaine d'Anubis.

Il trouva ce dernier dans son atelier. Le prêtre ritualiste était en train d'affûter ses instruments de pierre et d'acier.

– Maître Hiapou, excusez-moi de vous déranger, mais j'aurais une momie à vous faire examiner.

– Amset, mon policier préféré s'exclama le prêtre en le reconnaissant.

Maître Hiapou était un homme âgé aux cheveux déjà bien blancs et parsemés. Mais il était bâti comme un lutteur ou plutôt comme un boucher, comme il aimait le dire lui-même. Une fine moustache ornait sa lèvre supérieure et disparaissait presque sous un nez proéminent et grêlé. Son visage rubicond était strié de rides qui le faisaient ressembler à un crocodile rouge. Son ventre proéminent menaçait de s'échapper de son pagne à chacun de ses mouvements.

Il lâcha l'herminette dont il était en train de polir la lame sur une pierre abrasive et se dirigea vers le Medjaï, un grand sourire aux lèvres.

– Et où diable l'as-tu trouvé cette momie ? Dans un boxon ?

– Dans une tombe de la belle vallée lui répondit Amset.

Le sourire du prêtre s'effaça aussitôt. Il posa la main à l'amulette représentant Anubis qu'il portait en sautoir autour du coup

– Par tous les dieux, tu n'as tout de même pas profané une tombe ?

– Moi non, mais quelqu'un 'a fait.

– Quelqu'un a été assez fou pour voler une momie ?

– Non, en fait, on a rajouté une momie dans un sarcophage déjà occupé.

– Quelle abomination ! Mais où va notre royaume ? Et elle venait d'où cette momie surnuméraire ?

– C'est la question que je me pose et c'est pour cela que je vous l'ai apportée.

– Où est-elle ?

– Les Medjaïs l'amènent à l'instant. Je leur ai dit de la déposer dans une des salles de momification du temple.

– Alors allons-y, dit le prêtre en se remettant en mouvement. Il quitta son atelier et précéda Amset dans le labyrinthe du sanctuaire.

Lorsqu'ils pénétrèrent dans la salle, les soldats venaient juste d'arriver. Ils déchargèrent leur macabre fardeau sur une grande table de pierre et s'éclipsèrent sur un signe de leur supérieur.

Hiapou s'approcha de la momie et l'examina rapidement. Il se retourna vers le Medjaï et s'exclama :

– Si c'est une plaisanterie, elle est de mauvais goût. Ce cadavre n'a jamais été momifié. Même les bandelettes ne sont pas mises comme il faut. C'est un faux des plus grossiers ! Je suis vraiment déçu que tu ne t'en sois pas rendu compte de suite.

— Je le sais très bien. Et ne vous occupez pas des bandelettes, j'ai dû les ôter moi-même et mes subalternes les ont remis en place à la hâte. Ce que je veux que tu regardes, ce sont les blessures sur le visage et sur le ventre.

Maître Hiapou réfléchit un instant. Il se retourna vers le corps et commença à enlever les bandelettes.

— Attendez ! Je vais vous aider, lui dit Amset en se précipitant vers la table.

Les deux hommes eurent vite fait d'ôter la couche de lin. Le cadavre complètement dénudé de la jeune inconnue fut bientôt extrait de son linceul.

— C'est bizarre, on lui a arraché les yeux ! Fit remarquer le prêtre.

— La langue aussi ! Rajouta le Medjaï. Est-ce que cela a une signification pour vous ?

— Cela me rappelle les malédictions des adorateurs de Seth.

— Seth ?

— Des illuminés qui ne voyaient et ne vénéraient que la face obscure de Seth. Je crois qu'ils appelaient ça, le passage vers le côté sombre de la puissance de Seth. Ils sacrifiaient des vierges pour s'attirer les faveurs du dieu.

— Où peut-on les trouver ?

— Leur secte a été dissoute il y a plus de trente ans. Les principaux leaders et leurs familles ont été exilés dans les mines de turquoise. Ils doivent être tous morts depuis longtemps.

Le prêtre reprit son examen et désigna du doigt la blessure de l'abdomen.

— Ça par contre, c'est une incision rituelle telle qu'on la pratique dans notre temple.

Il prit un couteau sur une table basse disposée tout à côté et entreprit de découper les fins fils de lin qui maintenaient la plaie fermée. Il tira ensuite fermement sur la peau du ventre qui adhérait déjà avec le bord opposé. Il la retourna ensuite aussi simplement que s'il soulevait le couvercle de jute d'une jarre à bière.

– Regarde, dit-il à Amset.

Ce dernier, surmontant les nausées qui lui étaient venues en observant le praticien opérer, approcha de la table de momification.

Il ne vit qu'un amas sanglant de tripes.

– Qu'est ce que je dois regarder ?

– Les viscères ont été sorties du corps puis remise en place n'importe comment. Tiens, attrape ça et aide-moi à les ressortir.

Le Medjaï pâlit, mais entreprit néanmoins la sinistre besogne. Bientôt la totalité des intestins fut rangée sur la table autour du couvercle.

– C'est étrange, ils n'ont pas été découpés. Même le foie est toujours relié aux canaux de vie. Et cette substance là ! Ce n'est pas organique, fit l'embaumeur en frottant son doigt contre la paroi abdominale.

Il porta la main à son nez et renifla bruyamment. Au grand dégoût d'Amset, il porta ensuite son index à la bouche et entreprit de le lécher.

– Du vin de palme, tiens, vérifie par toi-même, dit-il en pointant son doigt vers le policier.

– Je vous crois sur parole, répondit ce dernier en reculant.

– Tu avais raison finalement. C'est bien le travail que l'on effectue pour préparer une momie, mais là, on jurerait que quelqu'un a essayé de momifier cette enfant vivante.

– Vivante ?

– Oui, vivante, sinon il ne se serait pas donné la peine de laisser les organes internes intacts. Il aurait découpé tout ça pour les traiter séparément.

– Mais qui peux avoir fait ça ?

– D'après la longueur et l'angle de l'incision, il s'agit d'un professionnel qui opère suivant les préceptes des embaumeurs de Thèbes.

— Et où les trouve-t-on ces professionnels ? demanda le policier d'une voix furieuse.

— Tu le sais très bien ! Tous les embaumeurs font partie du domaine d'Anubis !

Les deux hommes se regardèrent en silence. Le temps sembla suspendre son vol pendant qu'ils réfléchissaient aux conséquences de cette découverte.

— Je vais être obligé d'interroger tous les embaumeurs.

— J'en ai bien peur, soupira Maître Hiapou.

— Vous y compris !

— Moi ? Mais enfin ! Tu me crois capable de ça ? Demanda-t-il au policier en désignant les orbites vides du cadavre.

— Non bien sûr, mais vous savez peut-être quelque chose qui pourra nous mettre sur la voie du coupable.

— S'il le faut…

— Autre chose, d'après vous comment est-elle morte ?

Hiapou reprit son examen minutieux du corps et des viscères. Il pointa soudain un doigt vers le cœur du cadavre.

— Là, une ligne de vie est déchirée. En sortant les organes, il a dû la sectionner avec sa main. La mort a dû être instantanée.

— Il ne l'a pas tué alors ?

— Pas volontairement.

— Qu'est ce qu'il voulait lui faire alors ?

— Je te l'ai déjà dit, il voulait la momifier vivante.

— Mais c'est impossible ! Cria Amset.

— Je le sais, mais ton assassin doit être persuadé du contraire.

— C'est un fou alors ?

— Non ! C'est un monstre !

Amset se perdit dans ses pensées quelques secondes, choqué par les révélations de maître Hiapou. La trace des disparues semblait le conduire vers le pire criminel que n'eut jamais porté la Terre Noire.

— D'après vous, la mort remonte à combien de temps ?

– Difficile d'être très précis, mais la raideur cadavérique a disparu et la décomposition des organes internes n'est pas très avancée. Je dirais moins d'une semaine.

Soudain leur conversation fut interrompue par des jérémiades manifestement féminines qui montaient du couloir. La dame Touy fit une entrée fracassante dans la salle, bien aidée en cela par les Medjaïs qui l'escortaient.

– Mais vous allez me dire ce que vous me voulez à la fin. Je suis une honnête citoyenne, je n'ai rien à me reprocher. Je me plaindrai au vizir. Je vous ferai empaler tous autant que vous êtes, bande de Mauricots !

– Tiens vous êtes là, vous ? demanda-t-elle soudain en apercevant Amset.

Les cris firent instantanément place à un ton mielleux.

– Si j'avais su que c'était vous qui vouliez me voir, je serais venu toute seule, grande brute ! Mais qui est votre ami ? Et la dame couchée ? Mais elle est toute nue ! Vous allez me faire rougir, grand fou !

– Approchez donc, dame Touy et dites-moi si vous reconnaissez cette fille.

La gargotière s'approcha de la table de momification et regarda de plus près la forme étendue. Elle hurla quand elle se rendit compte de l'état du corps.

– Au secours ! A l'assassin ! Ne me faites pas de mal ! Je suis trop jeune pour mourir !

– Calmez-vous espèce de folle, vous ne risquez strictement rien. N'oubliez pas que je suis policier ! Regardez simplement son visage et dites-moi si vous la reconnaissez !

La harpie se tut et pencha son cou pour mieux apercevoir le visage de la morte.

– Par tous les seins d'Isis et d'Athor, c'est cette grue de Meritamon.

Le masque d'Anubis

Pas de scandale.

Amset quitta le temple d'Anubis soucieux. Son enquête prenait un tournant des plus étranges. Si toutes les disparues avaient connu le même sort que Meritamon, il allait se retrouver avec un monceau de cadavres mutilés sur les bras. Fouiller la belle vallée n'allait pas non plus être évident à organiser. Jamais le clergé d'Amon ne le laisserait pénétrer dans les tombes royales sur une simple intuition. Il lui fallait les conseils avisés de son chef.

Imhotep, comme à son habitude, écouta d'une oreille attentive le rapport du Medjaï. Il réfléchit un long moment avant de prendre sa décision. Soudain, alors qu'Amset commençait à se demander s'il ne s'était pas tout simplement assoupi, le vieil homme se leva et empoigna son bâton de marche.

— Suis-moi, nous allons voir le vizir. Cette affaire prend des proportions trop importantes, même pour moi. À cette heure, il doit recevoir le Grand Prêtre d'Amon. Sans leur accord, aucune tombe de la vallée ne sera ouverte.

Imhotep guida le policier jusqu'aux appartements privés du grand vizir du sud. Deux gardes nubiens en protégeaient l'accès. Imhotep demanda audience au plus grand d'entre eux. Celui-ci ne prononçât pas une parole et se contenta de frapper d'un coup sec la lourde porte de sycomore. Cette dernière s'entrouvrit aussitôt pour laisser le passage à un scribe impérial au regard soupçonneux. Un mince sourire se dessina sur ses lèvres dures quand il reconnut Imhotep. Il se figea lorsqu'il détailla de la tête au pied son compagnon.

— Bonjour, juge Imhotep. Puis-je savoir pour quel motif vous demandez audience au vizir ? S'enquit-il d'une voix fluette.

— Une affaire de la plus haute importance qui trouble l'ordre de la belle vallée.

— Si c'est encore pour des pillages des tombes, ce n'est pas la peine de déranger sa seigneurie, lui répondit-il.

— Il s'agit de meurtres et de profanations.

Le regard du scribe se fit plus aigu. Son cerveau tournait à plein régime.

— Qui t'accompagne ? Demanda-t-il en désignant du doigt le policier.

— Le lieutenant Amset de la police de Thèbes.

— Tu en réponds ?

— Sur ma vie !

— Sa seigneurie le grand vizir du Sud, Horkheb est en rendez-vous avec le supérieur du domaine d'Amon, le grand prêtre Sekenrê. Il va vous falloir patienter.

— Si je puis me permettre d'insister, cette affaire concerne aussi le clergé. Il serait judicieux que nous puissions les voir tous les deux à la fois. Toute cette histoire peut mettre la tranquillité du nome en danger.

La mimique du scribe leur fit clairement comprendre ce qu'il en pensait, néanmoins il leur répondit poliment :

— Je vais voir s'ils peuvent vous accorder un instant. Asseyez-vous là en m'attendant, leur dit-il en désignant une banquette de pierre disposée contre le mur du couloir.

Le masque d'Anubis

La lourde porte se referma silencieusement sur le scribe. Les deux hommes obéissant aux consignes s'assirent en silence sur le petit banc. Les deux Nubiens imperturbables restaient aussi immobiles et expressifs que deux blocs de basalte. Le silence se referma sur eux, à peine troublé par des murmures en provenance des appartements du vizir et du bruissement d'ailes des colombes qui nichaient tout en haut des colonnes de la grande salle hypostyle toute proche.

Enfin, la porte s'ouvrit à nouveau et un serviteur aux traits asiatiques leur fit signe de le rejoindre.

Amset et Imhotep pénétrèrent dans le quartier du vizir. Le policier, nerveux à l'idée de se retrouver face aux deux hommes les plus puissants de cette partie de l'Égypte, prêta à peine attention au luxueux mobilier qui encombrait les pièces ainsi qu'à la décoration somptueuse des murs. Il répétait sans cesse sa théorie, cherchant la meilleure façon de présenter les faits sans les déformer.

Le serviteur s'arrêta devant une porte sculptée représentant la déesse Maât, symbole de vérité et de rectitude, protectrice et conseillère du vizir.

Il frappa une série de coups rapides suivie de deux plus espacés. Le battant s'effaça révélant l'intérieur d'un bureau imposant.

– Si vous voulez vous donner la peine d'entrer et de saluer le grand vizir du Sud, général de la charrerie de Thèbes, grand ami du roi et porte sandales, gouverneur des provinces de Koush et de Nubie, grand protecteur des mines d'Amon et représentant de Pharaon devant Amon, le grand et noble vizir Horkheb.

Les deux hommes entrèrent dans le bureau et se jetèrent face contre terre pour saluer le vizir.

Assis confortablement sur un fauteuil magnifiquement ouvragé, Horkheb était un homme de grande taille dans la force de l'âge. Ses traits taillés à la serpe commençaient à s'empâter, signet du temps qui passait inexorablement et de trop nombreux banquets auxquels il se devait d'assister. Il portait sur la tête, la perruque d'apparat noir de jais réglementaire qui faisait d'autant plus ressortir ses sourcils broussailleux prématurément blanchis.

— Relevez-vous ! leur dit-il. Quel mauvais vent t'emmène Imhotep ?

— Le vent funeste de l'hérésie.

— Quelles sont ses sornettes ? S'exclama le vieillard assis sur la droite de la pièce.

Imhotep, tout en se relevant, regarda dans sa direction.

— Ce ne sont malheureusement pas des élucubrations, maître Sekenrê, répondit-il au supérieur du temple d'Amon.

Le vieil homme le toisa du regard. Malgré son âge pharaonique, il dirigeait d'une poigne de fer le domaine d'Amon. La totalité des prêtres des temples de Karnak et de Louqsor était sous ses ordres. Il chapeautait aussi les clergés de Ptah et d'Osiris, d'Opet et de Khonsou en plus de présider aux rites d'Amon, de Mout et de Montou, la divine trinité qui veillait sur Thèbes et le royaume tout entier.

Il était aussi sec qu'un figuier et avait la peau plus fripée qu'une vieille pomme. Ses détracteurs murmuraient qu'il était issu d'une union contre nature entre une vierge et un crocodile.

Imhotep, habitué au personnage, ne baissa pas les yeux. Il lui en fallait plus que ça pour être impressionné

— Si vous nous en disiez un peu plus ? Que nous puissions juger par nous-mêmes mon ami.

La phrase empreinte de sagesse du vizir décrispa l'atmosphère. Sekenrê cessa de fixer Imhotep et ce dernier put répondre au vizir.

Il commença à exposer les faits sans chercher à tirer la couverture à lui. Sortant un papyrus de la ceinture de son pagne, il leur donna la liste complète des disparues. Leurs fonctions, leurs lieux d'habitation et les renseignements épars qu'ils avaient sur leurs disparitions.

Depuis le début de l'entretien, Amset se tenait au garde à vous derrière son chef. Le vizir et le grand prêtre l'ignoraient superbement. Aucun des deux n'avait fait mine de s'intéresser à lui. Il se sentait comme une potiche, tout juste bonne à faire de la figuration. Pendant que son supérieur égrainait la litanie des disparues, il laissa son regard vagabonder sur les murs du bureau. Un magnifique décor floral les recouvrait presque entièrement. Il avait devant les yeux la vue d'une barque de chasse glissant silencieusement sur les eaux du Delta au milieu des bouquets de papyrus et les grandes feuilles de Lotus. Sur une petite île formant une butte, trois crocodiles guettaient l'embarcation. Dans un arbre ressemblant à un tamaris, un couple d'ibis contemplait le fleuve. Plus loin sur la droite on apercevait le museau d'un hippopotame au milieu des nénuphars.

— Mon adjoint, Amset va vous expliquer sa théorie sur ces disparitions.

La phrase de son supérieur l'arracha subitement à sa rêverie. Il se rendit compte à sa grande honte qu'il avait complètement perdu le fil de la conversation. Un filet de sueur glacé coula dans son cou. Sa vision se rétrécit, les sons de la pièce parurent soudain lui parvenir à travers un bouchon de lin. La tête lui tournait, son estomac se contractait.

— Non, pensa-t-il tout haut, hors de question de faire un malaise maintenant.

Il secoua la tête, pris une profonde inspiration et commença à soutenir sa thèse.

— Je crois qu'il ne s'agit pas de fugues ni d'enlèvements crapuleux ou amoureux. Je pense qu'en fait nous avons affaire à un meurtrier. Le pire qu'on ait connu ces dernières années. Je suis persuadé qu'il a déjà tué toutes les disparues et qu'il va continuer à faire des victimes parmi la population féminine de Thèbes.

— Des meurtres ! Comme vous y allez ! Vous avez des preuves de ce que vous avancez ? Le questionna le vizir.

— Pour le moment, nous n'avons retrouvé qu'un corps atrocement mutilé dans une tombe de la Belle Vallée.

— Vous n'avez quand même pas profané une tombe ? S'emporta immédiatement le grand prêtre d'Amon.

— Bien sûr que non vénérable ! C'est le meurtrier qui s'en est chargé. Mes hommes l'ont surpris alors qu'il en ressortait. Comme il est d'usage en cas de pillage présumé, nous sommes entrés à l'intérieur du caveau. À première vue, il ne manquait rien, mais le chef de brigade a remarqué que les sceaux du sarcophage avaient été brisés et grossièrement refaits. J'ai pris la décision d'ouvrir le sarcophage.

— Vous avez osé ! Rugit le grand prêtre, craignez le courroux des morts.

— C'est la procédure réglementaire en cas d'effraction. Quoi qu'il en soit, nous avons découvert à l'intérieur le corps grossièrement momifié d'une femme. La dénommée Meritamon, serveuse de son état qui avait disparu depuis deux décades.

— Sacrilège, une assassinée dans le cercueil d'un juste de voix. La vengeance des dieux sera terrible, prédit Sekenrê.

Sans tenir compte des commentaires du grand prêtre, Amset continua son récit :

— J'ai fait transporter le cadavre à la maison de vie du temple d'Anubis où un maître embaumeur l'a examiné. Il est formel, on a voulu momifier vivante cette malheureuse.

Cette dernière information laissa le supérieur de la maison d'Amon sans voix. Le vizir ouvrit la bouche, mais aucun son n'en sortit. Il semblait pétrifié par l'horreur.

Le grand prêtre se reprit le premier.

— Ce ne peut être l'œuvre d'un homme. Il s'agit assurément d'un démon ou de Seth lui-même.

— Un démon qui laisse des traces de pas et utilise du vin de palme ? Un dieu qui choisit ses victimes dans des maisons de bière ? Certainement pas ! C'est un homme que nous recherchons. Un professionnel de l'embaumement à l'esprit dérangé, pour être plus précis.

La bouche du vizir avait fini par se refermer. Son propriétaire, en fin politique, avait déjà retrouvé ses esprits et cogitait ferme sur les informations en sa possession.

— Pas un mot à quiconque de votre théorie, annonça-t-il en pointant un index tremblotant vers Amset.

– Vous voulez étouffer l'affaire se méprit le Medjaï.

– Seulement éviter la panique. Si les habitants de Thèbes ont vent de votre histoire, ça va être le chaos. À qui avez-vous fait part de vos idées, sorti de votre supérieur et de nous même ?

– A personne.

– Qui est au courant pour le corps ?

– Seul le maître embaumeur a vu la totalité des blessures. Et mon adjoint bien sûr, mais je réponds de sa discrétion.

– Que comptez-vous faire pour retrouver cet horrible assassin ?

– Tout d'abord, retrouver les autres corps.

Amset se retourna vers le grand prêtre d'Amon avant de poursuivre sa phrase.

– Pour cela il va falloir que je fouille toutes les tombes de la Belle Vallée.

En entendant ces mots, Sekenrê bondit de sa chaise.

– Jamais de la vie ! Je m'y oppose catégoriquement hurla-t-il d'une voix quasi hystérique. Vous rendez-vous compte du sacrilège que vous allez commettre. Toutes ces sépultures ont été closes magiquement pour que le Kâ et le Bâ des défunts puissent passer l'éternité en paix. Osiris lui-même remontera des royaumes souterrains pour vous en empêcher. Moi vivant, aucune tombe ne sera rouverte !

Il se rassit sur cette sentence définitive. Ses yeux lançaient des éclairs.

– Laissez-moi au moins l'autorisation d'examiner les sceaux. Et si j'en trouve de brisé, envoyez vos prêtres examiner l'intérieur !

– Hors de question.

– Mon ami, intervint le vizir, je vous demande au nom de Pharaon d'accepter la requête de cet enquêteur.

– Jamais ! Vous m'entendez, jamais je n'autoriserai de simples policiers à pénétrer dans une tombe fermée.

– Si les sceaux sont brisés, les Medjaïs ont parfaitement le droit d'y entrer pour débusquer les pillards. C'est Sa Majesté, lui-même qui a signé le décret en ce sens.

– Je suis le seul représentant d'Amon ici s'entêta le vieillard.

– Dois-je vous rappeler que je suis moi le représentant de Pharaon. Et que Pharaon est un dieu lui-même ?

Les deux hommes se toisèrent pendant un instant. Le pouvoir du clergé d'Amon était tel que seul Pharaon arrivait à lui faire entendre raison. Sekenrê sembla soudain s'affaisser sur lui-même.

– Soit, si vous trouvez une tombe violée, prévenez-moi et je vous enverrai des prêtres purs et des ritualistes pour la désenvoûter.

– Pour plus de discrétions, vous agirez de nuit, ajouta le vizir. Prenez une équipe réduite et secret absolu. Si cette affaire s'ébruite, je serai inflexible avec les bavards.

– Quant à vous cher ami, je vous remercie de votre coopération dit-il à Sekenrê. J'informerai moi-même Pharaon de l'aide précieuse que vous nous apportez dans ces moments difficiles.

Le grand prêtre opina de la tête. Il n'était pas dupe un seul instant des belles paroles du vizir, mais il était trop intelligent pour s'attarder sur sa déconvenue.

– Il est capital que vous trouviez un coupable au plus vite, reprit le vizir. Mais ne faites pas de vagues. Pas de grandes manœuvres dans Thèbes.

– Une dernière chose, dit-il alors qu'Amset et Imhotep quittaient déjà la pièce.

– Je veux être tenu au courant de tout nouveau rebondissement, quoi que vous trouviez, informez-en immédiatement le vice-vizir que je charge dès aujourd'hui de l'affaire.

– Il en sera fait ainsi, lui répondit Imhotep.

Les deux hommes se retrouvèrent dans le couloir. La lourde porte se referma en silence derrière eux.

– La nuit va bientôt tomber, je fonce à la caserne récupérer mes hommes et je pars pour la Belle Vallée, annonça le Medjaï.

– Que les dieux te protègent des démons des enfers qui hantent les parages lui répondit son chef.

– Bès est mon gardien, fit le policier en serrant l'amulette à l'effigie du nain difforme qui pendait à son cou.

Le masque d'Anubis

La fouille de la Vallée

Le petit détachement avançait lentement sur le chemin de cailloux. Les torches que plusieurs policiers portaient à bout de bras avaient le plus grand mal à percer l'obscurité de cette nuit sans lune. Le froid était vif bien qu'on soit en plein été et Amset frissonnait tout en suivant leur guide, Ankhptahotep, un ritualiste du domaine d'Amon que leur avait envoyé le grand prêtre.

— Nous voici devant la première tombe de la vallée des nobles, dit-il en s'arrêtant brusquement devant la bouche sombre d'une caverne. La porte est à quelques mètres sous terre.

Il s'enfonça dans le boyau obscur, tenant bien haut sa torche pour éviter les obstacles. Il stoppa bientôt devant une paroi rocheuse. Amset se porta à sa hauteur, mais ne put discerner la moindre trace d'ouverture.

— Vous en êtes sûr ? Questionna le Medjaï.

— Vous douteriez de ma parole ?

— Non bien sûr, vénérable, mais je ne vois rien qui ressemble à l'entrée d'une tombe.

— Vous avez des yeux et vous ne voyez pas ! Homme de peu de foi ! Regardez ici, lui répondit-il en lui désignant une mince ligne blanche qui serpentait le long de la paroi . Voici le joint de scellement et ceci est le sceau. Il est intact.

Amset se pencha pour apercevoir un amas de fibres de papyrus et de plâtre mêlés. À la lueur dansante de la torche, il finit par reconnaître le symbole de l'œil d'Horus, à moitié effacé sur ce qui devait être une bandelette à l'origine.

— Passons à la suivante alors.

Le ritualiste ne répondit pas, mais fit demi-tour et quitta la galerie d'accès. La marche dans les cailloux repris.

Ils visitèrent ainsi une dizaine de tombes sans trouver le moindre indice d'effraction. Le Medjaï commençait à douter sérieusement de sa théorie. Elle avait fière allure dans le bureau du vizir, mais à cette heure de la nuit, dans cette vallée lugubre où il sentait la présence de nombreux fantôme, il commençait à sérieusement douter de lui-même.

— Le sceau de celle-ci a été brisé et réparé, annonça soudain Ankhptahotep, accroupi devant la porte d'une nouvelle tombe.

— Montrez-moi ça, répondit le Medjaï en s'approchant du prêtre.

— Regardez là ! On a recousu un morceau de lin à l'aide d'un fil de mauvaise qualité. On voit nettement la différence.

Amset hocha la tête d'un air perplexe. Il ne voyait absolument pas le détail que lui montrait le serviteur d'Amon. Finalement, pensa-t-il, le grand prêtre a eu une excellente idée que de nous obliger d'emmener avec nous ce spécialiste.

— Cela remonte à longtemps ?

— Non, c'est récent, le lin n'a pas eu le temps de vieillir convenablement.

— Pouvons-nous fouiller la tombe ?

– Certainement pas ! Mes ordres sont stricts, nous faisons l'inventaire des tombes violées et mon supérieur, le vénérable Sekenrê, décidera. Tenez-moi cette torche voulez-vous ?

Il la tendit au policier qui la prit de sa main libre. Le prêtre ouvrit le petit sac d'étoffe qu'il portait en bandoulière et en sortit un papyrus et un nécessaire de scribe. Il s'assit en tailleur et posa le document sur sa palette. Amset reconnut là une carte de la vallée. Le prêtre y inscrit un repère en démotique à côté du symbole d'une pyramide sous lequel était inscrit le nom du propriétaire de la tombe en hiéroglyphe. Il essuya ensuite soigneusement son calame, roula le document après avoir soufflé sur l'encre pour la faire sécher plus vite et fit disparaître le tout dans sa besace. Il se releva souplement, reprit sa torche dans la main du Medjaï et s'exclama :

– À la suivante !

Sans attendre de réponse, il s'enfonça à nouveau dans la nuit, la petite troupe le suivant pas à pas.

L'aube se levait au dessus de la cime sacrée, illuminant le haut de la montagne et la transformant en une gigantesque pyramide embrasée. Le petit groupe se tenait devant l'entrée de la dernière tombe de la vallée des nobles. Bien que fourbu, c'était l'heure du décompte.

– En comptant celle-ci, j'ai dénombré quatorze tombes dont le sceau a manifestement été brisé et réparé. Vu la technique employée, je pense qu'il s'agit du même homme. Je vais faire mon rapport au grand prêtre d'Amon.

– Je vous accompagne, lui dit Amset.

– Partons de suite alors, je ne voudrai pas être encore ici quand Aton sera au Zenith.

Le petit groupe redescendit lentement vers le Nil. Khépri, le soleil du matin, était déjà haut sur l'horizon quand ils atteignirent enfin la rive du fleuve. Les policiers remontèrent dans leurs barques de roseaux et entamèrent la traversée pour rejoindre leur caserne. Amset monta en compagnie du prêtre sur l'embarcation du grand temple. Le lourd navire quitta le quai. Se laissant porter par le courant et pousser par la brise, il mit le cap vers Karnak.

La requête à Sekenrê

Amset, installé à la proue du navire, fut le premier à apercevoir l'ensemble gigantesque du domaine d'Amon. Vu du fleuve, on apercevait les toits et terrasses du temple bien abrités derrière le haut mur d'enceinte. Et plus loin, facilement repérables grâce aux étendards qui flottaient à leur sommet, les différents portiques d'entrée qu'avaient rajoutés tous les pharaons successifs. Un nuage de poussière marquait d'ailleurs l'emplacement du nouveau pylône qu'avait exigé le souverain pour laisser son empreinte sur le site.

Le navire s'approcha lentement du débarcadère sacré, là où une fois par an, la statue d'Amon, hermétiquement enfermée dans son tabernacle, entamait son voyage vers Thèbes pour la belle fête de la vallée.

Le capitaine dirigeait son embarcation à la perfection et malgré l'absence de vrai gouvernail, il réalisa un accostage d'anthologie. C'est à peine si le Medjaï ressentit le contact du bateau contre les piliers du quai.

Plusieurs marins sautèrent prestement à terre et entreprirent d'amarrer le lourd vaisseau à l'aide de cordages en fibre de papyrus. Une planche richement décorée fut mise en place entre la terre ferme et le navire. Ankhptahotep descendit alors à terre, suivit de près par Amset. Ils se présentèrent tous les deux devant le portique d'entrée. Le prêtre passa le premier sans encombre mais un vigoureux garde nubien interposa sa lance entre le Medjaï et l'ouverture lorsque ce dernier voulut pénétrer dans l'enceinte sacrée à sa suite.

– On ne passe pas ! Lui déclara le garde d'un ton sec.

Ankhptahotep se retourna alors et lui dit tranquillement :

– Vous n'êtes pas au courant. Cette entrée est réservée à Amon et à ses serviteurs. Vous, il faut que vous passiez par le pylône d'entrée. Il est de l'autre côté du mur d'enceinte.

– Mais c'est à plus de six mille coudées ! S'exclama le policier.

– Une paille pour un athlète comme vous, sourit le ritualiste. Je vous attends chez le grand prêtre.

Et sans plus s'occuper du policier, il fit demi-tour et s'enfonça dans le complexe. Amset caressa un instant l'idée d'un passage en force mais le regard menaçant du garde nubien l'en dissuada. Tout en pestant, il entreprit de faire le tour des remparts. Il n'avait pas parcouru cent coudées qu'il était déjà en nage. Les hauts murs d'enceinte de calcaire blanc réfléchissaient la lumière du soleil sur son crâne, lui faisant regretter sa perruque.

Il mit près d'une heure pour effectuer le tour complet du complexe d'Amon. Il contourna le chantier du nouveau pylône et se présenta devant celui du père du pharaon actuel. Un premier barrage de gardes nubiens le dirigea vers le bureau des entrées, une petite cahute en boue séché surmonté d'un toit de palme dans laquelle officiaient plusieurs scribes. Une dizaine de personnes patientaient devant la porte. Amset joua des coudes pour passer le premier mais il se fit vertement réprimandé par un des scribes lorsqu'il pénétra dans la cabane.

– A la queue comme tout le monde !

– Police du pharaon ! Rétorqua le Medjaï en exhibant son papyrus de service.

Le scribe ne daigna même pas le regarder.

– A la queue comme tout le monde, aucune exception !

– Mais il s'agit d'une affaire de la plus grande importance.

– Rien n'est plus important que l'ordre d'Amon.

– Je suis mandaté par le vizir lui-même, insista Amset.

– A la queue où j'appelle la garde.

Amset se mordit la langue pour ne pas dévoiler toute sa pensée au scribe. Il ressortit de la cahute et pris son tour dans la queue en contenant mal sa colère. Il patienta ainsi une bonne heure de plus. Il bouillait littéralement de rage quand il put enfin pénétrer à nouveau dans le bureau.

– Quel est votre nom déjà ?

– Amset ! Lieutenant Amset de la police du vizir.

Le scribe s'abîma dans la contemplation d'un papyrus, le parcourant lentement plusieurs fois de haut en bas. Il finit par le rouler et regardant le policier lui dit :

– Désolé, vous n'êtes pas sur ma liste. Vous aviez rendez-vous ?

– Rendez-vous ? S'étonna le Medjaï. Non je suis venu avec un ritualiste, Ankhptahotep, pour voir le grand prêtre.

– Si vous n'avez pas rendez-vous, ce n'est pas la peine d'espérer. Le grand prêtre ne reçoit que sur rendez-vous. Adressez-nous un courrier officiel du vizir et suivant l'emploi du temps de sa sainteté, il pourra sans doute vous recevoir d'ici une quinzaine.

– Suivant !

Amset n'y tenant plus, il empoigna le scribe par sa robe de lin, le souleva de terre et commença à le secouer comme un prunier tout en le tenant à bout de bras.

– Ma patience est à bout, scribouillard, j'exige de voir le grand prêtre sur le champ où je te fais bouffer ton calame et ta tablette par tous les ibis de Thot.

– Lâchez-moi ! Vous m'étranglez râla le pauvre scribe dont les pieds, ne touchant plus le sol, s'agitaient désespérément en tout sens.

Soudain le Medjaï sentit une main se poser sur son épaule.

– Lâchez ce pauvre bougre, il ne fait que son travail, lui dit le nouvel arrivant d'une voix calme.

Le policier se retourna pour envoyer paître l'intrus mais il se retint en reconnaissant Ankhptahotep. Il relâcha son étreinte et le scribe chuta à terre.

– Excusez-moi pour cette attente, le grand prêtre était en train de célébrer les mystères d'Amon et on ne peut le déranger sous aucun prétexte dans ces moments là.

Amset ne crut pas un mot des explications du ritualiste mais il acquiesça tout de même. Si ça les amusaient de le faire poireauter à la porte du temple...

– Suivez-moi, Sekenrê vous attend près de la chapelle blanche.

Le policier emboîta le pas du prêtre d'Amon et pénétra dans le domaine du dieu caché. Ils suivirent ainsi une allée pavée de pierres plates et encadrée des deux côtés par des sphinx à tête de bélier, symboles du dieu thébain. Ils franchirent plusieurs pylônes, tous plus richement décorés les uns que les autres et parvinrent enfin dans la salle hypostyle. Amset ne put s'empêcher d'être impressionné par la splendeur du lieu. Une véritable forêt de piliers, tous gigantesques, soutenaient un plafond qui semblait aussi haut que le ciel. Les murs et les colonnes étaient peints de scènes richement colorées racontant les exploits des dieux et d'Ouser Maât Rê, le pharaon qui avait achevé la construction de la salle voulue par son père Séthi.

Son guide bifurqua soudain et les deux hommes quittèrent l'obscurité de la grande salle pour se retrouver sur une petite place gorgée de soleil au centre de laquelle se dressait une petite chapelle blanche, œuvre d'Hatshepsout, pharaonne contestée. Le grand prêtre Sekenrê se tenait sur le seuil du petit édifice.

— Vous voici donc enfin ! Dit-il d'un air dédaigneux. Vous croyez que je n'ai rien d'autre à faire de ma journée.

Amset se mordit la langue pour ne pas répliquer vertement au haut personnage. Au lieu de ça, il lui répondit en souriant :

— Juste un petit problème administratif qu'Ankhptahotep m'a aidé à résoudre.

— Ces fonctionnaires nous perdront un jour, ne put s'empêcher de répondre le grand prêtre. Mais trêve de plaisanterie, venons-en au fait. Ankhptahotep m'a fait son rapport et j'en suis fort troublé.

— On le serait à moins, quatorze tombes violées de la même façon, ça fait désordre dans la vallée, répondit le Medjaï.

— Vous allez vite en besogne, pour le moment nous n'avons que des soupçons. Rien ne nous prouve qu'elles aient été ouvertes.

— Votre spécialiste vous a pourtant indiqué que les sceaux avaient été brisés et reformés par le même homme qui a profané celle du noble Aminagrobès,

Sekenrê ne répondit pas, il fit demi-tour et pénétra à l'intérieur de la chapelle, faisant signe au policier de le suivre.

Ce dernier pénétra dans le petit édifice, admirant au passage la richesse des gravures polychromes. Le grand prêtre s'arrêta devant un reposoir qui soutenait une barque sacrée en papyrus tressé. Un tabernacle de petite taille se trouvait au centre de l'embarcation. Sa porte était ouverte et il était manifestement vide.

— C'est ici que nous déposons notre père Amon pour l'emmener visiter son domaine une fois l'an, lui dit Sekenrê en désignant le petit coffre de bois précieux.

— Profaner une tombe est un crime abominable.

— Je suis tout à fait d'accord avec vous grand prêtre.

— L'ouvrir à nouveau est considéré de la même façon.

— Mais il faut absolument que l'on sache.

— Ne me coupez pas la parole sans arrêt mon petit, le reprit sèchement Sekenrê. Laissez-moi terminer mes phrases.

Amset baissa les yeux, il se sentit soudain dans la peau d'un petit garçon portant encore la natte de l'enfance qui vient de se faire gronder par le scribe chargé de son enseignement.

— D'un autre côté, reprit le grand prêtre, s'il a commis le même sacrilège dans toutes les tombes. Les Kâ des défunts sont en grand danger et ce serait un crime encore plus abominable de ne rien faire. Dans les deux cas, nous risquons la damnation éternelle.

Sekenrê posa la main sur le tabernacle d'Amon et en caressa les sculptures d'un air pensif.

— Il n'y a qu'une seule solution pour résoudre ce dilemme. Nous allons consulter l'oracle d'Amon.

L'oracle d'Amon

– Suivez-moi, nous y allons de ce pas s'exclama le grand prêtre en se dirigeant vers la sortie de la chapelle.

Amset lui emboîtât le pas tout en se demandant ce que tout cela signifiait. On ne consultait l'oracle que dans les grandes occasions. Les profanations des tombes devaient terriblement inquiéter le responsable du clergé d'Amon pour qu'il ait recours à ses services.

Le petit groupe traversa la cour pavée au centre de laquelle se dressait la chapelle blanche et pénétrèrent à la queue leu leu dans la salle hypostyle. En passant près d'un des gigantesques piliers, Amset se retrouva face à face avec une gravure sur laquelle il reconnut le pharaon Ouser Maât Rê en train de combattre vaillamment les Hittites à la citadelle de Kadesh. Le souverain était représenté sur son char, tiré par ses deux chevaux favoris. Il tenait les rênes d'une main et de l'autre, frappait les asiatiques à l'aide d'une lance. Les roues de son véhicule écrasant allégrement les cadavres des ses ennemis.

Mais il n'eut pas le temps d'admirer l'œuvre à sa guise, le grand prêtre avait déjà atteint le seuil de la grande salle et Amset accéléra le pas pour le rattraper.

Il le suivit ainsi à travers un dédale de couloirs et de petites salles sombres servant apparemment de réserve. Le temple semblait regorgé de richesses. Partout s'entassait du mobilier richement décoré ou des vases d'albâtre à l'extrême finesse ou encore des monceaux de tissus chatoyants et des statuettes en tout genre.

– C'est donc bien vrai que le domaine d'Amon est plus riche que Pharaon, ne put s'empêcher de penser le Medjaï en découvrant cet étalage de trésors.

Le petit groupe déboucha enfin dans une grande salle dont le plafond représentant le zodiaque était maintenu par une forêt de colonnes papyriformes. Au centre se dressait un sphinx gigantesque. Son corps de félin, admirablement sculpté dans le granit rose d'Assouan, était surmonté d'une tête de bélier coiffée de la double couronne. Sa bouche grande ouverte dévoilait des incisives de fauve.

A l'exception de la statue colossale qui était entourée de nombreuses lampes à huile, la salle était plongée dans l'obscurité la plus totale. Amset ne parvenait même pas à distinguer le mur d'en face. Le grand prêtre le conduisit devant la statue et s'agenouilla pour lui rendre hommage, il fit un signe discret au policier qui s'empressa d'en faire autant. Ankhptahotep, qui les avait accompagnés jusque là, en fit de même.

Une douce musique monta alors de l'obscurité. Un groupe de chanteurs invisibles entonna à sa suite une lente mélopée à la gloire du dieu des dieux. Surgi de nulle part, un groupe de danseuses sacrées entama une chorégraphie complexe autour de la statue. Amset écarquilla les yeux à leur arrivée. Les prêtresses étaient toutes plus belles les unes que les autres et ne portaient pour seul vêtement qu'une ceinture de cuir recouverte de dorures et de magnifiques pectoraux d'or et Lapis-lazulis mêlés.

Le masque d'Anubis

La danse rituelle dura une dizaine de minutes puis les danseuses disparurent aussi vite qu'elles étaient arrivées. La musique s'arrêta dans une dernière plainte.

Le grand prêtre se releva et s'approcha encore plus près de la statue. Il s'inclina devant elle à dix reprises tout en marmonnant une prière qu'Amset ne parvint pas à comprendre. Il se mit soudain à genoux et se prosterna face contre terre. Il se releva à nouveau et recommença son manège depuis le début.

Une fois toutes les formules magiques et incantations sacrées prononcées, il fit signe au Medjaï de se relever et d'approcher.

Amset se redressa non sans esquisser une grimace de douleur. Il avait perdu l'habitude de rester si longtemps à genoux.

Sekenrê leva alors ses deux bras au dessus de sa tête et commença à interroger l'oracle.

— Pardonne-moi de te déranger dans ta méditation, oh puissant Amon, ton fidèle serviteur a besoin de tes lumières. Toi qui es l'incarnation du verbe, seigneur de toute chose et dieu des dieux de l'univers entier, écoutes ma requête.

— Les tombes où reposent les pères de nos pères et les mères de nos mères ont été profanées. Des mécréants sont venus troubler le repos éternel de nos anciens. Des assassins y ont peut-être déposé leur victime innocente à l'intérieur même des sarcophages de nos ancêtres.

— Je te le demande à genoux, devons-nous pénétrer dans les tombes souillées pour y refaire naître l'harmonie ? Daigne me répondre, toi le juste, toi le caché, Amon sept fois sacrés qui règne sur l'univers entier, Maître des deux terres et du cosmos. Toi le sept et le trois, toi la main divine qui conduis nos destinées, toi le phénix qui s'est crée de rien, maître de la terre et du ciel, souverain des deux mondes et protecteur du double pays.

Sur ces dernières paroles le grand prêtre se remit à genoux, levant les yeux en l'air pour apercevoir la gueule du sphinx.

— Si l'oracle est d'accord, la statue va gronder, si elle se tait c'est qu'Amon est contre la proposition, murmura Ankhptahotep à l'oreille du Medjaï.

Les trois hommes attendirent ainsi de longues minutes dans le silence absolu. Amset n'osait pas questionner les prêtres sur le temps à attendre avant la réponse mais plus le temps passait, plus il était persuadé que Sekenrê avait monté tout ça de toute pièce pour trouver une raison valable de refuser la fouille des tombes. Il allait se relever et quitter le temple quand un grondement sourd monta de la statue de pierre. La réponse d'Amon s'amplifia de plus en plus. Le grondement rebondissant contre les murs et le plafond de la salle formait un écho prodigieux qui refluait sur les trois hommes comme une lame de fond.

Amset était tétanisé par la scène. Il serrait les poings, s'enfonçant les ongles dans les paumes de sa main, pour ne pas déguerpir en courant.

Le son baissa lentement d'intensité et le silence retomba. Sekenrê se retourna vers le policier livide et lui dit en souriant :

— La réponse est claire il me semble, vous pourrez fouiller ces tombes.

— Effectivement, réussit à articuler Amset qui tentait désespérément de reprendre son calme. Penser tranquillement aux pouvoirs d'Amon en sirotant une bière tiède sous le doux soleil d'Egypte et les contempler de près étaient deux choses totalement différentes. Jamais il n'aurait pensé se retrouver en présence de la puissance du dieu caché. Lui qui ne pratiquait le culte des ancêtres que de façons aléatoires venait d'être rappelé vertement à l'ordre. Les puissances qui gouvernent l'univers évoluaient vraiment à une altitude supérieure de celle des pauvres mortels.

— Il va de soi qu'il est hors de question que vos soudards pénètrent dans les caveaux, reprit le grand prêtre d'Amon.

— Bien entendu.

— Même vous n'y serez pas autorisé.

– Mais… tenta d'argumenter le policier.

– Vous attendrez devant le seuil et nos équipes vous sortiront les corps s'ils en trouvent.

– Mais…

– Suffit ! N'oubliez jamais qu'Amon parle par ma bouche !

Amset se le tint pour dit et se mordit la langue pour ne pas répondre.

– Ankhptahotep va vous raccompagner à la sortie du domaine, vous le rejoindrez ce soir, à la deuxième heure de la nuit, dans la belle vallée.

– Adieu.

Et sans un mot de plus ni un signe de politesse, Sekenrê tourna le dos à Amset et recommença ses prières au pied du colosse de granit.

– Suivez-moi, la sortie est par là, lui dit Ankhptahotep en lui tapant sur l'épaule.

Le masque d'Anubis

Ankhensenamon, danseuse sacrée.

Les danseuses sacrées qui avaient participé à la cérémonie de l'oracle rejoignaient leur quartier en bavardant joyeusement. Après avoir traversé la salle hypostyle, elles se dirigeaient à travers un labyrinthe de cours fermées et de couloirs tortueux vers la périphérie ouest du domaine. Elles étaient logées tout à côté de l'atelier de tissage royal. Lorsqu'elles ne dansaient pas, la plupart d'entre elles y travaillaient sous les ordres de grande prêtresse. C'est dans ces locaux qu'étaient tissés les habits de cérémonies et les tenues d'apparat du dieu Amon. Le plus beau lin d'Egypte, le plus fin, se transformait en véritable œuvre d'art sous les doigts agiles des tisserandes sacrées.

Parmi elle, Ankhensenamon était sans aucun doute la plus belle. Même les prêtres purs les plus attachés à leur célibat ne pouvaient s'empêcher d'admirer son corps bronzé et souple comme une liane à chaque fois qu'ils la croisaient.

La jeune fille n'avait pas encore dix huit ans mais son aura éclipsait déjà toutes les autres danseuses du domaine divin. Si elle arrivait à étudier les textes sacrés aussi bien que ce qu'elle maîtrisait les danses rituelles, elle était promise à un avenir radieux au service d'Amon.

Présentement, elle venait de rejoindre la cellule qu'elle partageait avec deux autres novices. Ces dernières étaient déjà au travail dans l'atelier de tissage et Ankhensenamon se trouvait seule dans leur petite chambre.

Après avoir déposé sa perruque de cérémonie sur son support, une ébauche de tête royale sculpté dans un morceau de bois noueux, elle s'était aussi débarrassée de son pagne de cérémonie. Nue comme à son premier jour, elle était en train de se laver à l'aide d'un pain de natron et d'une jarre d'eau.

Frottant longuement ses seins et ses jambes fourbues par la danse, elle sentait un trouble inconnu l'envahir peu à peu. Elle allait s'allonger sur sa natte et goûter au plaisir d'Athor quand on frappa à sa porte.

Elle attrapa prestement un de ses pagnes de tous les jours et s'en vêtit rapidement en se dirigeant vers l'entrée.

Le masque d'Anubis

Premier indice

Amset patientait depuis près d'une heure devant la première tombe suspecte. De temps en temps des bribes de musique et de chants parvenaient à ses oreilles en provenance des profondeurs du catafalque. Ankhptahotep l'avait planté là, avec l'ordre exprès de ne pas tenter de pénétrer dans le tombeau. Le Medjaï avait eu beau argumenter sur la nécessité qu'il voit de visu la scène du crime, le ritualiste était resté de marbre. Les ordres du grand prêtre d'Amon, Sekenrê, devaient être suivis à la lettre. Le salut de leur âme et de celle du défunt en dépendait.

Le policier se tenait assis en scribe au milieu des rochers qui entouraient l'entrée de la tombe comme une armée minérale. La nuit était claire et Amset c'était un moment abîmé dans la contemplation du ciel étoilé, tentant de retrouver les constellations qu'il avait pu admirer au plafond d'un temple lors d'une enquête dans la région de Dendérah.

Au fur et à mesure que le temps passait, la température se faisait moins clémente et Amset se maudissait de ne pas avoir pensé à prendre un linge chaud pour atténuer la morsure du froid.

Enfin un bruit de pas se fit entendre dans la galerie d'accès. Ankhptahotep, Tenant une torche à bout de bras, apparut sur le seuil du corridor.

Le policier bondit sur ses pieds et lui posa immédiatement la question qu'il tournait et retournait dans sa tête depuis leur arrivée dans la vallée :

— Alors ? Il y a un corps ?

— Nous avons effectivement trouvé une momie de trop.

— Et ?

— Elle était beaucoup mieux préparée que celle que vous avez découvert dans la tombe d'Aminogrobès.

— Mais ?

— Mais malgré tout, c'était un travail bâclé, le corps n'a pas été traité au natron et il a commencé à se décomposer. Ces tombeaux sont relativement humides et la chair n'y résiste pas.

— On pourra l'identifier ?

— Ne rêvez pas, c'est tout juste si on arrive à savoir que c'est le corps d'une femme.

— Je peux la voir ?

— Hors de question, nos prêtres sont en train de lui préparer un linceul et nous allons la placer dans la nécropole des communs. Qui que ce soit, elle a droit à une sépulture digne de ce nom.

— Il faudrait pourtant que je voie son corps de près pour étudier les similitudes avec la dépouille de Meritamon, la serveuse.

— Je vous l'ai dit, c'est strictement hors de question.

— Mais !

— Mais pour vous aider dans votre enquête, deux de nos prêtres sont en train de vous faire un rapport. Le premier qui est un excellent dessinateur a fait un croquis des blessures, le second, en tant que maître embaumeur, vous donnera toutes les indications sur le processus de momification employé ainsi que les causes probables de la mort.

– Merci.

– Pas la peine de me remercier, je suis les ordres du grand prêtre. Cette affaire doit être résolue au plus vite et dans la plus grande discrétion.

– Un dernier détail, le visage de cette fausse momie était recouvert par un masque d'Anubis. Après lecture de l'inventaire de la tombe, nous sommes sûrs qu'il a été apporté en même temps que le cadavre.

– Où est-il ?

– Le voici, lui dit le prêtre en lui tendant le masque de peau qu'il avait caché derrière son dos jusque là.

Le Medjaï prit l'objet dans les mains et l'observa sous toutes les coutures à la lumière de la torche.

– Qu'en pensez-vous, finit-il par demander au prêtre.

– Réalisation très soignée, peau de qualité, véritables pierres précieuses pour le collier. Je dirais que c'est un véritable masque de cérémonie.

– D'où peut-il venir ?

– J'y ai bien réfléchi, j'ai demandé l'avis de mes collègues et il ne peut venir que d'un temple !

– Vous insinuez que le meurtrier est un prêtre ? Ne put s'empêcher de questionner Amset.

– Jamais de la vie ! S'emporta Ankhptahotep. Je dis juste que ce masque a été fabriqué dans un temple. Celui qui l'a mis là peut très bien l'avoir volé ou acheté sous le manteau.

Le masque d'Anubis

Toutankhptah

Ankhensenamon, tout en attachant son pagne autour de sa taille, entrouvrit la porte de sa chambre. Dans la semi-obscurité du couloir, elle distingua la silhouette d'un homme à moitié retourné, comme s'il s'en allait déjà. Le bruit que fit la porte en s'ouvrant l'arrêta net et il lui fit face.

– Toutankhptah ? Mais qu'est ce que tu fais là ? Quand je t'ai vu tout à l'heure tu m'as bien dit que ce soir tu ne pourrais t'échapper du service d'Anubis ?

– …

Toutankhptah, un jeune prêtre, comme le trahissait sa calvitie, resta sans voix. On put lire fugacement sur son visage un sentiment d'hésitation, mais cela échappa à la danseuse qui reprit aussitôt :

– Comment as-tu fait pour échapper à la vigilance du vieux prêtre du Kâ ? Tu m'avais pourtant dit que ce vieux bouc avait l'œil à tout !

– Et bien… commença le nouveau venu d'une voix hésitante.

— C'est sans importance, je prends un voile de lin et nous allons regarder le coucher de soleil sur le Nil, la coupa la jeune fille. Tu verras ! Depuis l'embarcadère dont je t'ai parlé, c'est vraiment magnifique ! Khépri disparaît dans le fleuve au milieu d'un buisson de papyrus juste en face du grand temple d'Amon.

— Heu…

— Chut ! Ne dis rien, j'en ai pour une seconde !

Sans lui laisser le temps de répondre, la jeune danseuse était déjà rentrée dans son appartement à la recherche de son étoffe. On l'entendait chantonner depuis le couloir.

Elle venait de réapparaître sur le seuil lorsque deux autres danseuses tournèrent au coin du couloir en riant à gorges déployées. Sithis, la première à s'avancer était l'égyptienne type. Le teint halé et les traits fins, un corps mince aux hanches plates. Une série de colliers en patte de verre coloré cachait sa poitrine menue et d'autant plus ferme

— Bonsoir Toutankhptah, le supérieur des embaumeurs t'a laissé quartier libre ? Demanda-t-elle au visiteur d'Ankhensenamon qui se tenait toujours debout devant sa porte, raide comme un pilier Djed.

— Heu…

— Arrête de l'embêter, tu sais bien qu'il est timide, la coupa Athoria, une nubienne sensuelle à la peau couleur de nuit. Ses lèvres charnues esquissèrent un sourire qui aurait fait se damner n'importe quel prêtre pur. Les yeux de Toutankhpath ne purent s'empêcher de descendre de son opulente poitrine jusqu'à sa croupe, aussi cambrée qu'un arc de combat.

Les deux prêtresses entrèrent alors dans la chambre qu'elles partageaient avec Ankhensenamon en l'embrassant au passage.

— Passe une bonne soirée, lui murmura dans l'oreille Athoria. Essaye de ne pas faire trop de bruit en rentrant.

Ankhensenamon sourit à l'allusion. Elle referma la porte sur elles et prenant Toutankhptah par le bras, elle l'entraîna vers la sortie du domaine d'Anubis.

Ils passèrent bientôt devant le garde en faction à l'entrée du sanctuaire. Ce dernier les regarda d'un œil surpris !

– Par où es-tu rentré ? Je t'ai vu sortir il n'y a pas un quart d'heure !

– Une course urgente, je suis revenu par l'embarcadère.

Apparemment satisfait par la réponse, le soldat n'insista pas et les deux jeunes gens s'enfoncèrent dans les rues de Thèbes en direction du fleuve roi. Le garde ne put s'empêcher de laisser ses yeux fixés sur les hanches d'Ankhensenamon qui semblaient exécuter pour lui seul une danse des plus lascives pendant qu'elle s'éloignait au bras du prêtre.

- Y'en a qui ont vraiment de la chance ! Pensa-t-il.

Le masque d'Anubis

Le masque d'Anubis

Premiers soupçons

Dans la vallée, les travaux de vérifications des tombes suspectes se poursuivirent toute la nuit. Dans chacune des tombes visitées, les prêtres d'Amon découvrirent une fausse momie. Vu l'état de décomposition avancée de certaines, il leur fut impossible de déterminer exactement les causes de la mort mais dans la majorité des cas, aucun doute ne subsistait. Toutes les victimes, de très jeunes femmes pour la plupart, avaient succombé à une tentative de momification.

Amset demanda à plusieurs reprises l'autorisation de pénétrer dans les tombes mais Ankhptahotep resta de marbre et s'y refusa à chaque fois. Il lui fit néanmoins un compte-rendu des plus détaillé des macabres découvertes que lui et ses collègues firent tout au long de la nuit.

Ils découvrirent ainsi six masques d'Anubis supplémentaire, tous de la même qualité et aux dires d'un vieux prêtre ritualiste, tous provenant du même endroit : la maison des embaumeurs, le temple d'Anubis.

Dans les deux dernières tombes, ils découvrirent aussi de petites figurines du dieu canin qui avaient été placées dans l'abdomen de la victime. Sur l'une d'entre elles, ils purent y déchiffrer le nom du sculpteur : Psadouris, un des artisans attitrés du temple d'Anubis.

Aton était déjà haut sur l'horizon lorsqu'Amset débarqua à Thèbes. Sans prendre le temps de se restaurer ou même de se reposer, il prit la direction du temple d'Anubis. Dans un panier de papyrus tressé, il emportait les preuves récoltées durant la nuit. Sept masques d'Anubis et sept figurines du dieu.

Sept et sept, Soixante et dix sept, le chiffre de Seth. Il y avait-il une intervention divine dans ses meurtres ou n'était-ce là qu'un hasard ? Ou bien le meurtrier adressait-il un message aux enquêteurs ? Qui pouvait-il être d'ailleurs ? Un prêtre dément qui aurait basculé dans l'abomination de Seth ? Un malade mental se prenant pour la réincarnation d'Anubis ? Ou bien y avait-il derrière tout ça un complot visant à saper l'autorité de Pharaon ou le pouvoir du clergé d'Amon ?

Toutes ces hypothèses se bousculaient dans le crâne d'Amset. La migraine le guettait. La vue du pylône d'accès du temple d'Anubis coupa court à ses pensées. Il traversa l'esplanade dont le sol en pierre taillée chauffé à blanc par le soleil à son zénith lui fit penser à la traversée des enfers.

Il se présenta au scribe du bureau d'entrée qui, après avoir vérifié avec soin son papyrus officiel, le conduisit jusqu'au supérieur du domaine, le maître embaumeur Tarodaseth.

Le grand prêtre d'Anubis se trouvait présentement dans les chais du temple. Entouré de ses adjoints les plus proches, il vérifiait la qualité des vins de palme utilisés dans le processus de momification. Ne reculant devant aucun sacrifice, il goûtait lui-même le nectar et son palais infaillible lui permettait de trier entre les différents crus, ceux qui seraient assez alcoolisés pour bien conserver les viscères des défunts de ceux qui finiraient sur la table des prêtres.

– Grand Maître, voici l'inspecteur Amset de la caserne des Medjaïs qui souhaiterait vous entretenir d'un fait de la plus haute importance, dit le scribe des entrées à son supérieur.

Ce dernier déposa la coupe de vin qu'il tenait sur une petite table et se retourna vers le policier pour l'accueillir.

Tarodaseth était une véritable montagne. Haut comme un obélisque et large comme la base d'une pyramide. Ce nubien d'origine devait peser le poids d'un hippopotame. Son corps noir charbon, n'était qu'un amas de chair et de plis. Son visage, rond comme la lune, était lisse comme un miroir. Seul ses yeux semblaient avoir taille humaine. Légèrement voilés par le nectar des dieux, ils se fixèrent pourtant sans hésiter sur le policier.

– Que me vaut donc la visite de la police du vizir ? Toute l'agitation que l'on m'a rapporté dans la belle vallée aurait-elle un quelconque rapport avec ma modeste maison ?

Amset fut décontenancé par cette entrée en matière. L'opération nocturne devait se dérouler dans le plus grand secret. Comment diable cette outre sur patte était-il déjà au courant.

Semblant lire dans ses pensés, Le grand prêtre reprit :

– Rien de ce qui se passe dans le domaine des morts ne m'est étranger.

– Vous savez donc pourquoi je viens ? Lui répondit le Medjaï

Tarodaseth se mit à rire, ce qui ébranla tout son corps tel un monumental soufflet à la gelée.

– Mes informations ne vont pas jusque là, mais le domaine d'Amon bruisse de rumeurs et je ne suis pas sourd…

– Pourrait-on parler seul à seul, le coupa le policier.

L'embaumeur en chef frappa dans ses mains en indiquant d'un mouvement de menton la sortie. Les prêtres présents dans le chai s'y dirigèrent rapidement. En moins d'une minute, ils furent tous partis.

Tarodaseth remplit une coupe de vin de palme et la tendit vers Amset.

— Aidez-moi donc à goûter ces nectars pendant que nous discutons.

— Jamais pendant le service !

— J'insiste !

Le Medjaï se résolut à prendre la coupe. Il la porta à ses lèvres et prit une petite gorgée. Ses papilles manquèrent en défaillir. Le liquide ambré coula dans son gosier en lui laissant entrevoir le paradis.

— Qu'est ce que vous en pensez ?

— Il est merveilleux.

— Merveilleux ? Pas pour nous ! Impossible de l'utiliser dans le processus rituel, il est bien trop sucré.

Le grand prêtre prit alors un calame et traça le hiéroglyphe du mot refusé sur le flanc de l'amphore.

— Venons en au motif de votre visite si vous le voulez bien, dit-il en se dirigeant vers un autre empilement de jarre. Qu'avez-vous donc trouvé dans les tombes de la vallée qui soit en rapport avec mon temple ?

Amset lui emboîta le pas.

— Des masques d'Anubis et des statuettes funéraires portant la marque d'un de vos maîtres artisans.

— Rien d'étonnant à ça ! C'est le contraire qui m'aurait étonné.

— Nous les avons retrouvés sur le corps de jeunes filles qui ont été, selon toute apparence, assassinées de la pire des manières.

— C'est-à-dire ? Lui demanda le gros homme en s'arrêtant.

— Elles ont été momifiées vivantes.

Tarodaseth se retourna vivement vers le Medjaï.

— Comment ça ? Momifiées vivantes ?

Le policier se mit à lui raconter tout ce qu'il savait. Le grand prêtre l'écouta attentivement sans que ses traits bouffis ne trahissent la moindre émotion au récit des ces atrocités. Seul un éclat dur dans ses yeux permit à Amset de deviner la colère qui montait en lui.

Le policier se tut enfin. Le silence retomba dans la cave, à peine perturbé par le bruit de gouttes d'eau qui s'écoulaient régulièrement du plafond dans le fond obscur de la salle.

– Donnez-moi le nom du sculpteur, finit par demander Tarodaseth.

– Un certain Psadouris.

– Psadouris ? Il est mort depuis près de trente ans ! Parlez-moi donc plus en détail des masques.

Amset ouvrit alors le sac qui ne l'avait pas quitté depuis le début de l'entretien et exhiba ses trophées.

Le maître embaumeur les regarda un à un sous toutes les coutures. Il les reposa ensuite soigneusement dans le sac.

– Le clergé d'Amon ne c'est pas trompé. Ils ont bien été fabriqués ici. Suivez-moi, nous allons rendre une petite visite au responsable des stocks.

Le masque d'Anubis

La Dernière Danse D'Ankhesenamon

Ankhensenamon reprit lentement conscience. Elle avait l'impression de flotter dans un nuage de coton. Sa langue était pâteuse, sa gorge douloureuse. Ses yeux semblaient scellés avec de la colle de poisson. Elle avait beau se concentrer, elle n'arrivait pas à remuer les paupières. Elle déglutit avec difficulté puis tenta de porter la main à son visage pour nettoyer ses yeux. Ses doigts décolèrent à peine et sa paume ne bougea même pas. Elle tenta alors de bouger ses pieds et ses jambes sans le moindre succès. Elle commença à paniquer sérieusement et tenta de crier. Elle ne put émettre qu'un vague coassement à peine digne d'une jeune rainette.

Elle avait beau tenter de se calmer en récitant les psaumes d'Anubis, l'angoisse formait une boule de peur brûlante au creux de son ventre. Les souvenirs lui revinrent peu à peu. Elle était sortie du temple au bras de Toutankptah. Ils avaient traversé Thèbes en direction du fleuve. Les rues se vidaient peu à peu. La cité se préparait pour la nuit. Ils avaient enfin atteint l'embarcadère royal et, assis au bord de l'eau verte qui filait à toute allure sous leurs pieds, ils avaient contemplé en silence le coucher du soleil. Khepri, l'astre du soir, était lentement descendu sur l'horizon et son char céleste avait plongé dans le Noum dans un feu d'artifice de couleur se répercutant dans le ciel et à la surface du fleuve. Puis l'astre bienveillant avait complètement basculé dans les mondes inférieurs pour livrer bataille au serpent Apopis tout au long des heures de la nuit et renaître à nouveau le lendemain, plus fort et puissant que jamais !

Ankhensenamon avait alors demandé à Toutankptah de la raccompagner au temple. Ce dernier avait accepté d'un grognement inhabituel. Ils avaient repris le chemin de la maison d'Anubis et puis plus rien. Un grand trou noir à partir de là. Elle se revoyait avancer prudemment dans les ruelles sombres de la ville, le jeune prêtre à ses côtés, mais c'était tout. Qu'avaient-ils pu faire ensuite pour qu'elle se réveille dans cet état ?

Soudain, elle sentit une présence tout près d'elle. Un bruit de respiration venant de sa droite. Un frôlement de main sur une étoffe.

— Il y a quelqu'un ? Tenta-t-elle de demander. Mais le résultat tenait plus d'un grognement que du langage structuré du double pays.

— Je vois que tu te réveilles enfin ma douce.

La voix lui semblait familière mais en même temps complètement étrangère. Elle discernait dans ces paroles, murmurées plutôt que dites, une cruauté et une jubilation malsaine. Mais elle était aussi sûre d'en connaître le propriétaire.

— Ne me réponds pas pour l'instant, tu es encore trop faible pour ça. Je suppose que tu as du mal à bouger et même à ouvrir les yeux ! Ne t'inquiète pas, ces petits désagréments vont passer très vite. Cela me fait penser qu'il faut que je te prépare.

Elle sentit les mains de son interlocuteur inconnu se poser sur ses chevilles et s'y activer. Il la prit ensuite par les poignets et lui fit passer les bras au-dessus de la tête. Elle sentit le froid du métal sur ses avant-bras et comprit qu'il était en train de l'enchaîner.

Une brusque poussée d'adrénaline finit par vaincre complètement la torpeur dans laquelle elle se débattait depuis son réveil. Elle ouvrit les yeux en hurlant.

Mais son cri lui resta dans la gorge quand elle aperçut le visage de son tortionnaire.

– Toi ? Mais pourquoi m'attaches-tu ?

– Tu le sauras bien assez tôt ma tendre fleur de lotus.

Ankhensenamon se débattit en tout sens mais il était déjà trop tard. En se contorsionnant au maximum, elle vit rapidement que ses poignets étaient emprisonnés dans des carcans métalliques reliés à une lourde chaîne que son ravisseur était en train de tendre après avoir passé les maillons rouillés dans un anneau de bronze fixé sur la paroi derrière elle. Ses chevilles étaient elles aussi retenues par des pièces métalliques manifestement scellées à l'espèce de grande table de pierre sur laquelle elle se trouvait couchée.

– Expliques-moi à quoi tu joues ? Aïe, tu me fais mal à tirer comme ça.

– Je m'en excuse, mais il faut que tu sois le plus immobile possible.

– Arrête tes bêtises et détache-moi, tu ne me fais pas rire du tout.

– Je n'ai jamais voulu te faire rire…

Le masque d'Anubis

Le masque d'Anubis

Dans la maison d'Anubis

Le maître embaumeur, grand prêtre du clergé d'Anubis et grand passeur d'âme partit au petit trot. Il se mouvait beaucoup plus rapidement que pouvait le laisser croire son corps d'obèse et Amset avait du mal à le suivre. Ils remontèrent à la queue leu leu jusqu'à la surface par une série d'escaliers taillés dans le roc et chichement éclairés par la lueur de torches placées de loin en loin.

L'humidité suintait littéralement des parois et du plafond des couloirs obscurs qu'ils empruntaient. Impossible d'oublier que le Nil était tout proche. La cour d'honneur se trouvait à peine plus haut que le niveau de la dernière crue record, les caves et tous les souterrains se trouvaient donc plus bas que le fleuve en cette période d'inondation ou Hapy, le dieu du Nil, déversait sans compter sur les terres du double pays son limon fertile.

Enfin ils débouchèrent à la lumière du jour dans une arrière-cour encombrée de grands sacs contenant du natron venu par bateau du lointain Ouadi el-Natroum.

Se frayant un chemin dans cette mer de sel, Tarodaseth fendait les sacs comme une barque glissant sur les eaux calmes du delta. Le Medjaï le suivait comme son ombre en évitant prestement les lourds colis ébranlés par le colosse à son passage et qui menaçaient de s'effondrer sur lui.

Ils arrivèrent enfin devant une double porte en bois d'acacia noueux fermant l'ouverture d'un long bâtiment sans fenêtre ni colonne qui devait servir de magasin.

Le grand prêtre mis un grand coup de pied dans la porte en guise de hors d'œuvre et se mit à tambouriner contre le battant à l'aide de ses deux poings refermés.

– Jéroboam ! Hurlait-il en même temps. Ouvre cette porte avant que je ne la défonce.

Amset le regardait s'agiter d'un air perplexe. Ce n'était pas là manière de religieux. Le comportement du maître embaumeur le laissait songeur. Il aurait voulu prévenir quelqu'un de se cacher qu'il ne s'y serait pas pris autrement.

Enfin la porte s'ouvrit lentement. Tarodaseth recula d'un pas pour laisser passer le battant poussé par un petit homme aux cheveux blancs. Le Medjaï examina le nouveau venu de la tête aux pieds et le classa aussitôt dans la liste des innocents.

– Jéroboam, le gardien du stock depuis des temps immémoriaux, le présenta Tarodaseth. Il était déjà en poste lorsque j'usais mes fesses et mes talons dans la maison de vie du temple, reprit-il

Le responsable des stocks donnait effectivement l'air d'avoir plus de mille ans. Sa peau n'était qu'un amas de ride le faisant ressembler à une pomme blette. Son visage était dans le même état qu'un papyrus de l'époque de Narmer. Ses lèvres et sa bouche n'étaient plus qu'une fente craquelée à travers laquelle on pouvait apercevoir l'unique dent restante du préposé au stock. Son nez, rouge et vermoulu n'était plus qu'une plaie purulente. Ses oreilles décollées pendaient comme un morceau de chair morte de chaque côté de son crâne dégarni où quelques touffes de cheveux blancs jaunâtres achevaient le tableau.

L'antiquité releva avec difficulté la tête en direction du grand prêtre et lui dit d'une voix éraillée et quasiment inaudible :

– Pas la peine de faire tant de raffut, je ne suis pas encore complètement sourd. Que me vaut l'honneur de la visite du supérieur du temple dans mon modeste entrepôt ? Vous avez encore égaré une jarre de vin de palme je suppose ?

Tarodaseth sourit et sans relever l'insolence du vieillard lui déclara :

– Le policier qui m'accompagne désirerait connaître la provenance de quelques objets.

– Comment voulez-vous que je sache d'où vient ce sac de papyrus ! Cracha l'ancêtre en tendant un doigt crochu et déformé par l'arthrite vers Amset.

– C'est ce qui est à l'intérieur qui lui pose problème.

– Et bien qu'il les déballe au lieu de me faire perdre mon temps. Non, attendez, rajouta-t-il à destination du Medjaï qui avait déjà la main dans le sac. Rentrons à l'intérieur, je n'ai pas envie de rôtir en plein soleil pour vos sornettes, je tiens à ma peau de pêche.

Et sans plus de cérémonie, il disparut dans l'obscurité du magasin.

Amset le suivit à l'intérieur en compagnie du grand prêtre. Quand ses yeux se furent habitués à la pénombre qui régnait dans les lieux, il se rendit compte que le bâtiment était plein comme un œuf. Des dizaines et des dizaines de caisses étaient entassées les unes sur les autres à perte de vue, ne laissant qu'un étroit passage entre elles qui formait comme un couloir que le vieux gardien des lieux avait déjà suivi jusqu'à un coude derrière lequel il disparut à la vue des hommes.

Le policier accéléra le pas et tourna à son tour. Après plusieurs virages à angle droit, il déboucha dans une espèce de clairière au milieu des caisses au centre de laquelle se dressait un petit kiosque de pierre. Jéroboam était déjà assis à l'intérieur du monument. Il était tranquillement installé devant un bureau en bois précieux richement travaillé et rehaussé de feuilles d'or sur les pieds duquel Amset put lire le cartouche d'Akhenaton, le pharaon hérétique.

— Montrez-moi donc vos trouvailles, lui cria le vieillard de sa voix cassée.

Le policier sortit un à un les sept masques d'Anubis et les sept statuettes et les déposa sur le bureau. Jéroboam prit le premier masque, le regarda rapidement et le jeta par dessus son épaule. En moins de trente secondes, les autres parures rejoignirent le premier masque par terre.

Amset allait protester contre les manières peu cavalières du responsable des stocks mais un regard du grand prêtre l'en dissuada.

Jéroboam examinait maintenant avec minutie les figurines du dieu chacal. Il eut un rictus d'amertume en reposant le dernier.

— Si vous êtes venus pour savoir si ces objets viennent de ce magasin, la réponse est oui.

— Si vous voulez savoir comment ils ont fait pour en sortir, je vais vous donner la liste de mes assistants. Ce sont les seuls habilités à pénétrer dans ce magasin en mon absence à part le gros Poussah qui est présent avec nous bien sur.

Il prit un calame et un bout de papyrus usagé et commença à tracer les hiéroglyphes des noms des suspects.

— Pensez-vous à quelqu'un en particulier ? Lui demanda Amset.

Le vieil homme cessa d'écrire un instant et releva la tête vers le policier.

— Ils avaient toute ma confiance, je ne comprends pas pourquoi l'un d'entre eux a voulu dérober ces objets, ils n'ont aucune valeur commerciale. Alors, savoir qui a pu commettre une bêtise pareille…

— Il ne s'agit pas d'une simple bêtise mais de meurtres rituels.

Jéroboam se figea en entendant les mots du Medjaï.

— Un meurtrier parmi mes assistants ? C'est rigoureusement impossible. Je les connais quasiment tous depuis leur naissance. C'est impossible, impossible…

Nouvelle recette

— Arrête immédiatement ton manège, tu deviens lourd mon petit Touth'.

— La volonté des dieux doit être accomplie.

— Ce n'est pas la peine de m'attacher pour ça ! Tu sais bien que je n'aime pas ça.

— Mon père Amon parle par ma bouche.

— Arrête de délirer, tu commences vraiment à m'ennuyer ! Et d'abord où est-ce que tu m'as emmené ?

— Silence, femme !

— Comment tu m'as parlé ?

— Silence, être impie, raclure d'ânesse, fiente de poulet, excrément de bouc ! Ta langue est chargée de venin, ton âme n'est que souillure, ta respiration pestilentielle, ton haleine fétide, ton corps une insulte aux dieux !

— Mais tu as complètement perdu la boule on dirait ! Si c'est un de tes nouveaux jeux, il ne m'amuse plus du tout.

— Je t'ai dis de te taire, chienne lubrique !

La gifle qu'il lui administra résonna comme un coup de tonnerre dans la salle obscure.

– Mais ça va pas bien de me frapper comme ça !

– Mais tais-toi, vermine !

Une nouvelle série de coup, encore plus violents que les premiers, rompit à nouveau le silence des lieux. Les cris et les pleurs d'Ankhensenamon leur répondaient.

– Toutankhptah, je t'en supplie... Tu me fais mal... Arrête de me frapper... Je t'en prie... Je t'en supplie...

Mais son tortionnaire ne tenait aucun compte de ses supplications, il semblait même redoubler d'ardeur. Aux simples gifles du début avaient succédés rapidement des coups de poing meurtrier. Le si joli visage de la jeune danseuse se transformait peu à peu en un masque sanguinolent. Déjà elle n'y voyait quasiment plus, ses deux paupières, encore expertement fardées de Khôl, avaient explosées sous la violence des coups. Son nez aquilin était tordu sur le côté. Visiblement fracturé, il enflait à vue d'œil. Ses lèvres et ses pommettes avaient elles aussi éclaté. Même ses dents, superbes perles d'ivoire, avaient cédé sous la violence des coups et elle tentait d'en recracher les morceaux entre deux séries d'impacts.

Enfin le carnage cessa.

On n'entendait plus dans la salle, que les râles et les pleurs d'Ankhensenamon et une respiration saccadée, visiblement masculine.

– Mourtoi ? Mourtoi u m'as fait ka ? Réussit à murmurer la jeune fille.

– Je t'ai pourtant demandé plusieurs fois de te taire femelle ! Mais ton engeance est incapable de se soumettre. Maintenant encore, tu continue à parler.

– Je t'en supplie...

– Tu l'auras voulu catin !

– Noonnnn, non..

Le cri de la jeune fille s'étouffa dans sa gorge lorsque son agresseur se saisit de sa langue à pleine main. Elle tenta bien d'échapper à l'étau de ses doigts mais sans succès. Elle sentit un contact froid et métallique, du bronze ! Sous la douleur, son corps se cambra à se briser.

– Sans cet appendice ridicule tu auras peut-être moins de mal à m'obéir, trainée ! Lui hurla-t-il à l'oreille en balançant à quelques centimètres de ses yeux un horrible moignon de chair dans lequel elle reconnue sa langue.

S'en était trop pour Ankhesenamon, ses yeux se révulsèrent, son corps se raidit une dernière fois et elle plongea dans l'inconscience.

Le masque d'Anubis

Le gardien de la crypte

– Un meurtrier qui a libre accès à vos stocks. Un meurtrier qui a tranquillement pu subtiliser sept masques d'Anubis et sept statuettes, ajouta Amset pour bien enfoncer le clou.

– Les masques de cérémonie sont sous la responsabilité d'un novice, Toutankhptah, en qui j'ai entière confiance, répondit Jéroboam, les yeux dans le vague. Un meurtrier parmi les membres du temple, ça dépasse l'entendement.

– Commençons donc par interroger ce Toutankhptah si vous n'y voyez pas d'inconvénient.

– Suivez-moi, je vais vous conduire à son magasin, à l'heure qu'il est, il doit y être en plein travail.

Les deux hommes emboîtèrent le pas du vieillard à travers le dédale des stocks. Ils parcoururent de longs couloirs bordés de magasins pleins à raz bord de natron et de tissus de lin coupé en fine lanière. En traversant une petite cour intérieure, ils purent admirer le travail des joailliers qui étaient en train de façonner des scarabées aux ailes dorées et au ventre de Lapis-lazuli destinés à protéger les morts des embûches de l'autre monde.

Ils avaient ensuite dévalé une volée de marches qui semblait s'enfoncer jusqu'au centre du monde. Après une descente interminable, ils se retrouvèrent dans un petit hall d'où partaient plusieurs galeries qui plongeaient au plus profond des entrailles du temple.

Jéroboam prit une torche dans un panier disposé à cet effet et l'alluma à l'aide d'un brasero de cuivre qui pendait du plafond de la salle. Sans hésiter, il s'engouffra dans le premier couloir. Le grand prêtre et le policier s'empressèrent de le suivre.

Ils débouchèrent peu après dans une crypte au plafond voûté. Une statue colossale d'Anubis représenté couché sous sa forme canine en ornait le centre. Sur toutes les parois s'étalait à profusion une collection hétéroclite de masques du dieu psychopompe.

Assis à même le sol dans la position traditionnelle du scribe accroupi, se trouvait un jeune prêtre au crâne intégralement rasé. Il était penché sur un masque de cérémonie bien fatigué qu'il était en train de restaurer.

Levant les yeux de son ouvrage, il reconnut Jéroboam et le supérieur du temple. Il bondit sur ses pieds tout en tentant un salut protocolaire, manquant par là même de s'étaler de tout son long et ne parvenant à rétablir son équilibre que par miracle.

— Maître Jéroboam, maître Tarodaseth, que me vaut l'honneur de votre visite ? Bafoua-t-il.

Avant qu'aucun des deux hommes n'ait pu ouvrir la bouche, Amset s'avança et vida le contenu de son sac aux pieds de Toutankhptah qui le regarda d'un air ébahi.

— Mais qui êtes-vous et d'où sortez-vous ces masques ? Fini-t-il par articuler.

— C'est toi qui vas me le dire !

— Mais…

— Tu les reconnais, n'est-ce pas ?

Le masque d'Anubis

Le jeune prêtre fixait le masque d'Anubis qu'Amset lui agitait sous le nez sans répondre. On pouvait lire sur son visage une incompréhension totale.

– Tu les reconnais, oui ou non ? Hurla le Medjaï en avançant sur le prêtre, le masque de chacal à bout de bras.

Le novice recula et se trouva acculé contre la paroi.

– Tu vas te décider à avouer !

– Ça suffit ! S'emporta soudain le vieux Jéroboam. Arrêtez de menacer cet homme, j'en réponds comme de moi-même.

– Alors dites lui de me répondre avant que je ne l'éviscère.

– Qu'est ce que vous voulez savoir ? Réussit à balbutier Toutankhptah.

– Tu reconnais ses masques ?

– Bien sûr, ce sont les masques sacrés de notre protecteur Anubis, le divin guide des défunts vers l'Amdouat, le grand passeur d'âme.

– Ça, je le sais déjà ! Pas la peine de me faire un cours de théologie. Observe-les plutôt de plus prêt !

Toutankhptah obéit et se saisit du masque que lui tendait le policier. Après un examen minutieux, il releva la tête et dit :

– C'est un des nôtres.

– Examine les autres !

Le prête s'accroupit et entreprit d'examiner les six autres masques. Son teint se faisait de plus en plus pâle au fur et à mesure que les ornements sacrés passaient entre ses mains.

– Ils viennent tous de notre temple, finit-il par annoncer.

– Tu peux expliquer à tes supérieurs où on les a retrouvés ?

– Comment voulez-vous que je le sache ? répliqua le jeune prêtre.

Sa réponse avait un accent de sincérité mais Amset savait bien qu'un criminel tel que celui qu'il chassait n'allait pas tomber dans un piège aussi grossier. Il ne put pourtant s'empêcher d'être troublé.

– Explique-nous au moins comment ils ont fait pour sortir d'ici.

– À ma grande honte, je ne me l'explique pas. Je suis le seul à avoir accès à cette crypte. En dehors du grand prêtre et de Pharaon bien sûr, ajouta-t-il en baissant la tête.

– Effectivement, répondit Tarodaseth, Pharaon, en tant que dieu lui-même, peut venir ici quand bon lui semble. En tant que représentant unique du monarque, j'ai les mêmes prérogatives, mais je ne me souviens pas être jamais venu dans cette crypte depuis que j'ai pris mes fonctions. Je suppose que je dois aussi me compter au rang des suspects, acheva-t-il en fixant le Medjaï dans les yeux.

– Vous pouvez, oui ! N'oubliez pas que moi aussi, je suis le représentant de Pharaon et le garant de Maât ! A ce titre, je peux faire incarcérer toute personne que je soupçonne d'un crime. Personne n'est en dehors de ma juridiction, à part les dieux bien sûr, répliqua le policier sans baisser le regard.

Le grand prêtre rompit aussitôt le duel. En fin politique il détourna aussitôt la conversation qu'il avait lui-même bêtement engagée dans une voie dangereuse pour lui.

– Loin de moi l'idée de douter de vos prérogatives, mais nous côtoyons la mort de tellement près ici que j'ai vraiment du mal à imaginer que l'un d'entre nous puisse être un meurtrier.

– Pourtant quelqu'un a assassiné de la façon la plus atroce plus de cinquante jeunes filles. Plus exactement, il a essayé de les embaumer vivante ! Et nous avons retrouvé ces masques funéraires et ces statuettes sur le cadavre de sept d'entre elles. Ces fameux masques dont votre prêtre vient de nous confirmer l'origine : votre temple, reprit le policier tout en tendant un index accusateur vers le prélat.

Ce dernier détourna le regard et s'exclama d'un ton sévère en se retournant vers le novice :

– Toutankhptah ! J'exige des explications !

Le novice sembla se ratatiner sur lui-même.

– Il ne manque plus que tes aveux et mon enquête sera terminée lui dit Amset. Confis-toi à moi ou tu vas faire la connaissance des salles de tortures de la prison du vizir.

C'est cet instant que choisit un prêtre subalterne pour faire son apparition dans la crypte.

– Grand prêtre ! Je vous cherchais partout, une de nos danseuses a disparu !

Le masque d'Anubis

La fin du bal

Ankensenamon ouvrit soudain les yeux, une douleur atroce lui perçait le flanc. Elle ouvrit la bouche pour hurler mais ne put produire qu'un vague coassement qui réveilla pourtant la terrible blessure de sa langue. Ses yeux enflés lui faisaient apparaître la scène dans un flou irréel. Sans la douleur, elle aurait été persuadée d'être dans un rêve.

Elle baissa les yeux vers son ventre et aperçut une lame étincelante fichée dans son abdomen. Au dessus de la lame, une main fine aux longs doigts de scribe tenait fermement le manche ouvragé en haut duquel elle reconnut la silhouette d'Anubis. Levant les yeux vers le visage de son tourmenteur, elle se retrouva face à face avec le museau du dieu psychopompe.

La lame reprit son mouvement de va et vient, découpant une ouverture irrégulière sur le côté gauche de sa paroi abdominale. La douleur se refit insoutenable. La jeune fille ruait et se cambrait au maximum pour échapper à la morsure du bronze, mais les liens qui la maintenaient en place ne bougèrent pas d'un dixième de coudée.

En quelques minutes, qui furent les plus longues de toute sa jeune existence, son tortionnaire avait pratiqué deux ouvertures irrégulières sur ses flancs. Il les avait ensuite reliées par une entaille horizontale qui passait entre son nombril et son pubis.

Il retira enfin la lame du ventre martyrisé de la danseuse. Le sang s'échappait à flot des plaies béantes. Il coulait le long de son corps puis ruisselait sur la surface plane et légèrement en pente de la table de marbre sur laquelle elle était ligotée. Arrivé au bout de la table, il suivait une rigole taillée dans la pierre et achevait sa course dans une ouverture circulaire où il s'écoulait goutte à goutte jusqu'au sol dans un clapotement sinistre.

L'homme au masque de chacal nettoya consciencieusement son herminette sur le pagne d'Ankensenamon et le déposa sur un petit tabouret pliant disposé à côté de la table. La danseuse, malgré la violence de la douleur, ne put s'empêcher de remarquer les hiéroglyphes qui ornaient les pieds du meuble en bois de sycomore. C'était le début de la prière des morts.

Le monstre sanguinaire passa soudain ses mains dans l'entaille qu'il avait pratiquée dans son ventre et entreprit de rouler la peau de son abdomen jusque sous ses seins. Mais le morceau de chair ne voulait pas rester en place. Il attrapa sur le tabouret ce qui ressemblait fortement à un clou de charpentier tordu. Il l'enfonça dans le morceau de peau découpé et entreprit de l'accrocher au sein droit de la jeune fille qui se raidit encore plus sous cette nouvelle torture.

Avant même que la douleur ne se soit calmée dans sa poitrine, il s'était baissé pour prendre sur le sol une jarre de terre cuite munie d'une anse et d'un col évasé. Il vida son contenu dans l'abdomen sans protection de sa victime.

Ankhensenamon eut la sensation que son ventre prenait feu. Le liquide lui rongeait l'intérieur du corps. Ses yeux se firent livides et elle se sentit basculer dans le néant réconfortant de l'inconscience.

– Pas question de s'évanouir jeune fille, cria son bourreau. Sa voix, déformée par le cuir et la peau de son masque, ne lui parvenait déjà plus distinctement.

Sa tête vacilla alors sous l'impact des gifles répétées que lui administra son tortionnaire. La douleur des coups sur son nez cassé et ses pommettes explosées la ramena sans pitié à la réalité.

– Tu dois être attentive ! Tu vis un instant magique. Tu entres dans la première phase de ton voyage vers l'Amdouat. Tu vas bientôt atteindre la première porte de la nuit. Tu dois absolument être éveillée, sinon tout ce que je fais pour t'aider n'aura servi à rien.

Tout en marmonnant ses paroles qui n'avaient pas la moindre signification pour Ankhensenamon, il entreprit de sécher l'intérieur de sa cavité abdominale à l'aide de fragments d'étoffe.

– Le nectar sacré a purifié tes organes internes, ne m'obligeant pas ainsi à les retirer de ton corps pour les mettre dans les vases canopes.

Elle sentait les mains de son oppresseur dans son ventre mais la douleur avait quasiment disparu. Elle avait la sensation étrange de flotter dans son propre corps. Son champ de vision se rétrécissait de plus en plus et l'ensemble de la salle dans laquelle elle se trouvait semblait se dissoudre dans l'obscurité.

La séance de nettoyage interne sembla durer une éternité.

Pendant tout le temps où il épongeait ses humeurs, son tortionnaire récitait mot à mot le livre des portes. La danseuse entendait vaguement le récit du voyage des défunts dans l'au-delà. Le son de la voix était tellement loin et diffus qu'il semblait provenir de l'enfer lui-même.

Enfin il fut satisfait du résultat. Reculant d'un pas pour admirer son œuvre il s'exclama :

– Tu vas maintenant connaître l'aboutissement ultime, la conservation éternelle de ton être de lumière. Tu vas vivre pour l'éternité de la gloire d'Amon et d'Anubis.

Il prit alors un lourd sac de chanvre et entreprit de déverser son contenu sur et dans le corps de la jeune fille. Une poudre blanche coula sur ses jambes, dans son ventre, sur ses seins et ses bras. Ankensenamon reconnut l'odeur du natron et comprit enfin où son ravisseur voulait en venir.

– Nounanpa nun nun, réussit-elle à prononcer malgré sa langue absente.

– Ne m'appelle pas par ce nom immonde ! Toutankhptah est mort et tu parles à son maître Anubis, cracha le psychopathe en se reculant. Je reviens te voir demain.

La lumière déclina au fur et à mesure que le bruit des pas du dément déclinait au loin. Finalement, elle se retrouva dans le noir le plus complet. Des larmes de désespoir autant que de douleur jaillirent de ses yeux, coulèrent sur ses joues et disparurent au fur et à mesure qu'elles touchaient la surface de la poudre de natron sous laquelle elle était à présent presque totalement ensevelie.

Déjà, elle sentait le sel dessécher sa peau et une soif intarissable prendre naissance dans sa gorge.

Témoignage accablant

– Comment ça ? Qui a disparu ? Tonna Amset.

Le prêtre subalterne ne répondit pas de suite, il interrogea d'abord du regard le grand prêtre Tarodaseth. Ce dernier lui répondit :

– Parle sans crainte, cet homme est un policier de Pharaon.

– Il s'agit de la jeune danseuse qui a été désignée pour ternir le rôle d'Isis lors des célébrations des mystères d'Osiris qui auront lieu la semaine prochaine dans le grand temple d'Amon.

– Ankhensenamon ! S'écria Toutankhptah.

– Oui, c'est bien elle.

– Tu connais donc cette danseuse ? Demanda le Medjaï d'un air soupçonneux au novice toujours recroquevillé au sol.

Ce dernier baissa encore plus la tête et se mura dans le silence.

– Donne-nous plus de détail, reprit le policier à l'adresse du nouvel arrivant. Quand a-t-elle disparue exactement ? Qui l'a signalé ? Qui l'a vue en dernier ? Mais d'abord, êtes-vous sûr qu'elle ne soit pas partie se promener ou qu'elle n'a pas tout simplement fugué.

— C'était une jeune fille très sérieuse, elle prenait son travail au service du dieu très à cœur. En plus, c'est aujourd'hui qu'a lieu la répétition en costume du spectacle. Elle ne l'aurait manqué pour rien au monde.

— Soit, admit Amset. Admettons qu'elle ait disparu, qui s'en est aperçu ?

— Ce sont les deux danseuses qui partagent sa chambre qui sont venues nous le dire tout à l'heure. Avec les rumeurs qui circulent dans Thèbes, elles se sont inquiétées.

— Amenez-les moi ici, que je les interroge sur le champ.

Le prêtre hocha de la tête en signe d'approbation et disparut dans le corridor de la crypte. Amset se retourna à nouveau vers Toutankhptah. Il se baissa vers lui et l'empoigna par le menton. Serrant sa mâchoire de sa poigne de fer, il força le jeune homme à se relever. Sans relâcher sa pression, il approcha son visage de celui du suspect et planta son regard d'ébène dans les yeux du novice.

— Maintenant tu vas tout nous dire sur cette danseuse si tu tiens à la vie, lui murmura-t-il d'un ton glacial.

— Je..., Heu..., comment dire... parvint à répondre Toutankhptah.

— Reprends ton souffle et confis-toi à moi, tu verras, ça soulage. Vas-y ! Je t'écoute. Qu'est ce que tu as fait d'elle ?

— Mais je ne lui ai rien fait ! Se défendit le jeune prêtre.

— Tu la connais pourtant ?

— Bien sûr que je la connais, nous bavardons souvent ensemble.

— Tu veux dire par là que tu couches avec elle ?

Toutankhptah ne répondit rien mais devint rouge comme l'animal de Seth.

— Tu la baises ? Hurla soudain Amset.

— Non, non, nous n'avons pas le droit.

— Avoue que tu la baises !

– C'est interdit par la loi d'Anubis, la malédiction de Seth s'abattrait sous nos têtes si nous parjurions nos vœux.

– Quand l'as tu vu pour la dernière fois ?

– Hier matin, pendant que nous rendions grâce à notre seigneur, je l'ai aperçue dans la grande salle en train de répéter.

– Tu lui as parlé ?

– Juste un bonjour.

– Et depuis ?

– Je ne l'ai pas revue, je vous le jure.

– Bien ! Revenons-en à ces masques. Comment se sont-ils retrouvés sur le corps de ces jeunes filles ? C'est toi qui les y as placés ?

– Bien sûr que non !

– Tu les as vendus au meurtrier alors ?

– Vendre les biens du temple ? Vous n'y pensez pas ! Ce serait voler Anubis lui-même !

– Alors qui les a pris ?

– Je ne sais pas !

– Qui a accès à cette crypte en dehors de toi ?

– Personne.

– Avoue que tu les as volés !

– Ce n'est pas moi.

– Alors c'est qui ?

– Ce n'est pas moi.

Au fur et à mesure, Amset hurlait de plus en plus fort. En réponse, le jeune homme se tassait contre le mur comme pour s'y incruster et sa voix n'était plus qu'un murmure. Des larmes coulaient sur ses joues et son visage trahissait le plus grand désarroi.

Soudain le Medjaï lui assena un direct du gauche en plein estomac. Le novice en eut le souffle coupé et se tordit de douleur.

Le vieux Jéroboam révolté voulu intervenir et fit mine de marcher sur le policier mais le grand prête le retint en lui posant la main sur l'épaule.

– Ceci n'est qu'un avant goût de ce qui t'attend si tu ne parles pas. Les bourreaux des geôles du vizir sont beaucoup moins patients que moi et surtout, ils frappent beaucoup plus fort !

Sur cette dernière phrase, il relâcha le jeune prêtre qui s'agenouilla en se tenant le ventre à deux mains. Il resta prostré dans cette position et se mit à sangloter comme un enfant.

Pendant d'interminables minutes, seul le bruit de ses sanglots meubla le silence de la crypte. Ni le policier, ni les deux prélats ne prononcèrent une parole.

Enfin le prêtre subalterne revint accompagné de deux jeunes beautés qui se tenaient timidement dans le couloir menant à la salle souterraine.

— Voici Sithis et Athoria, les deux jeunes filles qui partagent la chambre d'Ankhensenamon.

— Bonjour mesdemoiselles, répondit Amset en se dirigeant vers elle. Entrez, n'ayez pas peur.

— Bonjour monsieur, bonjour, répondirent-elles en rougissant.

Elles pénétrèrent un peu plus dans la crypte et aperçurent Toutankhptah toujours agenouillé. Le mouvement de surprise qu'elles firent à sa vue n'échappa pas à l'œil d'aigle du policier.

— N'ayez aucune crainte, je suis là pour vous écouter et non pour vous juger, reprit-il en souriant.

— Je l'espère bien, nous n'avons rien fait de mal ! lui répondit Athoria retrouvant son aplomb et souriant à son tour.

— Bien, allons droit au but alors ! Quand vous êtes vous aperçus de la disparition de votre camarade de chambrée ?

— Ce matin en nous réveillant, répondit la Nubienne. Sithis, elle, se contenta de hocher la tête en signe de confirmation.

— C'est-à-dire ?

— Quand nous nous sommes levées, elle n'était pas là ! Sa natte était toujours roulée.

— Ça lui arrive souvent de découcher ?

– Jamais !

– Oh ça non ! Ajouta Sithis avant de mettre sa main devant la bouche.

– Quand l'avez-vous vu la dernière fois ?

– Hier soir.

– Où ça ?

– Elle s'apprêtait à sortir de notre chambre quand nous sommes rentrées.

– Toute seule ?

– Non, elle était accompagnée.

– Quelqu'un que vous connaissez ?

– Oui, murmura Athoria en détournant la tête pour regarder subrepticement dans la direction du novice toujours prostré dans son coin.

– Son nom ?

– Toutankhptah !

Le masque d'Anubis

Encore raté

Une brusque torsion de son nez cassé suffit à réveiller Ankhensenamon.

– Je t'avais bien dit que je reviendrais !

– Tu ne me réponds pas ? Ce n'est pas très poli ma belle. Et moi qui me faisais un plaisir de te revoir.

– C'est vrai que tu n'es pas très jolie à regarder au réveil. Pourtant un bon bain de natron, c'est idéal pour le teint, non ?

Son ravisseur tournait autour de la table sur laquelle elle était toujours solidement attachée. Tout en continuant son monologue, il examinait l'état du corps de la jeune fille sous toutes ses coutures.

– Bien, bien, le natron commence tout doucement à faire effet. Ta peau de pêche commence à faner ma belle, je suis sûr que cela ne te plaît pas mais il faut en passer par-là pour mériter la vie éternelle.

Il se saisit du long crochet de métal légèrement recourbé qui était posé sur le tabouret disposé tout à côté de la table de marbre et l'approcha du visage tuméfié de la jeune fille.

— Ça risque de faire un petit peu mal, lui dit-il en riant.

— Je vais juste ôter la pourriture grise qui emplit ta jolie tête.

Il introduisit alors l'extrémité de son instrument chirurgical dans la narine droite de la pauvre Ankhensenamon.

Le froid du métal fut la première sensation qu'elle ressentit. Ensuite l'instrument réveilla la douleur de son nez cassé et elle ouvrit la bouche pour hurler, ce qui à son tour raviva la blessure de sa langue.

Son tourmenteur accentua la pression sur le manche de son appareil. La douleur s'accentua au fond de sa narine. Ankhesenamon agitait furieusement la tête dans tous les sens pour échapper à son sort. Elle réussit ainsi à faire ressortir le long crochet de sa narine.

Cela mit l'homme à tête de chacal dans une colère noire et il recommença à lui frapper le visage de son poing fermé tout en hurlant.

— Arrête de bouger catin, tu ne fais que retarder l'échéance. Ne comprends-tu pas que je fais tout cela pour le salut de ton âme ? Veux-tu te présenter impure devant tes créateurs ? Crois-tu que mon seigneur et maître Anubis sera fier de te présenter ainsi devant le tribunal cosmique ? Que va-t-il penser de moi, si ton être charnel n'est pas rigoureusement préparé pour accueillir à jamais ton Kâ et ton Bâ ?

A moitié assommée par les coups, la tête de la jeune fille s'immobilisa et il put à nouveau introduire par sa narine droite, la longue tige de métal. Il poussa de tout son poids pour lui permettre de traverser la cloison nasale. Cette dernière céda soudain. L'extrémité affûtée du crochet pénétra dans le cerveau d'Ankhensenamon sans rencontrer plus de résistance que s'il s'était agit d'un des cônes de beuure odorant que se posaient sur la tête les élégantes du palais.

La vision de la jeune fille se brouilla instantanément, elle plongea dans les ténèbres les plus profondes qu'elle n'ait jamais vues. Pourtant au loin, elle distinguait un minuscule point lumineux qui semblait se rapprocher à vitesse vertigineuse. Elle eut soudain la sensation de dévaler un couloir sans fin. Le point lumineux se transforma rapidement en ce qui lui semblait être une ouverture faite de lumière. Elle plongea alors littéralement dans la brèche et ne fit plus qu'un avec Rê, le dieu solaire.

Dans le même temps son corps se tendit à l'extrême. Sous la violence du spasme, sa colonne vertébrale se rompit. Son agresseur, surpris par sa réaction fut projeté en arrière et heurta violemment la paroi opposée en tombant.

Il se releva en jurant et se précipita vers le corps inerte de sa victime. Ses yeux étaient complètement révulsés et sa bouche grande ouverte sur un dernier hurlement de terreur. Il ne faisait aucun doute qu'elle avait trépassé.

De rage, Il arracha son masque funéraire et le jeta à terre où il entreprit de le piétiner. Des mots sans suite sortaient de sa bouche entrouverte. Un filet de bave allait des commissures de ses lèvres jusqu'à son menton, puis tombait à terre où il formait une petite flaque pleine d'écume.

Il tomba enfin à genoux et pleura pendant de longues minutes, le corps tout entier agiter par les sanglots.

– Ô dieux, pourquoi me refuser encore votre aide ? O Anubis, mon seigneur et maître, qu'ai-je fait pour vous déplaire ? O Osiris, gardien des morts, maître des limbes, pourquoi refusez-vous ces corps que je vous apporte en offrande ? O Amon, toi le caché, maître des mystères, souverain des deux mondes en quoi ai-je pu t'offenser, moi qui ne vis que pour te servir ? O Seth, puissant de force, j'allais pourtant t'apporter l'âme pure d'une prêtresse, n'était-elle pas assez bien pour toi ? Que faut-il que je fasse pour te satisfaire ? Faudra-t-il que je te fasse présent du corps d'une déesse ?

Il interrompit soudain son monologue, ses yeux exaltés tournaient comme des billes dans leur orbite.

– Une déesse, c'est cela oui. Il te faut le corps d'une déesse.

Il se redressa et entreprit d'enrouler le corps encore chaud d'Ankhensenamon dans des bandelettes de lin qu'il sortait au fur et à mesure d'un grand panier d'osier.

— Une déesse ! N'arrêtait-il pas de répéter tout en entrelaçant avec art les fines lanières d'étoffe de façon à ce qu'elles forment un double chevron parfait sur sa poitrine.

— Une déesse, oui une déesse.

Maison de vie Schizophrénie

– Vous en êtes sûre ? C'est bien Toutankhptah que vous avez vu hier soir ?

– Absolument, nous lui avons même parlé, confirma la brune.

– Qu'as-tu à répondre ? Demanda le Medjaï en se retournant vers le novice.

Ce dernier regardait son accusatrice avec une mimique d'incrédulité sur son visage.

– Hier soir ?

– Oui hier soir, à la première heure de la nuit, il est venu chercher Ankensenamon dans sa chambre et ils sont partis ensemble ajouta la deuxième danseuse tout en jetant des coups d'œil de côté dans la direction du novice.

– Mais hier soir j'étais au petit temple de Knouth pour y répéter la célébration des bienfaits de l'inondation.

– J'en ai assez entendu pour le moment, le coupa Amset, Gardes, emmenez cet homme à la prison du vizir !

Confiez-le de ma part aux bourreaux, qu'ils commencent à le mettre en condition.

Les deux soldats qui étaient restés en retrait depuis le début de l'interrogatoire s'avancèrent vers Toutankhptah. Ils le saisirent par les poignets et le haut du bras et le relevèrent sans ménagement. Le jeune novice se laissa conduire sans résistance vers la sortie. La tête basse, il se laissa entrainer dans le corridor sans une plainte.

— Mesdemoiselles, je vous remercie pour votre témoignage. Il faudra sans doute que vous le répétiez devant le tribunal qui jugera ce monstre.

— Oui bien sûr mais nous devons danser demain pour la déesse, lui répondit timidement Sithis.

— Ne vous en faîtes pas pour ça. La justice de Pharaon est rapide mais il faudra quand même quelques jours pour organiser le procès.

— D'autres personnes auraient pu les voir ? ajouta-t-il.

— Je ne sais pas, lui répondit la jeune fille en baissant à nouveau la tête.

— Et vous ? Reprit-il en se retournant vers le grand prêtre.

— Le garde de la porte l'aura certainement remarqué.

— Où peut-on le trouver ?

— A cette heure, il doit être en faction au portique du temple.

— Je vais de ce pas le questionner.

— Avant que vous ne partiez, je vous répète encore une fois qu'il est absolument impossible que ce pauvre Toutankhptah soit coupable des crimes abominables dont vous l'accusez, dit le vieux Jéroboam.

— Les preuves me paraissent pourtant suffisantes.

— Ah oui ? Savez-vous pourquoi il était chargé de la gestion des masques et autres costumes ?

— Non, mais cela n'a sans doute aucun rapport avec les crimes.

– Bien au contraire, il occupe ce poste par ce qu'il n'a jamais pu assister aux cérémonies d'embaumement ni en apprendre le métier.

– Et pourquoi donc ?

– Il ne supportait pas la vue du sang et s'évanouissait à chaque fois qu'il devait ouvrir un cadavre. Ce garçon est la gentillesse incarnée et il marche dans la voie de Maât depuis sa naissance. Ce ne peut pas être lui le coupable.

Troublé par les révélations du vieillard plus que ce qu'il ne voulait l'admettre, le Medjaï remonta à la surface et se dirigea vers l'entrée du temple.

Hataphares, le gardien, était à son poste dans sa minuscule cabane de papyrus séché. Le bruit des pas d'Amset le fit sortir de son abri et s'avancer à sa rencontre.

C'était un solide nubien, encore fortement charpenté malgré son âge que trahissaient de multiples rides sur son visage ainsi que les cheveux quasiment blancs qui formaient un halo autour de son visage d'ébène.

– Tu étais de garde hier soir ? L'apostropha le policier.

– Je suis de garde tous les jours qu'Amon fait.

– Te rappelles-tu du passage d'un jeune prêtre du nom de Toutankhptah ?

– Oui bien sûr !

– Il était accompagné ?

– La deuxième fois, oui. Par une danseuse du nom d'Ankensenamon, un sacré brin de fille.

– La deuxième fois ?

– Oui, il était déjà sorti peu de temps avant.

– Et ? Insista Amset, son instinct d'enquêteur soudain en éveil.

– Je ne l'avais pas vu revenir.

– Comment ça ?

– Je lui ai posé la question quand il est ressorti. Il m'a dit qu'il était passé par l'embarcadère.

– Et alors ?

— C'est bizarre, pourquoi faire le tour complet du temple ? S'il avait oublié quelque chose, c'était plus simple de faire demi-tour. En plus, la porte n'est pas souvent ouverte du côté du fleuve.

— C'est tout ?

— C'est tout ce que j'ai vu oui !

— La jeune fille qui l'accompagnait, elle semblait le faire de son plein gré ?

— Vu la façon dont elle le tenait, ça ne fait aucun doute.

— Vous en êtes sûr ?

— A mon âge, on sait quand même reconnaître une femme amoureuse.

— Vous les avez vu revenir ?

— Toutankhptah est revenu à la troisième heure de la nuit avec d'autres novices. Ils arrivaient du petit temple de Knouth, à ce qu'ils m'ont dit.

— La danseuse était avec eux ?

— Non.

— Vous lui avez demandé pourquoi ?

— Je suis le gardien du temple, pas le concierge…

— Bien, si vous vous rappelez d'autre chose, mon bureau est à la caserne des Medjaï.

— Pourquoi vous me posez toutes ses questions au fait ?

— Tout laisse à penser qu'il a enlevé cette jeune fille et qu'il la sans doute assassiné.

— Vous voulez rire, Toutankhptah un meurtrier ? C'est la meilleure de la journée celle-là !

Amset s'éloigna sans commentaire. La résolution de cette affaire lui semblait trop facile. Il se dirigea vers la caserne. Peut-être que l'interrogatoire du suspect, une fois qu'il serait passé entre les mains des bourreaux, lui ôterait ses derniers doutes. Rares étaient les criminels qui n'avouaient pas leurs crimes lorsqu'ils tombaient entre leurs pattes. Ils auraient réussi à faire chanter un muet dans un bon jour.

L'urgence était de retrouver la danseuse, mais pour cela fallait-il espérer qu'elle soit encore en vie. Amset en doutait sérieusement.

Il décida de ne pas se rendre immédiatement à la prison. Il valait mieux que les bourreaux mettent le prêtre en condition. En intervenant plus tard, il pourrait éventuellement lui soutirer plus de renseignements.

Il eut soudain l'impression fugace d'être observé. Il se retourna d'un bloc mais la ruelle qu'il empruntait était totalement déserte à l'exception notable d'un chat noir aux pattes blanches, personnification de Bastet, qui, assis sur son arrière-train, le regardait tranquillement tout en se léchant consciencieusement le bout de la queue.

Perplexe, il reprit sa route. Avisant une maison de bière ouverte, il y pénétra et commanda à boire et à manger. Sa journée n'était pas encore finie et la nuit s'annonçait longue.

Le masque d'Anubis

Interrogatoire musclé

Les deux policiers qui encadraient toujours d'aussi prêt Toutankhptah le firent monter sans ménagement dans un char à bœuf. Utilisant une corde de chanvre tressé, ils le ligotèrent solidement au plat-bord du véhicule. Le plus costaud des deux, qui faisait office de chef, ordonna au conducteur de l'équipage de se mettre en route puis s'assit aux côtés du prisonnier. Le deuxième Medjaï resta debout au fond du char. Il se cramponnait d'une main au flanc du véhicule. De l'autre, il tenait ostensiblement son arme. Comme tous les policiers de la ville, il était équipé d'une massue en bois de sycomore dont la tête était garnie d'éclat de silex taillé.

— Franchement, je n'aimerai pas être à ta place, glissa le policier accroupi à Toutankhptah.

Ce dernier ne répondit pas, il gardait la tête baissée et semblait perdu dans la contemplation du plancher du char.

— Tu ne réponds pas ? Ce n'est pas grave, là où on t'emmène, ils n'ont par leur pareil pour délier les langues. Ils font de ces trucs aux prisonniers, ce n'est pas croyable. Je ne serais même pas capable de faire subir ça à un chien. Je vais te l'expliquer, puisque ça a l'air de t'intéresser.

Il se pencha vers le jeune novice et entrepris de lui murmurer à l'oreille ce qui l'attendait.

Tout le temps que dura leur voyage, le Medjaï lui détailla par le menu, les supplices inventés par les bourreaux du vizir.

Le visage de Toutankhptah avait pris une teinte de cendre. Tout son corps était parcouru de tremblement.

— Je n'ai rien fait, je le jure, répétait-il sans fin.

— Tu vas pouvoir leur expliquer, nous voici arrivés.

Le char venait effectivement de s'arrêter devant un bâtiment à l'apparence lugubre. Une grande façade de pierre grise, sans la moindre ouverture à part un portail monumental. Deux Nubiens, chacun de la taille d'un obélisque, en gardaient l'entrée. Ils étaient vêtus d'un pagne noir, la couleur de la garde vizirale. Ils tenaient entre leurs énormes mains le manche d'une massue d'assaut dont la tête reposait au sol entre leurs pieds nus. Des lames d'acier acérées ornaient le haut de leur gourdin. Ils portaient en plus à la taille, une courte épée à lame de bronze. Pour achever le tableau, un casque de cuir, rehaussé de plaques de bois et de deux cornes de rhinocéros était fiché sur leur tête massive.

Reconnaissant les deux Medjaï, ils déposèrent leurs massues contre les parois du bâtiment et entreprirent de pousser vers l'intérieur les deux lourdes portes condamnant l'accès à la prison.

Le chariot pénétra lentement dans la cour.

Un des gardes jeta un œil à l'intérieur et apercevant Toutankhptah toujours lové au sol, il s'exclama :

— Il n'a pas l'air bien méchant votre client. Qu'est ce qu'il a fait pour atterrir ici, il vous a tiré la langue ? dit-il en riant bruyamment.

— Détrompes-toi, c'est un tueur sanguinaire.

— Ça ? Un tueur sanguinaire ? SI cette pauvre chose est un meurtrier, alors moi, je suis Athor, la déesse de l'amour…

Le Medjaï ne daigna même pas relever la boutade. Il empoigna Toutankhpath par le col et le força à se relever. Après avoir détaché le lien qui le reliait au char, il le propulsa d'un grand coup de pied aux fesses hors du véhicule.

Le prêtre, les deux mains toujours entravées derrière son dos, tomba lourdement au sol. Son visage heurta brutalement les pierres disjointes qui pavaient la cour.

Le policier qui avait sauté à sa suite le releva à nouveau et le poussa en avant en direction d'une lourde porte de bois renforcée de métal qui commandait l'entrée dans le bâtiment proprement dit.

La prison du vizir était un modeste édifice de plain pied. Mais ses murs étaient constitués de pierre et non de brique de limon comme la plupart des constructions de la capitale. De loin en loin, de minuscules fenêtres protégées par des grilles hérissées de pointes laissaient pénétrer les rayons de Rê avec parcimonie.

Le premier Medjaï frappait déjà à la porte, quand Toutankhptah s'y présenta. Une trappe s'entrouvrit à hauteur d'homme. Un visage noir comme l'ébène s'y encadra.

– Qu'est ce que vous voulez ?

– Police du vizir, nous emmenons un prisonnier pour interrogatoire.

– Vous avez un ordre écrit ? Demanda le portier sur un ton autoritaire.

– Depuis quand tu sais lire ? Rétorqua le Medjaï en approchant sa tête de l'ouverture.

– Bon ça va, entrez !

Le judas se referma brusquement. Une série de bruits incongrus monta de derrière le battant, manifestement le portier était en train de déverrouiller le dispositif de fermeture de la lourde porte.

La porte s'écarta enfin vers l'intérieur.

– Vous savez où ça se passe, donc je ne vous y accompagnerai pas. N'oubliez pas de laisser vos armes à l'extérieur.

Les deux policiers s'exécutèrent de mauvaise grâce.

— Je me sens tout nu sans mon gourdin.

— Vous connaissez le règlement aussi bien que moi !

— Allez, en avant vermine, tu as un rendez-vous galant, ricana le second Medjaï en faisant avancer d'une bourrade son prisonnier au visage tuméfié par sa chute.

— Vous n'avez pas pu vous empêcher de commencer le travail, remarqua le portier en contemplant la figure du prisonnier.

— Mais non, il a juste raté une marche. Ce n'est pas notre faute s'il est maladroit.

— C'est ça, je vais vous croire…

— De toute façon, avec ce qui l'attend en bas, ça n'a aucune importance, renchérit le premier Medjaï.

Il planta là le portier et entreprit de pénétrer plus avant dans la prison. Toutankhptah et le deuxième policiers lui emboitèrent le pas. Ils suivirent un long couloir qui traversait le bâtiment de part en part. De chaque côté étaient disposées des cellules séparées du passage par des grandes grilles de bois à claire-voie à travers lesquelles on distinguait des prisonniers assis ou couchés à même le sol de terre battue.

Ils tournèrent à angle droit à peu près au centre de l'édifice et descendirent les marches d'un étroit escalier s'enfonçant dans les profondeurs de la prison.

Le jeune novice fut encore une fois propulsé avec brutalité dans la pente. Il réussit à rester sur ses pieds mais se cogna méchamment contre les parois de l'escalier. Sous le choc, il ne put retenir un gémissement de douleur.

Il se retrouva face à un tunnel à la voûte arrondie, éclairé de loin en loin par une torche fichée dans un anneau de métal dépassant du mur de pierre.

Il marqua un temps d'arrêt avant de pénétrer dans le sombre boyau. Un coup de pied dans le postérieur le força à avancer.

Il faillit à nouveau s'écrouler. Le sol et les murs étaient trempés. Par endroit l'eau ruisselait littéralement sur la paroi, semblant jaillir d'entre les pierres en provenance directe du Nil lui-même. Une odeur suffocante de moisissure le prenait à la gorge. La chaleur qui régnait dans cette galerie était véritablement infernale et il n'avait pas fait dix mètres qu'il était déjà couvert de sueur.

Après cinq minutes de progression souterraine, il déboucha dans une vaste pièce chichement éclairée par la lumière du soleil qui se frayait un passage à travers de petites ouvertures oblongues pratiquées dans le plafond.

Le sol était recouvert de sable, maculé par endroit de larges taches brunes. Toutankhptah ne put retenir un gémissement en reconnaissant la substance étalée un peu partout, du sang.

D'étranges machines de métal et de bois mêlés hantaient ce lieu sinistre.

Dans un coin, il aperçut le corps d'un homme, pendu par les pieds à une grosse corde passée dans une poulie accrochée au plafond. Sa tête disparaissait dans une grande jarre remplie d'un liquide boueux. Deux Nubiens à demi nu retenaient l'autre extrémité du cordage. Se retournant vers les nouveaux arrivants, ils exercèrent une traction sur le lien et firent remonter lentement le prisonnier. Ce dernier recracha un flot de liquide visqueux en hoquetant bruyamment. Ses deux tortionnaires accrochèrent la corde à un piquet disposé à cet effet et s'approchèrent du novice et des deux policiers.

Ils portaient tous les deux sur leur visage des scarifications rituelles qui transformaient leurs traits en ceux de véritables démons.

Le premier à s'avancer avait le crâne chauve comme un œuf d'ibis, la sueur le faisait miroiter tel une perle de Babylone. En supplément des innombrables scarifications qui ornaient sa face, il était affligé d'un strabisme fortement prononcé, donnant l'impression qu'il passait sa vie entière à contempler le tubercule qui lui servait de nez.

Le second avait au contraire une imposante chevelure crépue aux reflets roux réunis en un chignon posé au sommet de son crâne, le tout maintenu en place par un savant assemblage de bouts d'os et d'épines d'acacia. Il contemplait Toutankhpath d'un œil morne, le second, le gauche, ne fonctionnant manifestement pas, un voile laiteux le couvrant en totalité.

— Qu'est ce qu'on doit lui faire avouer à celui-là ? Demanda le chauve.

— Le nombre exact de femmes qu'il a assassinées et l'endroit où il à caché sa dernière victime.

— Ça ! Un assassin ? Se marra le chevelu.

— Ne vous fiez pas aux apparences, c'est un véritable monstre.

— On va lui tirer les vers du nez à votre démon. Allez donc chercher le scribe enregistreur pendant qu'on le prépare, dit le chauve.

Puis se tournant vers le prêtre toujours ligoté :

— Viens par ici mon mignon, on va te faire les honneurs de la maison.

— Oh oui, oh oui, renchérit son camarade de jeux. On va te présenter nos jouets préférés.

Ils empoignèrent Toutankhptah par les épaules et le portant plus que le trainant, ils l'emmenèrent devant la jarre au-dessus de laquelle était toujours suspendu leur suspect.

— Je te présente Oussama, ci-devant voleur émérite et membre de la tribu des Libyens du nord.

Tout en faisant son laïus, le chauve avait ramassé un gourdin qui trainait à terre. Il frappa soudain les côtes du prisonnier qui hurla de douleur.

— Alors Oussama, la mémoire te revient ? Qui t'as permis d'entrer dans les magasins du temple de millions d'années du grand Ramsès ? Un rat du désert comme toi ne s'y serait pas aventuré tout seul.

— Je vous jure que si, marmonna le Libyen.

Le chauve fit un signe de tête à son acolyte et les deux hommes entreprirent de remplacer la barrique dans laquelle ils avaient déjà trempé le voleur et la remplacèrent par une autre de dimension plus conséquante.

Le second s'approcha ensuite du piquet où était accrochée la corde retenant le malheureux en l'air. Il défit prestement le nœud et laissa filer le cordage.

– Non, non ! Hurla Oussama avant que sa tête ne disparaisse à nouveau dans le liquide visqueux.

– On appelle ça la trempette, dit le chauve en tentant de fixer les yeux de Toutankhptah. C'est un mélange de pisse d'âne et de résidus de bains des tanneries de cuir. Dans celui-là Y'a aussi quelques bestioles qui adorent la chair humaine.

Le corps du prisonnier fut soudain agité de spasmes violents.

– Apparemment c'est l'heure du repas là-dedans. Sors-le-moi un peu de là, que notre invité puisse se rendre compte par lui-même.

Le corps du Libyen fut remonté à nouveau au dessus du niveau du liquide. Son visage était recouvert d'une masse grouillante de vers répugnants à moins que ce ne soit de minuscules anguilles. Tout ce petit monde s'agitait de façon frénétique et semblait être en train de le dévorer vivant.

Ousama gardait la bouche et les yeux obstinément fermé tout en agitant la tête dans tous les sens pour tenter d'en décrocher la vermine.

Une à une, les civelles lâchèrent prise et replongèrent dans le bouillon, emportant avec elle un fragment du visage du prisonnier.

– Tu peux rouvrir les yeux, elles ont toutes lâché !

Le Libyen s'exécuta, dardant son regard affolé vers ses bourreaux.

– Tu n'as toujours rien à nous dire ?

Pour toute réponse, le nomade cracha en direction du chauve.

– On va changer de méthode alors, Trucmuche attache plutôt ce monsieur par les aisselles et met le à tremper pendant qu'on s'occupe de notre nouvel invité.

Le chevelu fit pivoter le palan de bois au bout duquel était suspendu le prisonnier. Il lâcha ensuite la corde, ce qui précipita le voleur à terre la tête la première. Son crâne émit un son mat en touchant le sol boueux de la salle souterraine.

– J'espère que tu ne l'as pas tué, dit le chauve en se marrant.

— T'inquiète ! Ils ont la tête solide ces bédouins, se marra son comparse. Un bon bain va le remettre sur pied, ajouta-t-il en gloussant de plus belle.

Il défit le nœud qui maintenait la corde autour des chevilles de son prisonnier et la passa prestement autour de sa taille. Il refit un nœud dans le dos puis entreprit de le remonter après en avoir vérifié la solidité.

Il fit de nouveau pivoter la potence et descendit doucement le corps inanimé d'Ousama dans la trempette.

A peine ses pieds eurent-ils atteint la surface de la jarre que le liquide sembla se mettre à bouillir.

Le Libyen se réveilla d'un coup et se mit à hurler de douleur.

Restant sourd à ses plaintes, le chevelu continua à faire descendre le supplicié dans la jarre, jusqu'à ce que seule sa tête dépasse du liquide. Le pauvre bougre hurlait sans discontinuer tout en s'agitant frénétiquement tel un asticot au bout de son hameçon.

— Ne te fait pas de soucis, on revient dans un quart d'heure !

D'une bourrade le chauve remit Toutankhptah en marche vers le fond de la salle.

— Voici pour toi, mademoiselle l'entortilleuse, fit le chauve en désignant du doigt un étrange appareil.

Toutankhptah regarda dans la direction désignée par l'index du bourreau. Il vit un grand assemblage de bois ressemblant vaguement à un X dont les deux branches supérieures se seraient retrouvées à l'horizontale. Chacune de ses branches étaient coupées en deux, les deux parties plus ou moins égales étant reliées entre elle par un cordage. La partie centrale était solidement fixée au mur. Les parties mobiles étaient terminées par une barre métallique prise dans un anneau, elle-même fixée à une tige ouvragée de façon à lui donner la forme d'une manivelle. Des sangles de cuir étaient disposées de part en part pour immobiliser le patient.

Le chevelu empoigna soudain Toutankhptah par la taille et le plaqua contre la croix. Pendant ce temps, son compère lui emprisonnait les bras, les jambes et le torse. En moins d'une minute le prêtre se retrouva solidement fixé sur le grand X de bois.

— En attendant que le scribe arrive, on va t'expliquer comment fonctionne notre petite machine, lui murmura le chauve.

Il se glissa sur la droite du novice et empoigna la manivelle qu'il entreprit de faire tourner dans le sens du cheminement de Rê au dessus de l'horizon. La planche, reliée à la manivelle, se mit à tourner elle aussi, entraînant l'avant-bras de Toutankhptah dans son mouvement. Le reste de son bras, solidement attaché à la branche fixe ne bougea pas. C'est donc l'articulation de son coude qui se mit à jouer. Sa main, qui reposait au départ paume contre la planche, accomplit ainsi un demi-tour complet vers le haut.

Le chauve continuait à tourner jusqu'à ce qu'il atteigne la limite d'élasticité naturelle du membre de Toutankhptah.

Ce dernier grimaçait déjà sous l'effort. La sueur perlait à ses tempes et ses yeux s'agitaient frénétiquement en tout sens à la recherche d'une issue.

— On a atteint le point limite, je vais m'arrêter là pour le moment. Enfile donc un taquet au lieu de bâiller aux corneilles, dit-il à son comparse qui regardait la scène tout en se grattant vigoureusement l'entrejambe.

Le chevelu prit alors une mince tige de bronze d'un dixième de coudée de long et l'inséra dans un trou pratiqué dans l'anneau qui guida la barre métallique. Cette dernière était elle aussi percée de part en part. En la faisant tourner un peu, il réussit à faire coïncider les deux ouvertures et y introduit le taquet.

Le chauve put ainsi relâcher sa pression sur la manivelle sans que le bras du novice ne puisse reprendre sa position d'origine.

— Je te laisse imaginer ce qu'il va se passer si on continu à tourner dans le même sens, lui dit-il avant de s'éloigner.

— Ramène-toi feignasse, on va sortir le Libyen de son bain avant que les anguilles ne l'aient complètement dévoré.

Sur sa croix, Toutankhptah se remit à pleurer en silence.

Le doute

Amset se trouvait dans la maison de bière depuis au moins deux heures. Il était attablé devant une nouvelle coupe de bière lorsqu'il sentit une présence derrière lui. Il se retourna d'un bloc tout en se relevant. Sa main droite avait déjà bondi sur la poignée de son épée et l'avait déjà à moitié dégagée de son pagne quand il reconnut l'homme qui venait de le surprendre dans sa méditation.

— Maître Jéroboam ? Qu'est ce que vous faites ici ?

— Je voulais vous parler.

— Et vous m'avez trouvé comment ?

— Très simplement, je vous ai fait suivre par un de nos novices quand vous avez quitté le temple.

— Et pourquoi donc ?

— Toutankhptah est innocent !

— Vous me l'avez déjà dit plusieurs fois, si vous n'avez rien d'autre, laissez-moi déguster ma bière tranquille, lui répondit le policier d'un air bourru.

— J'ai la preuve qu'il n'est pas revenu chercher la danseuse.

— Le gardien l'a pourtant formellement reconnu.

— A cette heure là, il portait sur ses épaules la barque du dieu Amon avec sept de ses camarades. Ils jurent tous qu'il n'a à aucun moment quitté la procession. Vous pouvez aussi interroger tous les prêtres et novices du grand temple qui assistaient à la cérémonie. Ils vous diront tous la même chose !

— Le gardien m'aurait menti ? Il avait pourtant l'air catégorique !

— Il est vieux, il a pu se tromper.

— Et que faites-vous du témoignage des deux danseuses ?

— Ce ne sont que des langues de vipères.

— Elles avaient pourtant l'air sincère et je ne vois pas pour quel motif elles auraient menti.

— Ces petites écervelées sont prêtes à tout pour se faire remarquer, éructa le vieux prêtre tout en crachant par terre. Sa salive forma au sol une petite mare noirâtre aux reflets rougeâtre du plus mauvais effet. Un filet de bave resta suspendu quelques secondes à sa lèvre inférieure avant que le vieux prêtre ne s'en débarrasse d'un revers de main.

Amset se mit à réfléchir sans plus s'occuper de l'antiquité. Depuis le début, cette affaire l'embarassait. Il n'arrivait pas à comprendre le mobile de l'assassin. Un détail lui avait sans doute échappé.

— S'il est innocent, son interrogatoire le disculpera, finit-il par répondre pensivement.

— C'est un garçon sensible, il avouera n'importe quoi sous la torture.

— Je m'en apercevrai rapidement, j'en ai malheureusement l'habitude.

— Alors que faites-vous là pendant que les bourreaux sont déjà au travail ?

— Simple préparation psychologique, les suspects sont beaucoup plus enclins à me dire la vérité quand les deux frères Fracassaton s'en sont un peu occupés avant mon arrivée.

— Vos méthodes sont ignobles !

– Les voies de Maât sont parfois obscures et tortueuses mais ces méthodes m'ont déjà permis de confondre bon nombre de coupables et de prouver l'innocence de bien des gens.

– Alors allez donc prouver l'innocence de Toutankhptah au lieu de vous emplir la panse de mauvaise bière, tonna le vieillard en balayant la coupe du Medjaï d'un geste brusque de la main. Le récipient en terre cuite explosa en touchant le sol. Le liquide ambré qu'il contenait se répandit au sol en éclaboussant les jambes du policier qui se releva d'un bond.

– Ça suffit comme ça vieux fou ! Je vais finir par vous arrêter aussi.

– Et vous allez me torturer jusqu'à ce que j'avoue avoir tué ma mère et la votre ?

– Retournez dans votre temple et laissez-moi faire mon travail. Je n'ai pas besoin de vous pour sentir que quelque chose cloche dans cette histoire. Le meurtrier n'avait jamais fait d'erreur jusque là. Personne ne l'avait jamais vu et d'un coup, il se fait remarquer par trois personnes en deux endroits différents.

– Dans ce cas libérez Toutankhptah de suite !

– Il faut respecter la procédure, je dois d'abord l'interroger.

– Et bien allez-y à la fin ! Explosa Jéroboam. Ou bien va-t-il falloir que je vous traîne moi-même jusqu'à la prison du vizir ?

Amset esquissa un sourire à la pensée du vieux prêtre perclus de rhumatismes essayant de l'entraîner de force.

– Vous avez gagné, j'y vais. De toute façon je n'ai plus rien à boire…

Sur cette dernière répartie, le policier se dirigea vers la porte de la taverne. Il allait en franchir le seuil quand il s'arrêta et se retourna vers le prêtre.

– Je vais envoyer un de mes adjoints recueillir le témoignage des autres porteurs de la barque. Faites-en sorte qu'il n'ait pas à les chercher dans tout le temple.

Et sans laisser le temps au vieux prêtre de répondre, il sortit dans la ruelle et partit en direction de la prison.

Il y arriva dix minutes plus tard et s'enfonça dans les profondeurs humides du bâtiment. Il entra dans la salle de torture sans pouvoir retenir un frisson à la vue des machines de supplices. Il passa rapidement devant la trempette en restant sourd aux gémissements du pauvre bougre qui y était plongé.

Il aperçut les deux bourreaux qui étaient en train d'installer un suspect dans une cage de forme vaguement humaine. D'innombrables crocs de lion et défenses de phacochère en tapissaient l'intérieur. La cage était formée de deux parties distinctes reliées entre elles sur un côté par une charnière et de l'autre par un savant mécanisme de cordes et de poulies permettant de refermer lentement l'instrument de torture sur le corps du supplicié. Pour une raison évidente, cette cage répondait au doux nom de « mâchoire de Sekhmet »

— Mais puisque je vous dis que je n'ai rien fait, ce n'est vraiment pas la peine de me faire entrer là dedans protestait le prisonnier tout en se débattant sans réussir à échapper à l'étreinte du chevelu.

— Mais bien sûr mon brave, on en voit tous les jours des innocents, ricana le chauve en emprisonnant son poignet dans un anneau de bois.

— C'est ceux qui crient le plus, ajouta le chevelu qui faisait de même de l'autre côté.

Amset les laissa terminer leur besogne avant de les questionner :

— Où est mon prisonnier ?

— Lequel ? Lui demanda le chauve en se retournant.

— Un novice du temple d'Anubis du nom de Toutankhptah.

— A celui-là ! Le vice-vizir est venu lui-même interroger ce démon.

— Le vice-vizir ! S'exclama le Medjaï stupéfait.

– Son éminence en personne, accompagné de tous ses scribes, nous a fait l'honneur d'une petite visite, se marra le chevelu tout en refermant la porte de la cage sur son occupant qui poussa un cri de douleur.

– Et alors ?

– Et alors ! On a à peine eu le temps de lui casser un poignet.

– Il a tout avoué ?

– Je n'ai pas dis ça !

– Qu'est ce qu'il a dit ?

– Lui ? Rien ! Mais le démon qui l'habite nous a copieusement insultés !

– Le démon qui l'habite ? Quel démon ? Qu'est ce vous me chantez là ?

– C'est arrivé au moment ou on lui a cassé son poignet gauche…

– Quand tu lui as cassé, s'écria le chevelu qui était resté silencieux jusque là. Je n'y suis absolument pour rien moi. Qu'Amon me protège de tes maléfices ! C'est toi qui as construit cette machine de Seth.

– Mais c'est toi qui en as eu l'idée rétorqua le chauve.

– Arrêtez de vous disputer et racontez-moi la suite, ordonna Amset sur un ton autoritaire.

– Quand les ligaments de son avant-bras ont cassé, il s'est évanoui. Il a repris conscience presque aussitôt mais il ne criait plus. Son visage était complètement déformé, on ne voyait plus que le blanc de ses yeux, raconta le chauve en frissonnant.

– Oui, oui, ensuite il s'est mis à parler dans une langue étrangère, très gutturale et le ton de sa voix était beaucoup plus grave, rajouta le chevelu.

– Il s'est ensuite remis à parler égyptien et à nous insulter.

– Et alors ?

– Et alors ? On est parti en courant, je ne suis pas payé pour faire parler des démons.

— Moi, non plus, renchérit son comparse en remuant vigoureusement sa tignasse repoussante.

— Vous ne savez pas ce qu'il a dit alors ?

— Non mais le scribe du vice-vizir a tout noté

— Et où est-il maintenant ?

— Le vice-vizir l'a fait emmener en urgence au tribunal. A cette heure il doit être en train de se faire condamner à mort, ce petit monstre.

— Il n'aura que ce qu'il mérite ce démon tueur de femmes.

— Il a dit où était la danseuse ?

— Personne n'a parlé d'une danseuse, fit le chauve.

—Non, personne, approuva le chevelu en balançant frénétiquement de gauche à droite sa trogne immonde.

Amset les planta là sans plus d'explications et partit en courant vers le greffe de la prison. Il espérait y trouver le rapport du scribe. Malheureusement, on lui apprit que Thotibiscamon, le scribe rapporteur, était parti avec le vice-vizir en emportant ses notes.

Le Medjaï quitta l'enceinte carcérale et se rua à travers les ruelles de Thèbes vers le tribunal des Deux Terres.

Un jugement expéditif

Amset retraversa la capitale en courant quasiment tout le temps. Il se frayait difficilement un passage à travers la foule des badauds qui sortaient dans les rues pour profiter de la fraîcheur du soir. Il bouscula nombre de porteurs d'eau ambulants qui eurent la mauvaise idée de se trouver dans sa trajectoire, s'attirant un florilège complet des dernières insultes à la mode parmi le petit peuple de la cité. Sourd à leurs reproches, il continuait sa route à vive allure.

Il attegnit enfin l'embarcadère militaire. Il sauta prestement dans la première barque qu'il trouva, défit les amarres et s'emparant d'une rame, entreprit de traverser le Nil à contre-courant.

Il débarqua sur l'autre rive complètement exténué par la traversée, mais il n'avait pas le temps pour se reposer. Il avisa un char de l'armée auquel étaient attelés deux magnifiques destriers à la robe noire comme la nuit qui se dirigeait au pas dans la direction du palais. Oubliant son dos douloureux et ses bras en feu, il piqua un sprint pour le rattraper et monta à bord sans autre forme de procès.

Le conducteur surpris par l'attitude cavalière du policier ne se fit pas prier pour lui faire remarquer.

– Non mais oh ! Tu te crois où ? Descends immédiatement de ce char avant que je ne te botte les fesses, lui dit-il sans lâcher ses reines.

– Police de Pharaon, conduis-moi au palais sans discuter sinon moi, je te fracasse le crâne, répondit le Medjaï en tapotant ostensiblement la tête de sa massue.

– Désolé, je ne pouvais pas savoir, lui dit son chauffeur d'une voix beaucoup plus conciliante.

– Maintenant tu le sais, alors accélère un peu, je suis pressé.

Le soldat ne se fit pas prier et du geste et de la voix, il persuada son attelage de passer la seconde. Bientôt le char filait à vive allure et Amset cramponné à la mince cloison de papyrus tressé se demandait à quel moment il allait passer par-dessus bord.

Enfin il se retrouva devant le palais de pharaon, vaste bâtiment dans lequel se trouvait le tribunal du royaume. Les oriflammes en berne au-dessus du portique d'accès indiquaient à tout un chacun que le dieu vivant, souverain des deux terres, n'était présentement pas dans ses murs. Il devait se trouver sur le chantier de sa nouvelle capitale dans le delta ou bien dans un des innombrables palais que l'Egypte mettait à la disposition de son monarque.

Il sauta du char en remerciant d'un geste de la main le conducteur qui fit effectuer à son engin un demi-tour parfait avant de repartir en direction du désert tout proche.

Encore hors d'haleine, Amset reprit difficilement son souffle sous l'œil soupçonneux des gardes du palais royal. Ces derniers n'étaient pas des nubiens, ni même des égyptiens. Ils faisaient partis des premiers contingents de mercenaires grecs que les souverains d'Egypte employaient depuis peu pour leur protection rapprochée et leurs régiments d'élite.

Le Medjaï dû présenter son papyrus officiel à un colosse à la peau claire qui le dévisagea longuement avant de se retourner pour crier un ordre dans une langue qu'Amset ne reconnut pas.

Par signe, le garde lui fit comprendre qu'il devait attendre là.

Amset tenta de parlementer mais il eut autant de succès que s'il avait plaidé sa cause auprès de la lourde porte de sycomore rehaussé de feuilles d'or qui fermait l'accès au palais. Visiblement le mercenaire ne parlait pas égyptien.

Quelques minutes plus tard, un petit scribe au visage de fouine, finit par arriver. Il dit quelques mots au garde en utilisant son drôle de dialecte. Celui-ci lui répondit d'une courte tirade en désignant le policier du menton.

Le scribe daigna alors s'approcher d'Amset.

– Oui, c'est à quel sujet ?

– Police du royaume, lui répondit le Medjaï en lui tendant son papyrus officiel. Je dois me rendre de toute urgence au tribunal.

– Il est trop tard pour ça, le tribunal vient de fermer, revenez demain ! Cracha le fonctionnaire arrogant tout en faisant mine de repartir.

N'y tenant plus le Medjaï le saisit par le col et l'attira vers lui.

– Un de mes prisonniers vient d'y être emmené en urgence pour y comparaître avant même que j'ai pu l'interroger. En tant qu'officier de la police du vizir, j'ai tout pouvoir sur cet homme n'importe où dans le royaume et j'exige que tu me laisses entrer.

– Tu es devant le palais de pharaon ! Tu oses menacer un fonctionnaire de la cour ?

– Relis bien le papyrus que tu as entre les mains. Il y est marqué en toutes lettres que quiconque se met en travers de mon chemin est passible de trente ans de travaux forcés dans les mines de sel du désert arabique. Combien de temps crois-tu que tu tiendras dans cet enfer ?

Le scribe avala difficilement sa salive et s'avoua vaincu.

– C'est bon, suis-moi !

Il se retourna vers le mercenaire de garde et lui dit quelques mots. Ce dernier déposa son javelot à terre et frappa deux coups contre la porte qui s'ouvrit lentement. Il s'effaça et laissa les deux hommes pénétrer dans l'édifice royal.

– Je dois d'abord parler au scribe qui a consigné la déposition de mon client, un certain Thotibiscamon.

– Tu as de la chance, je viens juste de le voir, il est en train de recopier ses tablettes sur papyrus pour les déposer aux archives du tribunal. Passons par-là alors, c'est plus court, lui répondit son guide en tournant abruptement dans un petit passage caché entre deux colonnes papyriformes qui soutenaient le toit du vestibule qu'ils étaient en train de traverser.

Une série de hiéroglyphes hâtivement peinte sur le linteau de la porte désignait ce passage comme étant la porte annexe de Maât, la déesse de la justice et principe moral du royaume.

Son guide le conduisit dans un véritable dédale de couloirs mal éclairés se ressemblant tous comme deux gouttes d'eau du Nil. De loin en loin, une plume, symbole de Maât, était peinte sur les murs pour permettre aux étrangers de passage de trouver le chemin du Tribunal.

Ils arrivèrent enfin dans les archives du palais. Dans une vaste pièce sans fenêtre, s'étendaient à perte de vue de grands casiers de bois emplis de rouleaux de papyrus et de tablettes d'argile. Des lampes à huile, protégées par un treillis métallique, pendaient à l'extrémité de longues chaînes rouillées et éclairaient à foison l'immense local. Une dizaine de scribes assis en tailleur en occupaient l'entrée. La plupart étaient plongés dans la lecture de papyrus. Les autres, au contraire, étaient fort occupés à retranscrire sur ce support divin, le contenu de leur tablette ou de leur ostracon. Aucun ne daigna lever la tête de son ouvrage à leur arrivée.

Le masque d'Anubis

Le guide d'Amset le conduisit devant un petit scribe aux cheveux gris dont les doigts et les lèvres étaient maculées d'encre noire.

– Voici Thotibiscamon, scribe rapporteur de la prison du vizir, lui annonça-t-il. Ton client, quant à lui, doit passer en jugement dans la salle rouge. Que Seth lui mange les tripes, ajouta-t-il en crachant par terre.

Et sans plus de cérémonie, il planta le Medjaï et s'en fut à grands pas vers la sortie.

– Et je la trouve comment la salle rouge ? Lui cria le policier.

– Suis les hiéroglyphes sur les murs. Parvint-il à comprendre avant que le scribe ne disparaisse au coin du couloir.

Amset retourna son attention sur Thotibiscamon. Ce dernier continuait à peindre son rapport en utilisant les motifs de l'alphabet démotique, beaucoup plus simple et pratique à retranscrire sur papyrus.

La Medjaï toussota plusieurs fois pour attirer son attention mais sans succès.

– Excusez-moi mais j'ai quelques questions à vous poser, dit-il en se penchant vers lui.

Il n'obtint pas plus de résultat. Le calame de son interlocuteur continuait imperturbablement à tracer sa route sur le papyrus.

N'y tenant plus, le Medjaï décocha un coup de pied dans le tibia du scribe. Ce dernier sursauta sous la douleur et son calame traça une ligne brisée du plus mauvais effet jusqu'au bord du papyrus.

Ulcéré Thotibiscamon relava la tête et se mit à agonir d'injures son agresseur.

– Espèce de pourceau, engeance de Seth, résidus d'Apopis, fils d'un libyen et d'un chacal, croisement de babouin et de Nubien, dégénéré, illettré. Vous savez combien ça vaut un papyrus de cette qualité ? Vous croyez qu'on va m'en faire cadeau ?

— Ça suffit comme ça, le coupa le Medjaï en lui fourrant sous son nez son propre papyrus officiel. Police du vizir, j'ai quelques questions à vous poser.

— Ce n'est pas la peine de me frapper pour ça, je n'ai rien à me reprocher, j'ai la conscience tranquille !

— Je ne vous reproche rien, je veux juste voir le rapport d'interrogatoire d'un certain Toutankhptah.

— J'étais justement en train de le recopier quand vous m'avez bousculé. Je n'ai plus qu'à recommencer depuis le début.

— Donnez-moi vos notes, vous continuerez après.

— Que je vous donne mes notes ?

— Oui ! Vous êtes sourd ?

Le scribe se mit soudain à rire et lui tendit un panier de jonc contenant plusieurs éclats de poterie couverts de signes.

— Les voilà mes notes, vous allez être plus avancé, c'est sur.

Amset prit un ostracon au hasard et entreprit de le déchiffrer. Il savait pourtant couramment lire les hiéroglyphes et le démotique, mais il ne réussit pas à comprendre le moindre mot.

— C'est quoi ce charabia ?

— C'est un système de notation rapide que j'ai personnellement mis au point pour retranscrire les aveux des suspects. Ils parlent tellement vite que c'est impossible d'écrire leurs paroles en démotique, aussi j'ai développé une écriture rapide pour me permettre de suivre leur débit. Je l'ai appelé le Scriptus.

— C'est passionnant mais ça n'a probablement aucun avenir. Lisez-le-moi alors !

— Mais je ne peux pas, il faut d'abord que je le retranscrive. Le tribunal attend mon papyrus pour juger ce démon.

— Raison de plus de m'en parler d'abord.

— Je suis désolé mais je ne peux pas.

– Tu veux finir ta journée entre les pattes du chevelu et de son ami le chauve ?

Thotibiscamon avala difficilement sa salive à cette idée.

– Non, non, pas ça, je vais tous vous lire.

Il prit alors un papyrus déjà complètement recouvert de sigles démotiques et commença sa lecture.

– En l'an vingt quatre, dixième jour de fffffa, saison de shemou, de notre bien-aimé Horus, lumière du ciel, Bienfaiteur d'Amon…

– Stop ! Le coupa le policier. Saute directement aux aveux du suspect

– Mais vous m'avez dit de tout lire !

– Sautes directement à l'interrogatoire.

– Bien, alors voyons, ça commence où ? Ah, c'est là ! Je commence.

– Son éminence, grand ami du roi, porteur de parasol à la droite du roi, grand protecteur des palmeraies du désert occidental, brave parmi les braves, grand officier de la mouche d'or, grand chambellan…

– Ça suffit ! S'emporta Amset. Je ne suis pas là pour écouter la liste protocolaire du vice-vizir.

– Mais c'est ainsi que l'on doit le nommer !

– Epargnes-moi ça, c'est bon pour les obélisques.

– Et comment dois-je appeler son éminence ?

– Vice-vizir fera très bien l'affaire.

– Je reprends alors :

Le vice-vizir : « As-tu bien compris les charges qui pèsent contre toi ? ».

L'accusé : « Non, non, je n'ai rien fait »

Le vice-vizir : « Tu nies être l'auteur de ces crimes ? »

L'accusé : « Je n'ai rien fait, je vous jure que je n'ai rien fait »

Le vice-vizir s'adressant aux deux bourreaux, les sieurs Ankh…

Un froncement de sourcil du Medjaï interrompit net le scribe.

177/397

« Procédez à l'interrogatoire »

L'accusé : « Non, non, aïe, vous me faites mal ! »

— Il s'est réellement exprimé comme cela ? Interrogea le policier septique.

— Non, mais il est d'usage dans notre métier d'interpréter de façon académique les cris des suppliciés. Ce serait totalement illisible sinon.

— Mais vous déformez la vérité par cela même !

— Nous remplaçons juste leurs cris par des paroles sensées.

— Arrête de lire bêtement et raconte-moi plutôt ce que tu as vu exactement.

— Comme vous voulez !

Le scribe déposa son papyrus sur sa planchette et reprit ses ostracons qu'il consulta rapidement avant de commencer son récit.

— Quand le vice-vizir a donné l'ordre aux bourreaux de débuter l'interrogatoire, commença le scribe d'une voix plaintive, l'accusé s'est mis à trembler de tous ses membres et à pleurer. A peine le chevelu avait commencé à imprimer un mouvement rotatif à la pièce de bois qui était relié à son poigné gauche que son visage est devenu blanc comme le natron. Ses yeux se sont révulsés et on n'a plus vu ses pupilles. Ses traits se sont horriblement déformés comme si Seth lui-même, lui tordait le visage.

Le bourreau qui tenait la manivelle s'est arrêté aussitôt de tourner. L'accusé s'est redressé au maximum, on aurait juré qu'il avait grandit.

Il a rouvert les yeux et a fixé le vice-vizir.

Il s'est alors exprimé d'une voix totalement différente, beaucoup plus grave et plus autoritaire.

— Qu'a-t-il dit ? Le coupa Amset.

— Au début, personne n'a rien compris. Il s'exprimait dans une langue étrangère fors gutturale. Il est ensuite repassé à l'égyptien.

— Et alors

— De sa voix démoniaque, il a menacé le vice-vizir.

— Tu vas me dire ce qu'il a dit à la fin ! S'emporta le policier.

Le scribe repencha la tête sur ses ostracons et lut : « L'accusé : Si tu ne laisse pas Toutankhptah tranquille, je viendrai moi-même t'arracher le cœur ».

— Il s'est ensuite agité comme un forcené et a réussi à casser le lien qui maintenait sa main droite. Il a attrapé le vice-vizir par la gorge et l'a forcé à approcher son visage du sien. Quand il n'a été qu'à quelques centimètres, il s'est mis à hurler : « Je t'arracherai le cœur et je te le ferai avaler avant que tu n'aies le temps de mourir ».

— ...

— Il a ensuite commencé à étrangler le vice-vizir d'une main tout en recommençant à parler dans la langue des démons. C'est à ce moment que les deux bourreaux se sont enfuis en hurlant et que je les ai suivis.

— Et le vice-vizir ?

— Sa seigneurie a réussit à se dégager et nous a précédé en haut des marches. Je n'avais jamais vu quelqu'un courir aussi vite.

— Et ensuite.

— Les hurlements se sont arrêtés au bout d'un quart d'heure. Le vice-vizir a envoyé un garde voir ce qu'il se passait. Ce dernier est remonté quelques instants plus tard en nous disant que l'accusé dormait.

— Et ?

— Nous sommes redescendus et effectivement, l'accusé semblait dormir. Le vice-vizir a ordonné au garde de le réveiller.

— Et alors ?

— L'accusé a rouvert les yeux lorsque le garde lui a planté la pointe de sa lance dans le ventre. Il avait de nouveau l'air normal. Il s'est remis à pleurer et à clamer son innocence de sa voix habituelle.

— Et ensuite ?

— Le vice-vizir a déclaré que l'accusé était sous l'emprise d'un démon et que de ce fait, sa culpabilité était avérée. L'interrogatoire n'avait donc plus lieu d'être et il a ordonné que l'accusé soit transféré en toute hâte au tribunal pour y être jugé en priorité absolue.

— A-t-il dit ce qu'il a fait de sa dernière victime ?

— Quelle victime ? Personne n'a parlé de victime !

Mais Amset ne l'écoutait déjà plus, il fit demi-tour et se dirigea en courant vers la salle rouge.

Suivant les hiéroglyphes, il sortit du bâtiment des archives et vira à droite sur l'allée principale. Ses sandales de cuir résonnaient en cadence sur les pavés bien taillés de l'avenue d'Aménophis III, le pharaon qui avait fait édifier ce palais sur la rive est du Nil.

Au-dessus de sa tête, des milliers d'étourneaux étaient en train de se rassembler par affinités. Ils étaient si nombreux que par moment ils parvenaient presque à obscurcir le ciel en s'interposant entre le soleil et la terre noire d'Egypte. Ils ondulaient en grands nuages sombres semblables à ces cohortes de mouches qui bourdonnent furieusement aux alentours des charniers. Parfois un groupe plus important en croisait un de dimension plus modeste. C'était alors une incroyable sarabande où des milliers de face à face ou de bec à bec, se terminaient en simples frôlements d'ailes sans que l'on n'enregistre jamais la moindre collision.

Amset ne leva pas la tête un instant pour observer leur manège. Il continuait sa route, imperturbable à la beauté de leur ballet aérien.

Passant sans leur accorder un regard au milieu d'une double haie de sphinx au corps de bélier, Amset se dirigeait droit vers les appartements impériaux. Depuis que les pharaons d'Egypte avaient choisi d'installer leur capitale dans le delta au plus près des routes commerciales, la grande salle d'apparat servait de décor au tribunal de Thèbes.

Deux nubiens en grand uniforme montaient la garde devant le palais. A moitié affalés sur leurs lances, ils regardèrent passer le policier sans esquisser le moindre mouvement.

Le masque d'Anubis

Le Medjaï le leur rendit bien et entra en trombe dans le hall d'accueil. Le passage de lumière aveuglante du soleil à la fraîche pénombre de la salle hypostyle désorienta Amset quelques secondes. Il s'arrêta en haletant pour laisser à sa vision le temps de s'accommoder à cette semi-obscurité.

Il distingua d'abord les immenses colonnes papyriformes qui soutenaient le plafond. Elles étaient toutes richement décorées de peintures polychromes vantant les exploits d'Aménophis III. Les murs de briques cuites étaient recouverts d'une couche de stuc sur laquelle était représenté l'ensemble du panthéon thébain. D'Amon le caché à Thot le potier, tous les dieux du double pays étaient représentés en train d'accueillir pharaon en leur sein.

Amset ne s'attarda pas à tous les recenser. Il s'enfonça rapidement dans l'édifice et se retrouva enfin devant la porte en bois de sycomore de la salle rouge.

Un scribe gras et ventripotent en gardait l'accès. Il trônait tel Thouesis, la déesse hippopotame, derrière un bureau bancal dont un des pieds avait été remplacée par ce qui ressemblait furieusement à une jarre de bière. Décidément les temps de la splendeur de l'empire étaient bien révolus.

— Le jugement de Toutakhptah a déjà commencé ? Le questionna Amset d'une voix anxieuse.

— Il est quasiment fini, le jury s'est retiré et on attend le résultat de sa délibération, lui répondit d'une voix fluette le greffier.

— Qui fait partie du jury ?

— Le vice-vizir Ouajaty, le scribe royal Imhotep et bien entendu Salmamonrujtity, le grand juge de Thèbes.

— Il faut que je les voie de toute urgence !

— Vous ne manquez pas d'air ! Lui répondit le scribe en riant, personne ne peut déranger un jury pendant sa délibération. Même Pharaon n'a pas ce privilège. La recherche de Maât exige le plus grand calme.

— Puis-je au moins assisté au verdict ?

Voyant l'hésitation sur le visage du scribe, le Medjaï sortit à nouveau le papyrus officiel de sa bourse et lui tendit en disant.

– J'ai été chargé de l'enquête et c'est grâce à moi que l'accusé a été interpellé. Voici mon titre officiel.

Le scribe parcourut rapidement le texte en démotique inscrit sur le papyrus qu'Amset lui tendait.

– Entrez ! Mais en silence, sinon c'est encore moi qui vais trinquer.

Le Medjaï le remercia et pénétra dans la salle d'audience.

La salle rouge n'usurpait pas son nom. Les murs recouverts de stuc disparaissaient presque sous une immense fresque représentant les exploits de Seth et d'Hathor dans le grand désert du sud. Toute la palette d'ocre disponible dans le nome avait été utilisée. Du rouge profond à l'orange le plus pâle, aucune teinte ne manquait.

Même les colonnes soutenant le toit à plusieurs étages étaient peintes uniformément en rouge. Bien que construite par Aménophis III, il ne faisait aucun doute que le grand Ouser Maât Rê, en digne fils de Seth, avait voulu laisser son empreinte sur le palais, comme il l'avait fait en d'innombrables sites du royaume où il avait tenu à se faire représenter.

Une estrade vide où ne trônaient pour l'instant que trois sièges royaux à la dorure écaillée, surplombait le reste de la salle d'un bon mètre.

Au pied du trône, et bien qu'il fut de dos, le Medjaï reconnut la frêle silhouette de Toutankhptah encadré par deux solides gardes nubiens. Il avait les mains liées dans le dos par une grosse corde de chanvre dont l'extrémité devait aboutir entre les mains du soldat de droite.

Sur leur gauche, trois scribes accroupis discutaient à voix basse tout en continuant à tracer des hiéroglyphes à l'aide de leurs calames.

Assis sur des banquettes de pierres qui couraient tout autour de la salle, une assistance clairsemée donnait l'impression de s'ennuyer ferme en attendant la fin des délibérations.

Un héraut de cour choisit cet instant pour porter à ses lèvres un instrument de cuivre ressemblant vaguement à une corne de vache. Il souffla dedans pendant quelques instants, produisant un son se rapprochant plus d'un râle de dromadaire que de la musique céleste.

– La cour ! Cria-t-il ensuite, tout en ouvrant avec la plus grande difficulté une large porte à deux battants, encombré qu'il était par son étrange instrument.

Amset en profita pour se glisser discrètement du côté opposé de la salle pendant que l'ensemble de l'assistance se levait pour accueillir les trois magistrats.

En tête venait le vice-vizir Ouajaty, un homme de grande taille à la calvitie naissante habilement camouflée sous une perruque d'apparat. Il était vêtu d'un pagne de lin aux multiples plis recouvert d'une peau de léopard dont la longue queue jaune et noire balayait le sol derrière lui. Son visage aux traits sévères ne laissait transpirer la moindre émotion.

Venait ensuite le grand juge Salmamonrujtity. Le deuxième garant de Maât après Pharaon était aussi éloigné de l'image de la déesse de la justice qu'un porc de celle d'Hathor. Il était gros et gras, court sur patte et affligé d'une claudication de la jambe gauche. Son pagne de cérémonie disparaissait presque sous les nombreux replis de son ventre proéminent. Sa plantureuse poitrine aurait rendu jalouse n'importe quelle des favorites du harem royal, n'eut été les poils porcins qui y étaient fichés de loin en loin et les cicatrices toujours bien visibles de la petite vérole que lui avait offert en cadeau une prostituée des bas-fonds de Memphis. Son visage, luisant de transpiration, était tendu comme une vessie de porc. Au-dessus d'un nez proéminent, une paire de petits yeux lubriques fortement enfoncés sous des paupières mal noircies de khol, suivait, comme hypnotisé, le lent balancement de la queue du vice-vizir. A chaque pas, ses pieds bouffis, que contenaient à grand peine une paire de sandales grande taille, manquaient de peu de marcher sur l'auguste trophée.

Imhotep, le scribe royal et supérieur hiérarchique d'Amset, fermait la marche de cet étrange cortège.

Les trois très importants personnages s'assirent de concert dans l'ordre où ils étaient entrés. Le juge, maître de la justice, trônait au centre du trio. Eu égard à son rang, le vice-vizir était assis dans un siège légèrement plus haut que les autres, ce qui lui permettait, savant dosage entre la loi et l'étiquette, de dominer les débats sans pour autant les diriger.

— La cour va rendre son verdict au nom de Maât et de pharaon tout puissant, entama d'une voix tonitruante le juge Salmamonrujtity.

A cette annonce tout le monde se rassit dans la plus grande pagaille à part l'accusé et ses deux gardes du corps, cela va de soit.

Amset, qui avait réussi à se faufiler au plus près de l'estrade fit de même et put enfin observer le visage de Toutanhkptah.

Le novice avait le visage livide et le regard voilé. Si les deux gardes qui l'encadraient ne l'avaient pas maintenu debout en le tenant fermement par les bras, il se serait sans doute écroulé au sol.

— Accusé, es-tu prêt à entendre la sentence que les dieux nous ont soufflé ?

L'accusé ne répondit pas. Il semblait ne même pas apercevoir le juge.

— En vertu de la loi de Maât et des préceptes d'Amon le caché, ce tribunal te condamne par ma bouche à être exécuté à la nouvelle lune.

Toutankhptah n'esquissa pas le moindre geste à l'énoncé de la peine de mort. Il était comme absent de lui-même.

— Les versets du grand livre des portes exigent que le démon qui t'habite périsse avec toi ou soit expulsé de ton écorce charnelle. Pour cela tu seras empalé sur un pilier de bronze chauffé au rouge. Ton corps sera ensuite brûlé, tes cendres dispersées dans le désert et ton nom sera effacé à jamais.

Le masque d'Anubis

Un murmure d'horreur parcourut l'assemblée. C'était une double condamnation pour l'accusé. Occis dans cette vie, il ne pourrait pas non plus renaître dans l'autre. Sans son corps et sans son nom, son Bâ errerait sans fin dans les limbes de la non-existence.

– As-tu bien compris la sentence ? Demanda le juge à Toutankhptah toujours immobile.

L'accusé ne répondit pas, il semblait toujours perdu dans un autre monde.

– Tu dois répondre, lui répéta le magistrat.

N'obtenant toujours aucun retour il fit un signe de la tête en direction des deux soldats qui encadraient Toutankhptah. Ils le saisirent tous les deux par le haut des épaules et le secouèrent comme un prunier.

– Le juge te demande de lui répondre ! Cria celui de droite dans l'oreille du Novice.

Dans le même temps son collègue lui décocha une claque retentissante faisant violemment partir la tête du jeune prêtre en arrière.

Le changement fut radical. Toutankhptah ouvrit les yeux démesurément et se redressa brusquement. Il écarta les bras si violemment qu'il brisa net la corde qui lui entravait toujours les mains. Il se retourna brusquement et empoigna les deux soldats par la gorge et les souleva. Ces derniers n'eurent pas le temps de crier que déjà leurs pieds ne touchaient plus le sol.

Toutankhptah les projeta en avant et ils allèrent s'écraser contre une colonne trois mètres plus loin. L'assistance eut un mouvement de recul. Les plus près de la scène montèrent sur leurs bancs dans un puéril réflexe de protection.

Mais le condamné ne leur accorda pas un regard. Il se retourna vers l'estrade d'où les trois juges avaient suivi la scène avec stupeur.

— Je vous l'ai déjà dit, si vous faîtes du mal à Toutankhptah, je vous tue ! Leur dit l'accusé en pointant un index menaçant vers eux.

Amset n'en crut pas ses oreilles, la voix qui sortait de la bouche du novice n'avait strictement rien à voir avec celle qu'il avait entendue au temple d'Amon. Elle était beaucoup plus grave et chargée de violence contenue que la voix fluette du jeune homme timide qu'il avait interrogé.

— Tu oses menacer un représentant de Pharaon, réussit à répondre le vice-vizir qui avait repris ses esprits.

— Je ne menace personne, je vous préviens, c'est tout.

Sur cette dernière phrase, Toutankhptah paru se ratatiner sur lui-même. Il tomba à genoux en gémissant.

— Un démon ! Un démon !

Ces deux mots qui avaient commencé comme un murmure enflaient démesurément en une clameur collective qui rebondissait sur les murs rouges de la salle.

La panique gagna la foule et l'ensemble de l'assistance s'enfuit en courant en se bousculant et se piétinant pour s'éloigner au plus vite de cette manifestation démoniaque.

— Seth est en lui, il va tous nous tuer !

— Apopis l'habite, la mort est sur nous !

— Les démons des enfers extérieurs nous envahissent.

Le silence retomba lentement.

Les deux soldats se remirent lentement debout en se massant la carotide et s'approchèrent précautionneusement du condamné.

Amset fit de même, mais déjà le juge avait retrouvé ses esprits et ordonna d'une voix encore un peu tramblante.

— Gardes, ramenez le condamné dans sa cellule, qu'il y attende son exécution.

Les deux hommes hésitants prirent Toutankhptah par les épaules et l'aidèrent à se relever. Voyant qu'il n'opposait aucune résistance, ils l'entraînèrent lentement vers la sortie tout en surveillant son visage du coin de l'œil.

— Attendez ! Cria le policier en se précipitant vers l'estrade.

– Qui êtes vous pour oser m'interrompre ? Lui demanda le juge, fort surpris de son intervention.

– Je suis le Medjaï Amset, chargé de l'enquête sur les meurtres rituels.

Le juge et le vice-vizir regardèrent en même temps dans la direction du scribe royal. Ce dernier acquiesça de la tête à leur question muette.

– Je confirme, ajouta-t-il. En tant que chef de la police de Pharaon dans cette partie du double pays, je l'ai personnellement chargé d'enquêter sur cette .affaire

– Que voulez-vous donc ? Demanda le juge en reportant son attention sur le policier. La sentence a été lue, le procès est fini.

– Cet homme est innocent !

– Impossible, c'est lui le coupable ! Vous avez bien vu comme nous qu'il était sous l'emprise de Seth. Dit le vice-vizir en se levant de son siège.

– Je viens de voir un homme très perturbé mais je n'ai pas vu le museau de la bête !

– De toute façon, il est trop tard, justice est faite. Ce monstre périra demain matin, rétorqua Ouajaty en se rasseyant posément.

– Et la prêtresse ? Demanda Amset.

Le vice-vizir s'immobilisa à quelques centimètres de sa chaise richement décorée.

– La prêtresse ?

– Celle qu'il a enlevée hier soir ! Elle doit être encore vivante à cette heure là, enchaîna le Medjaï. Si vous l'exécutez avant qu'il ne nous ait dit où il la détient, elle est morte.

Ouajaty se laissa enfin tomber sur son siège en soupirant.

– Le vizir veut un coupable et il le veut mort le plus rapidement possible. Je suis désolé mais ce démon sera exécuté demain à l'aube, dit le vice-vizir en essuyant son front couvert de transpiration avec une lingette de lin.

— Comment allez-vous tuer le démon sans toucher au prêtre ? Lui demanda Amset en le regardant droit dans les yeux.

Ouajaty leva les yeux au ciel en soupirant.

— En tuant le prêtre, nous tuons le démon du même coup, voyons !

— Mais Maât ne nous interdit-elle pas de violenter un innocent ? C'est du moins ce que disaient les professeurs de droit de la maison de vie d'Héliopolis, rétorqua le Medjaï.

— Il a raison ! S'écria contre toute attente le juge, Nous devons d'abord tenter de faire sortir le démon de son hôte par les rites magiques et l'exécuter seulement s'ils échouent.

Le vice-vizir se retourna tel un naja vers le magistrat et le fusilla du regard. Ses yeux lançaient des éclairs mais le juge n'en avait cure.

— Que l'on conduise l'accusé à la maison de vie du temple d'Amon pour l'exorcisme !

— Cet homme a été condamné à mort, vous ne pouvez vous déjuger, cracha Ouajaty.

— Je ne me déjuge pas, si à la prochaine lune neuve, le démon n'a pas quitté son corps, la sentence sera exécutée, j'ai dit !

Clôturant le procès, le magistrat se leva et quitta l'estrade sans accorder un regard au vice-vizir qui fulminait de rage sur son siège.

Imhotep se leva et descendit à son tour, invitant d'un signe de la main Amset à le suivre. Ce dernier lui emboîta le pas.

— J'espère que vous êtes sûr de vous mon petit. Si vous ne trouvez pas un nouveau coupable avant la prochaine lune, Ouajaty me réclamera votre tête et je ne suis pas sur de pouvoir lui refuser. Vous avez une piste au moins ?

Amset fut bien obliger de lui avouer qu'il n'en avait aucune et qu'il se fiait pour la plus grande part à son intuition.

— Il faudrait que je puisse interroger à nouveau le suspect.

— Vous voulez parler au démon ?

– Je ne crois pas aux démons.

– Pourtant notre monde en regorge, …

– Bien sur, mais dans le cas qui nous intéresse, je ne pense pas que l'on soit en présence d'une créature infernale.

– Et à quoi avons-nous affaire alors ?

– Laissez-moi le temps d'interroger les médecins du temple d'Anubis et je vous le dirais.

– Soit !

– J'aurais besoin d'autre chose que vous seul pouvait m'obtenir, rajouta Amset sous une impulsion subite.

– Quoi encore ? Lui demanda son supérieur en s'arrêtant de marcher.

– Qu'êtes-vous donc en train de manigancer ?

– Il faudrait que vous persuadiez le vice-vizir d'annoncer que l'exécution a bien eut lieu.

– Mais pourquoi diable ?

– Faites-moi confiance.

Imhotep le dévisagea longuement avant de répondre.

– Vous avez bougrement intérêt à ne pas vous tromper sinon nous sautons tous les deux ! Vous en êtes bien conscient ?

– Merci chef, je savais que je pouvais compter sur vous.

Le masque d'Anubis

Le Double Mal

Les deux hommes se séparèrent à l'orée du chemin qui menait à l'embarcadère du palais. Ouajaty salua son subalterne et repartit vers le palais à la recherche du vice-vizir.

Amset rejoignit rapidement la berge du Nil, sauta à nouveau à bord de son canot de jonc et entreprit la traversée du fleuve en sens inverse. Le niveau était encore monté et le courant se faisait de plus en plus violent. Le Medjaï eut toutes les peines du monde à rejoindre l'autre rive sans trop dériver.

Il réussit pourtant à accoster contre l'embarcadère de la police du vizir. Un garde désœuvré l'aida à aborder.

– Nous allons avoir une inondation mémorable, se cru-t-il obligé de dire au policier en lui tendant la main pour l'aider à prendre pied sur le ponton surélevé.

– Hapy a entendu nos prières.

– Oui et Khnoum aussi, il a ouvert en grand ses cataractes pour le plus grand bonheur des paysans. Après ces années de disette, il était grand temps. Les greniers de Pharaon sont au plus bas, une bonne récolte les remettra à niveau.

Mais déjà Amset ne l'écoutait plus, il le planta là et partit vers le temple d'Anubis à travers le dédale de ruelle de Thèbes.

Une heure plus tard, il pénétrait dans le bureau particulier d'Hypocraton, le médecin chef de la province.

Ce dernier ne se donna pas la peine de se lever et indiqua d'un signe de tête un tabouret au Medjaï. Le policier s'assit en silence.

Le praticien était en train d'étudier un papyrus tout craquelé et noirci par le temps. De là où il était assis, Amset pouvait apercevoir quelques dessins de plantes rares entourés par d'innombrables lignes de caractères démotiques tracées à l'encre noire et rouge, en partie effacées.

Hypocraton était un homme de petite taille. Profondément assis dans un fauteuil aux accoudoirs décorés de tête de bélier, sa tête dépassait à peine au dessus de la table. En dessous de cette dernière, ses pieds noueux auxquels pendaient des sandales en cuir, ne touchaient pas le sol.

Son visage était aussi ridé qu'une dune de sable du grand désert oriental lorsque soufflait le vent du sud. Ses yeux étaient quasiment invisibles tant il plissait les paupières pour tenter de déchiffrer le document qu'il tenait à quelques centimètres de son nez.

– Décidément, ma vue n'est plus ce qu'elle était, finit-il par déclarer en reposant le papyrus sur son bureau. Que me vaut l'honneur de ta visite Amset ? Encore une affaire d'empoisonnement d'un mari volage ?

Le policier le détrompa et entreprit de lui décrire par le menu le comportement de Toutankhptah.

Le médecin l'écouta attentivement, ne l'interrompant que rarement par de brèves questions.

Lorsqu'Amset eut fini, il joignit ses mains en repliant ses doigts par dessus ses phalanges. Il porta le tout à son visage et entreprit de se caresser le menton tout en fermant les yeux pour mieux se concentrer.

– Une maladie que je connais mais que nul ne peut guérir.

Après avoir prononcé la formule rituelle des médecins, il se leva prestement et entreprit de marcher de long en large.

– Il ne s'agit donc pas de possession démoniaque ? Le questionna Amset qui le suivait du regard dans son périple immobile.

– Pas du tout, pas du tout. En fait, je pense que ton suspect souffre d'une maladie des plus rares. On appelle cela le double mal !

– Le double mal ?

– Oui, un bien vilain tour que les dieux font à certains humains à leur naissance, lui répondit le praticien en tendant un index vengeur vers le plafond de son bureau.

– Vous pouvez m'en dire plus ?

– Après que les dieux ont créé l'enveloppe corporelle d'un homme, ils y insufflent le Kâ, l'essence psychique et le Bâ, l'âme oiseau. Il arrive parfois que les dieux glissent un deuxième Bâ dans le corps d'un homme.

– Deux Bâ dans le même corps ? Je n'en n'ai jamais entendu parler, le coupa le Medjaï.

– Je te l'ai dit, c'est une affection très rare.

– Et les deux Bâ arrivent à cohabiter ?

– Généralement un des deux prend le dessus, il repousse le second à l'arrière plan et l'oublie.

– Il l'oubli ?

– C'est ce que pensent les spécialistes, oui !

– Et pour Toutankpath ? Il s'en est souvenu ?

– Non, ce n'est pas aussi simple que ça. Le Bâ dominant n'a absolument pas conscience de l'existence du second.

– Que s'est-il passé alors ? Le coupa Amset qui semblait un peu perdu.

– Il arrive qu'en cas de grande frayeur ou de grande douleur, le Bâ principal se retire pour échapper aux stimuli. Le Bâ secondaire en profite alors pour prendre les commandes.

— Mais pourquoi Toutankhptah est redevenu normal de suite après ?

— Le Bâ secondaire n'est pas assez puissant pour se maintenir au premier plan. Dès que le traumatisme qui a fait fuir le Bâ principal a disparu, ce dernier reprend la main.

— Si j'interroge Toutankhptah, il pourra alors me dire ce qu'à fait son deuxième Bâ ?

— Non ! Et ce pour deux raisons, lui répondit Hypocraton qui s'était arrêté de marcher et se trouvait maintenant face au policier.

— Lesquelles ?

— Premièrement, quoiqu'ait fait son double, le Bâ de ton suspect n'était virtuellement pas là.

— Deuxièmement, il a chassé à jamais tous souvenirs le concernant et ne peut absolument pas se rappeler de ses actes. Pour lui, le deuxième Bâ n'existe pas.

— Comment entrer en contact avec lui alors ? Se demanda tout haut le policier en se grattant vigoureusement l'oreille droite.

— Tu peux tenter de recréer le traumatisme l'ayant fait venir au premier plan mais s'il est aussi violent que ce que tu me l'as dit, cela peut être dangereux.

— Nous avons des moyens de le rendre inoffensif, le rassura le Medjaï en repensant à la terrible panoplie des frères Fracassaton.

— Tu obtiendras de bien meilleurs résultats par l'hypnose.

— L'hyp… quoi ?

— C'est une technique qui vient du pays de Pount. Un mélange de formules secrètes, de jeux de lumières et de musiques.

— Crois-tu vraiment que j'ai le temps d'aller jusqu'au pays de Pount y quérir ton magicien ?

— Idiot ! Cela n'a rien à voir avec la magie.

— Vous sauriez vous y prendre ?

— Moi non, mais j'ai un confrère asiatique qui maitrise parfaitement la pratique. Je peux lui en toucher un mot si tu veux, par le plus grand des hasards, il est en ville en ce moment.

— Donnez-moi son nom, je vais lui faire préparer un sauf-conduit pour la prison de vizir. Une estafette vous l'apportera au plus vite.

— Sheriffa el Wallida el Nassera.

— C'est une femme ?

— Ca te dérange ?

— Pas le moins du monde, mais il faut que je le précise sur le laissez-passer, ils sont de plus en plus tatillons avec les formulaires ces temps-ci.

Amset remercia le médecin et repartit en courant à travers les ruelles de la cité d'Amon.

— Ça serait quand même plus pratique si je pouvais disposer d'un char, pensait-il en retraversant les quartiers commerçants toujours aussi grouillant de monde.

Le masque d'Anubis

Contre-interrogatoire

Il parvint enfin au bureau d'Imhotep. Ce dernier le reçut sans attendre.

Le Medjaï entra et se laissa tomber sans plus de cérémonie sur un des sièges en bois précieux qui ornaient le cabinet de son supérieur. Il ôta discrètement ses sandales et fit son rapport de façon concise. Son chef l'écouta attentivement, ne le coupant que pour se faire préciser un détail. Lorsqu'Amset eut terminé, il se plongea dans une longue réflexion silencieuse. Seul le bruit d'une mouche, volant au hasard dans la pièce, en troublait le calme. Enfin il posa ses deux coudes sur la table, joignit les mains et y posa son menton en équilibre.

— Tout cela est bien joli, mais rien de ce que tu me dis ne vient confirmer l'innocence du suspect. Il n'y a pas le moindre élément nouveau permettant de casser le verdict du procès.

— Peut-être que l'interrogatoire sous hypnose nous apportera cette fameuse preuve.

— Je doute qu'elle soit recevable, seuls les grands prêtres d'Amon peuvent invoquer la magie comme ligne de défense.

— Il nous donnera peut-être un indice matériel ?

— J'en doute fort mais je t'ai donné mon accord et de plus, je me suis engagé personnellement auprès du vice vizir.

— Il a accepté ma proposition ?

— Cela a été dur, mais j'ai réussi à le convaincre qu'il y avait un doute certain sur la culpabilité du suspect.

— Il y croit lui aussi ? S'étonna Amset, connaissant la réputation du personnage.

— Absolument pas, mais il ne veut surtout pas être taxé d'incompétence ou de précipitation. Si un nouveau crime survenait, il pourrait se targuer du stratagème et apparaître comme un sage. S'il ne se passe rien, le suspect sera exécuté discrètement et personne à part nous n'en sera jamais rien.

— Qu'importe ! Du moment que nous mettons la main sur le vrai coupable ! S'emporta le Medjaï.

— Crois-tu qu'il laissera des témoins de ce qui pourrait être perçu comme un signe de faiblesse de sa part ?

— Mais ?

— Non, rassure-toi, il ne nous fera pas exécuter nous aussi, mais il faut t'attendre à une mutation dans une contrée lointaine et inhospitalière.

— Je suis prêt à en prendre le risque.

— Voila ton sauf-conduit alors, lui répondit Imhotep en lui tendant un papyrus de petite taille. N'oublie pas d'y rajouter le nom de ton magicien.

Le policier prit le sauf-conduit des mains de son supérieur et quitta le bureau. Il se dirigea vers le corps de garde et y alpaga le premier Medjaï disponible. Il lui remit le laissez-passer tout en lui expliquant en détail à qui le remettre. Ce n'était pas le moment de faire une bourde.

Il quitta alors le bâtiment et se dirigea lentement vers la prison. L'heure n'était plus à la précipitation.

Le masque d'Anubis

Le doc

Amset prit enfin le temps de se reposer un peu. Depuis que Khépri était réapparu sur l'horizon après un nouveau combat victorieux contre les forces de la nuit, il avait couru dans Thèbes comme un dératé, sans même prendre le temps de s'alimenter. Il fit donc un crochet par les cuisines de la caserne où il se régala d'ail frais et de dattes, le tout arrosé d'une bonne bière tiède brassé le matin même. Il alla ensuite faire un petit somme dans sa chambrée, demandant au planton de venir le réveiller à la nuit tombée. Son crâne n'avait pas encore touché le repose-tête en bois ouvragé qui lui servait d'oreiller qu'il dormait déjà d'un sommeil sans rêve. Un léger filet de bave s'échappa bientôt de la commissure de ses lèvres charnues.

– Chef ! Chef ! Réveillez-vous ! Lui murmurait-on à l'oreille.

Il se leva d'un bond, contourna l'homme penché sur sa couche et le garrotta d'un bras puissant avant que ce dernier n'ait pu esquisser le moindre mouvement.

— Vous m'étranglez chef, réussit à articuler le malheureux déjà à moitié mort.

Reconnaissant la voix d'un de ses subalternes, Amset relâcha la pression de son biceps sur la pomme d'Adam du fonctionnaire.

Ce dernier y porta la main vivement et se massa la glotte de façon énergique.

— Vous avez une sacrée poigne, j'ai bien cru que j'allais y passer.

— Je suis désolé mais je suis sous pression en ce moment avec toutes ces disparitions.

— Y'a pas de mal chef, la prochaine fois je frapperai avant d'entrer.

Le militaire quitta la pièce sur cette dernière répartie, laissant Amset se préparer. Ce dernier se nettoya sommairement à l'aide d'un morceau de natron puis il enfila un pagne propre et quitta à son tour sa chambre, direction la prison du vizir.

La sentinelle de faction devant l'édifice le reconnut malgré l'obscurité grandissante et le laissa entrer sans plus de cérémonie.

— Votre visiteuse est arrivée, elle vous attend dans le bureau du directeur, lui dit-il en ouvrant la lourde porte de la prison.

— Dans le bureau du directeur ?

— On n'allait quand même pas laisser attendre une aussi ravissante donzelle au milieu des cellules.

— Ravissante ?

— Oh oui, une sacrée poulette digne d'Athor, je donnerais bien un mois de solde pour une nuit de danse avec elle, rit grassement le préposé à la poterne.

Ravissante ? Le Medjaï pénétra dans le bâtiment en essayant de changer l'image de la praticienne qu'il avait en tête. Il s'était imaginé la spécialiste sous les traits d'une vieille rombière au corps lourd et au visage ridé mais certainement pas sous celui d'une danseuse.

C'est presque timidement qu'il poussa la porte du bureau directorial après avoir frappé contre l'huis. Il pénétra dans la pièce obscure qu'éclairait à grand peine la flamme mourante d'une lampe à huile de terre cuite posé sur le grand bureau du directeur.

Ce dernier était assis à sa place habituelle. Penché vers l'avant, en équilibre sur ses deux coudes, il écoutait avec attention les propos que lui tenait sa visiteuse.

Amset aperçut d'abord une chevelure bouclée et luxuriante qui dansait en rythme avec le discours de sa propriétaire. Cette cascade de cheveux bruns s'écoulait sur un dos couleur chocolat au lait dont le grain de peau s'apparentait à celui des mythiques oranges du pays de Pount. Plus bas, en contact direct avec un tabouret pliant formé de jonc entrelacé, deux fesses parfaites se laissaient deviner à travers le lin immaculé d'un long pagne de cour.

– Voici votre hôte qui arrive enfin, dit comme à regret le directeur de la prison en relevant la tête vers le Medjaï.

– Docteur, permettez-moi de vous présenter le Lieutenant Amset. Lieutenant, le docteur Sheriffa el Wallida el Nassera.

La praticienne se retourna d'un mouvement plein de grâce et de sensualité mêlée. Ses yeux étaient sombres comme une nuit dans le désert de Kadesh. Son regard de gazelle se ficha dans celui d'Amset.

– Lieutenant Amset ? S'étonna-t-elle. Je pensais avoir affaire à un médecin. Que vient faire la police du vizir dans cette histoire ?

– Le chef Imhotep ne vous a donc rien expliqué ?

Avant que la belle eut pu répondre, le directeur de la prison s'était levé et avait contourné son bureau. S'adressant au Medjaï, il lui dit :

— Maintenant que les présentations sont faites, je vous laisse mon bureau. D'innombrables tâches m'attendent dans ce lieu de désolation.

Le policier acquiesça d'un vague signe de la tête sans quitter des yeux le docteur Sheriffa ex-cætera. Le fonctionnaire quitta le bureau sans que quiconque ne prononce la moindre parole.

— Et si nous allions enfin voir ce patient ? demanda d'une voix douce Sheriffa, vous m'expliquerez en chemin.

Avant qu'Amset n'eut ouvert la bouche, elle était déjà levée et se dirigeait vers la sortie. Ce dernier, reprenant partiellement ses esprits, tenta de lui ouvrir la porte tout en s'enlevant du milieu pour la laisser passer ; tout cela sans détourner le regard de ses formes enivrantes.

Il réussit juste à entrouvrir le battant et, dans la confusion d'esprit dans laquelle il se trouvait, il en percuta le champ de plein fouet au lieu de passer normalement dans l'ouverture ainsi crée entre la porte et son cadre, Sous la violence du choc son crâne sonna comme une jarre vide et le fit trébucher. Son pied droit heurta par mégarde l'arrière de son mollet gauche. De surprise, il lâcha la poignée de la porte et tenta gauchement de rétablir son équilibre en projetant ses deux bras en avant. Mais l'attraction terrestre fut plus forte que lui et il s'étala de tout son long aux pieds de la doctoresse qui ne put s'empêcher de rire en contemplant la scène.

Elle se mit néanmoins à genoux à ses côtés et lui demanda dans un sourire lumineux :

— Vous ne vous êtes pas fait mal j'espère ? Je peux vous aider à vous relever si vous voulez ?

Amset, vexé et rouge comme une pivoine, grommela quelques mots indistincts et se redressa par ses propres moyens en prenant appui sur la porte. Une fois debout, il se retourna vivement et se retrouva nez à nez avec le médecin qui s'était relevée elle aussi.

Sa bouche pulpeuse, délicatement rehaussée d'un trait de khôl, n'était qu'à quelques centimètres de celle du Medjaï, ce qui lui fit se rendre compte de sa grande taille.

– Alors, on y va ? Articulèrent soudain les lèvres sur lesquelles il louchait.

– Où ça ?

– Mais voir le patient enfin !

– Le patient... ?

– Vous m'avez bien fait venir ici pour hypnotiser un malade ? l'interrogea Sheriffa, soudain inquiète de la tournure des événements.

– Un malade ? Mais il n'y a pas de malade ici, c'est une prison, répondit Amset sans réfléchir.

– Qu'est-ce que je fais ici alors ? dit-elle en posant ses mains sur ses hanches, que le policier jugea immédiatement sublime.

– Heu... parvint-il à articuler.

– C'est le coup sur la tête ou je vous fais tant d'effet que ça ? Lui répondit-elle surprise.

– C'est-à-dire que... En fait... Mais plutôt...

Amset se sentait complètement perdu, il n'arrivait plus à aligner une phrase complète. Une chaleur intense l'envahissait peu à peu. Sa vision se troublait et le bureau du directeur sembla se mettre à tourner autour de lui. Il posa une main contre le mur pour ne pas tomber et se frotta les yeux à plusieurs reprises.

– Asseyez-vous, vous allez vous évanouir si ça continu lui dit Sheriffa en passant son bras sous le sien pour le soutenir.

Mais le Medjaï, au prix d'un intense effort, réussi à se maintenir debout. Il fixa le mur de la prison qu'il apercevait à travers la fenêtre ouverte. La vision de ce mur de terre cuite tout lézardé par les ans lui fit un bien fou. La sensation de chaleur s'évanouit aussi vite qu'elle était apparue. Le trouble de sa vision disparut aussi et la pièce cessa enfin son manège autour de lui.

– Ce n'est rien, un peu de fatigue. Cette affaire me tient en haleine depuis trop longtemps. Suivez-moi !

Joignant le geste à la parole, il se retourna et franchit le pas de la porte d'une démarche assuré, le docteur Sheriffa el Wallida el Nassera sur ses talons.

Ils longèrent ainsi le long couloir qui coupait la prison en deux et atteignirent en son exact milieu, la cage d'escalier qui menait vers les sous-sols et les salles d'interrogatoires. Amset continua à suivre le corridor sans un regard vers le bas. Ignorant ostensiblement l'odeur répugnante qui s'en échappait ainsi que les cris de douleur, très nettement audible malgré la distance.

La belle Sheriffa, quant à elle, ralentit le pas à hauteur des premières marches. L'affreuse puanteur lui fit plisser le nez de façon charmante mais le Medjaï qui continuait sa route, imperturbable, ne l'aperçut pas.

Après quelques secondes d'hésitations, elle lui emboîta le pas et accéléra pour le rattraper.

— Par Thôt, qui y'a-t-il donc en bas ? Lui demanda-t-elle quand elle parvint à sa hauteur

— Rien de très intéressant, croyez-moi, lui répondit-il sans la regarder.

— Ne me prenez pas pour une idiote lieutenant !

La réponse avait claqué comme la lanière d'un fouet, faisant sursauter le policier. Il s'arrêta net et fixa la doctoresse d'un regard songeur.

— Loin de moi l'idée de vous sous-estimer, finit-il par lui déclarer. Mais je vous promets que ce qui se passe en dessous n'est pas très ragoutant. Ce qui est fait en bas est nécessaire pour la bonne marche du royaume mais peu en accord avec les principes de Maât. Il vaut mieux pour vous en savoir un minimum.

— C'est une menace ?

— Un simple conseil ! Il vaut mieux parfois rester dans l'ignorance.

— Si cela a un rapport avec mon patient, je ne peux rester dans l'ignorance, lui rétorqua-t-elle d'une voix où pointait une colère retenue.

– Vous l'aurez voulu, lui répondit-il en faisant brusquement demi-tour, suivez-moi donc dans l'antichambre de l'enfer, je vais vous faire visiter Abou Grahib, comme l'appellent vos frères du désert !

Et, sans attendre sa réponse, il se dirigea à grandes enjambées vers l'escalier qu'il entreprit de descendre sans même un regard en arrière pour s'assurer qu'elle le suivait.

Un peu surprise par cette volte-face inattendue, Sheriffa se dirigea à son tour vers le sous-sol de la prison. Elle s'engouffra avec précaution dans l'étroite descente aux marches inégales. La puanteur la fit presque suffoquer. Se bouchant le nez à l'aide de deux doigts, elle n'en continua pas moins son chemin.

Elle rejoignit Amset qui l'attendait sur une espèce d'estrade de bois sur laquelle débouchait l'escalier de pierre.

De là, elle avait une vision panoramique sur la grande salle et ses sinistres machines. N'en croyant pas ses yeux, elle se retint à la balustrade et contempla sans un mot cet assortiment de mécanisme barbare.

Au bout d'une longue minute d'observation, elle se retourna vers son compagnon et lui dit d'une voix où pointait la colère et le dégoût :

– Où est Maât dans tout ça ? Où est donc le fameux esprit de justice du Double Pays ?

Amset baissa la tête sans répondre.

– Qu'avez vous fait de votre âme ? Ce n'est pas l'Egypte éternelle que je vois ici !

Le Medjaï restait toujours silencieux.

– Rien ne vous touche donc ? Vous n'êtes qu'un monstre sans cœur ! Dans ces conditions, je préfère me retirer, je ne veux pas être mêlée à ces horreurs ! Adieu !

Sans plus attendre, elle fit demi-tour et allait s'éloigner quand une main sur son épaule l'arrêta.

– Si vous partez, un innocent va mourir dans d'atroces souffrances, lui murmura à l'oreille le policier.

– ôtez vos salles pattes de là ! Lui répondit Sheriffa en repoussant vigoureusement sa main.

— Je ne suis pas responsable de cet endroit !

— Mais vous l'utilisez !

— Le moins souvent possible, croyez-moi.

— Vous l'utilisez !

— Cela fait malheureusement parti de mes fonctions, mais cela me dégoutte autant que vous.

— Sornettes ! Personne ne vous oblige à torturer des êtres humains !

— Je ne les torture pas, je les interroge, s'emporta Amset.

— Vous jouez sur les mots ! Ce que vous faites ici n'a aucune justification morale !

— La raison d'état se fout de la morale comme de la dernière concubine de Ramsès.

— Alors votre état repose sur du sable !

— Arrêtez de me traiter de monstre ! Pour combattre le mal, il faut parfois employer ses méthodes.

— C'est vous rabaisser au rang de Seth. Comment oserez-vous regarder Osiris en face quand viendra votre jugement ?

— C'est mon problème ! Pour l'instant le votre, c'est de prouver l'innocence d'un homme que le vice-vizir a fait soumettre à la question ici même. Vous vouliez voir où cela s'était déroulé ? C'est fait ! Si on passait aux choses sérieuses maintenant !

Sheriffa regarda le policier droit dans les yeux. A la surface de ses sombres pupilles, de lourds nuages noirs se rassemblaient, annonçant un orage d'une violence inouïe.

Amset ne détourna pas le regard pour autant.

Le bras de fer silencieux dura une fraction d'éternité. Soudain le vent chassa les cumulus des yeux de Sheriffa.

— Vous avez raison. Allons donc sortir ce malheureux de vos griffes.

— Suivez-moi alors !

Joignant le geste à la parole, le Medjaï entreprit de remonter l'étroit escalier, le docteur el Wallida el Nassera s'empressa de l'imiter.

Le masque d'Anubis

La séance d'hypnose

Il la précéda ainsi jusqu'à la cellule où était enfermé Toutankhptah depuis le verdict. Un planton à l'air sévère en gardait l'entrée, une lance d'assaut à la main.

– Qui va là ? S'écria le maton à la vue du couple qui se dirigeait vers lui.

– Lieutenant Amset de la police du vizir, répondit le Medjaï en tendant machinalement la pochette de cuir contenant son papyrus officiel.

Le garde se méprenant sur ses intentions, entreprit de mettre sa lance en position d'attaque tout en se précipitant sur lui.

L'arme de combat, habituellement utilisé par les fantassins sur les champs de bataille, était beaucoup trop grande pour cet espace exigu et le militaire ne réussit qu'à en planter l'extrémité dans une poutre de plafond.

– Et bien soldat, vous avez des problèmes ? Lui dit le Medjaï, en lui fourrant sous le nez son insigne.

Voyant le regard affolé du militaire qui tentait désespérément de récupérer son arme, il attrapa à son tour la lance et tira d'un coup sec. La pointe s'échappa brutalement de sa prison de bois vermoulu. Le garde, surprit par le mouvement brusque, n'en continua pas moins de tirer comme un sourd sur la hampe de son arme. Il partit à la renverse et atterrit violement sur son postérieur.

— Pas la peine de vous prosterner devant moi, contentez-vous donc de me laisser passer, il faut que nous parlions au prisonnier.

Il tendit alors une main secourable au gardien qui s'en saisit et s'en servit pour se remettre debout avec quelques difficultés.

— J'espère que vous ne vous êtes pas fait mal, lui dit Sheriffa d'un ton moqueur.

Le militaire répondit par un vague grognement tout en se massant la cuisse droite. Il se baissa, autant pour ramasser sa lance que pour cacher son embarras.

— Ouvrez donc cette porte au lieu de rester planté là comme un obélisque ! S'emporta Amset.

Le garde ne se fit pas prier, il se redressa et ôta la cale de bois qui maintenait le battant verrouillé. Il tira à lui le lourd battant et s'effaça pour leur laisser la place.

Amset pénétra dans la cellule, Sheriffa lui emboîta le pas.

Le garde referma aussitôt la porte et la verrouilla dans le même mouvement.

— Appelez-moi quand vous voudrez sortir, leur cria-t-il à travers la porte avant de s'éloigner d'une démarche pesante.

Amset ne prit pas la peine de répondre, il tentait de distinguer quelque chose dans la pénombre du cachot. Peu à peu ses yeux s'habituèrent au manque de lumière.

La cellule était exiguë et complètement vide à l'exception notable d'un trou dans le sol en plein milieu de la salle.

Sur la paroi opposée à l'ouverture, deux lourds anneaux de cuivre étaient fixés au mur. Des chaînes, accrochées à ce dispositif et reliées aux poignets de Toutankhptah, le maintenaient écartelé contre la paroi humide. Ces pieds touchant à peine le sol, il était obligé de se maintenir sur la pointe des pieds pour soulager ses bras.

Le policier s'approcha lentement de lui, sa compagne en fit autant.

Le corps du prêtre était couvert de contusions et de bleus. Son pagne à moitié déchiré était maculé de boue et de sang.

Son visage était méconnaissable. Son œil droit était complètement fermé, sa paupière, tirant vers le violet, avait triplé de volume. Un filet de sang séché coulait le long de sa narine, faisait le tour de ses lèvres tuméfiées et se perdait le long de son menton écorché.

Le jeune homme pleurait doucement. Son corps, de temps en temps agité de spasmes, était complètement affaissé. Sans les chaînes, il se serait simplement couché en boule sur le sol de la cellule.

– Toutakhpath, tu m'entends ? Lui demanda doucement le Medjaï.

Le prisonnier sursauta, une expression de panique se dessina instantanément sur ses traits boursouflés.

– Ne me tapez pas, je vous en supplie, parvint-il à articuler.

– Nous ne sommes pas venus pour cela, mais pour te parler, lui répondit la doctoresse. Elle sortit un chiffon de lin immaculé de sa besace de cuir et entreprit de nettoyer le visage du jeune homme.

Ce dernier eut un bref mouvement de recul, mais se laissa soigner sans dire un mot.

Après un rapide nettoyage, elle sorti de son sac des petits flacons de terre cuite hermétiquement fermés par un morceau de peau maintenu en place par un mince lacet de la même matière. Sur chacun d'entre eux était tracé à l'encre rouge un hiéroglyphe médical qu'Amset ne parvenait pas à déchiffrer dans l'obscurité.

Avec assurance, Sheriffa les ouvrit et y plongea l'extrémité de son index. Elle badigeonna ensuite les blessures du novice tout en lui murmurant à l'oreille des paroles apaisantes.

Le garçon se calma et finit même par cesser de trembler.

— Je vais pouvoir l'interroger maintenant, dit la jeune femme au Medjaï silencieux. Pouvez-vous demander un tabouret au garde ?

— Vous voulez vous asseoir ?

— Ce n'est pas pour moi idiot ! C'est pour le soulager lui !

Un peu vexé par la remarque, Amset se dirigea vers la porte dans laquelle il donna plusieurs coups de pied pour attirer l'attention du garde.

Celui-ci accourut aussitôt.

— Vous avez déjà fini ? dit-il surpris en entrouvrant la porte.

— Non abruti ! Nous aurions besoin d'un tabouret.

— C'est pour la demoiselle ? S'enquit le militaire, dont les yeux s'attardèrent plus que de raison sur la croupe de la doctoresse toujours penchée sur le prisonnier.

— Non c'est pour lui ! Lui répondit-il séchement en pointant son index vers Toutankhptah.

— Attendez, il est interdit de le détacher !

— Ce n'est pas pour le détacher, le coupa Sheriffa. C'est uniquement pour qu'il puisse se tenir droit sans effort.

— Dans ce cas…

Il referma la porte et partit à la recherche de l'ustensile.

Sheriffa continua à murmurer à l'oreille du jeune prêtre tout le temps que dura l'absence du garde. Amset resta en retrait en essayant de se faire oublier.

— …

Amset n'eut même pas à parler. Son expression suffit au gardien. Il referma la bouche avant de rajouter quoi que ce soit et quitta la pièce en vitesse.

Sheriffa se tourna vers le policier et lui demanda :

— Vous voulez bien vous mettre dans le coin de la cellule là-bas et ne plus en bouger quoi qu'il se passe avant que je ne vous le dise.

— Pourquoi ? Ne pu-t-il s'empêcher de questionner.

— Vous préférez sortir ?

— Dans ce cas…

Il ravala son orgueil et alla s'installer au fond de la pièce.

La doctoresse sortit alors une amulette de sa besace. Il s'agissait d'une figurine à l'effigie de Taoussert, la déesse hippopotame. Une lanière de cuir était passée dans une ouverture pratiquée au sommet de la statuette.

Sheriffa en saisit l'extrémité et imprima à l'ensemble un doux balancement de droite à gauche. Elle approcha lentement la statuette des yeux de Toutankptah qui commença à la suivre du regard.   Dans le même temps, elle entama une étrange mélopée dans une langue inconnue.

Le temps sembla se contracter sur lui-même. La cellule se fit floue. Le Medjaï qui suivait la scène avec attention sentit une lourde torpeur l'envahir peu à peu pendant qu'instinctivement il suivait le lent balancement de l'amulette.

Pour se ressaisir, il se releva brusquement, faisant tinter l'extrémité de son épée contre le mur.

Sheriffa se retourna vers lui et le fusilla du regard tout en posant son index sur ses lèvres pour lui intimer le silence.

Amset se le tint pour dit et se promit de rester aussi immobile qu'un obélisque jusqu'à la fin de la séance.

La praticienne recommença à balancer imperceptiblement son pendule devant les yeux du condamné.

Les paupières de ce dernier ne tardèrent pas à se fermer complètement pendant que tout son corps se détendit. Sans les chaines qui le maintenaient solidement, il se serait écroulé sur le sol.

Sheriffa se retourna à nouveau vers le policier et lui murmura :

— Il est fin prêt pour l'interrogatoire.

— Vous êtes sûre ?

— Vous doutez de moi ?

Amset préféra se taire et s'approcha lentement du prisonnier pour l'observer de plus près.

— Je vous ai dit de ne pas bouger !

Le Medjaï s'immobilisa tout penaud puis recula à nouveau sans dire un mot.

— Je vais maintenant te demander de remonter dans tes souvenirs. Tu es dans le temple de Knouth en train de répéter la cérémonie sacrée. Décris-moi ce que tu vois.

Toutankhptah se mit alors à parler d'une voix basse et monocorde :

— Je suis dans la grande salle hypostyle. Le tabernacle du seigneur Knouth a été déposé sur son palanquin par le grand prêtre.

Le recteur nous fait maintenant signe de nous approcher. Nous formons deux files et venons nous placer de part et d'autre du tabernacle.

Le recteur fait tinter son crotale une fois. Nous nous agenouillons tous dans le même mouvement.

Le recteur fait tinter son crotale deux fois. Nous empoignons les patins du palanquin.

Le recteur fait tinter son crotale trois fois. Nous hissons le palanquin sur nos épaules.

Le recteur fait tinter son crotale quatre fois. Nous nous redressons lentement

Le recteur…

– Stop, le coupe Sheriffa.

Le novice s'interrompt immédiatement sans que son visage ne trahisse la moindre expression.

– Maintenant la cérémonie est finie et tu sors du temple. Reprends ton récit.

De son étrange voix monocorde, le jeune prêtre s'exécuta :

– Je quitte le temple de Knouth avec mes condisciples et nous rentrons rapidement au temple d'Anubis. La nuit vient de tomber et les rues ne sont pas très sures.

– Que fais-tu quand tu arrives au temple ?

– Je fais mes ablutions en compagnie de mon voisin de chambre puis je vais me coucher.

– Que fait ton voisin de chambre à ce moment là ?

– Il va se coucher aussi.

– Quel est son nom ?

– Alibyssotek.

Le Medjaï s'empressa de noter le nom du témoin sur un des ostraca qu'il trimbalait partout avec lui. Voici un prêtre dont le témoignage serait sans doute plus crédible que cette petite séance de sorcellerie.

– Il était avec toi à la cérémonie de l'inondation ?

– Bien sûr, il était juste derrière moi pendant toute la procession.

– Bien, revenons un peu en arrière. Tu viens de quitter le temple avec les autres novices.

– Nous marchons en groupe vers le temple de Knouth, Alibyssotek est à mes côtés et me pose des questions sur les différentes statues qui parsèment notre trajet.

– Pourquoi ?

– Il vient d'arriver à Thèbes et c'est sa première sortie.

– Continue !

– Nous arrivons devant le temple de Knouth, le gardien nous ouvre le portail et nous entrons dans la cour. Un prêtre pur nous y attend et nous conduit dans la grande salle.

– A quel moment t'es tu echappé du groupe pour retourner au temple ? Lui demande soudain la doctoresse.

– Nous entrons dans la grande salle et nous nous dirigeons vers le couloir d'accès au naos. Un palanquin y a été déposé pour recevoir le tabernacle du dieu Knouth.

– Stop !

– Un policier va maintenant te poser des questions. Dis-lui la vérité, que la vérité, toute la vérité.

Au mot de policier, le corps inerte du novice a un léger sursaut.

– Rassure-toi, il ne te fera aucun mal.

– Approchez-vous et interrogez le sans le brusquer, ajoute-t-elle à l'intention d'Amset.

Ce dernier s'approcha du jeune prêtre. Il se racla la gorge et entama l'interrogatoire.

– Quand as-tu vu Ankhesenamon pour la dernière fois ?

– Le troisième jour de la décade, lors de la cérémonie de l'ouverture de la bouche.

– L'as-tu vu le soir où tu es allé au temple de Knouth ?

– Non.

– Es-tu retourné au temple pour y chercher Ankhesenamon ?

– Non.

– Pourquoi tu l'as enlevée ?

– Je ne l'ai pas enlevée.

– Tu l'as momifiée comme les autres ?

– Non.

– Où l'as-tu emmenée ?

– Nulle part.

– Le gardien du temple t'a vu sortir avec elle.

– Il ment !

– C'est toi qui as volé les masques funéraires ?

– Non, je n'ai jamais rien volé !

– Je suis sur du contraire, avoues et tu...

La phrase d'Amset mourut dans sa gorge. Le jeune prêtre auparavant immobile et prostré sur son tabouret venait en effet de se redresser de toute sa hauteur. Ses paupières s'ouvrirent soudainement laissant apparaître deux yeux injectés de sang qui tournaient follement dans leurs orbites. Son visage semblait agité par une houle intérieure et se déformait peu à peu. Ses joues enflèrent, ses pommettes devinrent rouges briques, ses oreilles semblaient plus décollées.

Ses mains s'ouvraient et se refermaient dans le vide. Ses bras donnaient des à-coups impressionnants, tendant violemment les chaînes qui le maintenaient prisonnier.

– ASSEZ ! Cria-t-il soudain d'une voix bien plus grave qu'à l'ordinaire.

– Laissez Toutankhptah tranquille, il n'a rien fait.

Le Medjaï, qui venait de se reculer prestement, interrogea Sheriffa du regard. Celle-ci lui fit signe de continuer.

– Qui êtes-vous ? Demanda subitement le policier en plongeant son regard dans celui du prisonnier.

– Je suis le Kâ de Toutankhptah !

La réponse les stupéfia tous les deux

– Ce n'est pas possible, finit par répondre Amset, ébahi par la réponse.

– Croyez ce que vous voudrez mais je suis là pour le protéger.

– C'est donc vous le coupable, reprit Amset.

– Ni moi ni lui ne somme responsable de ces disparitions.

– Comment voulez-vous que je vous croie. Tous les indices le condamnent.

— Toutankhptah était amoureux d'Ankhesenamon depuis longtemps et c'était réciproque. Jamais il ne lui aurait fait le moindre mal.

— Si vous saviez le nombre d'amoureux éconduis qui s'en prennent à leur dulcinée…

— Pas Toutankhptah, je l'en aurais empêché de toute façon.

— Quel est votre rôle.

— Je veille sur lui et le protège depuis que sa mère l'a abandonné devant la porte d'un temple.

— Vous êtes seul à le faire ? demanda Sheriffa, s'adressant pour la première fois au nouvel arrivant.

— Comment ça ? répondit le Kâ, apparemment interloqué par la question.

— Y a-t-il une troisième entité dans le corps de Toutankhptah qui pourrait en prendre le contrôle à votre insu ?

— Non, le Kâ est unique ! Je suis le maître du Bâ et rien ne m'échappe.

— Pas de trou noir dans vos souvenirs ?

— Absolument aucun.

— Racontez nous l'enfance de Toutankhptah.

— Si vous voulez, c'est l'histoire d'un orphelin comme bien d'autres.

Soudain la porte de la cellule s'ouvrit avec fracas accompagnée par le garde qui se retrouva à plat ventre au pied de Shérifa.

— On écoute aux portes ? Le questionna Amset.

— Non, ne me tapez pas, je vous en supplie.

Trois regards se retournèrent vers le prisonnier. Il était de nouveau prostré sur son tabouret et sanglotait doucement.

— Vous pouvez être fier de vous espèce de macaque, dit Sheriffa au gardien qui tentait vaille que vaille de se remettre sur pied tout en retrouvant une certaine contenance.

— Vous auriez pu le tuer en le réveillant comme ça.

— Le tuer ?

— Dehors imbécile, le coupa Amset. Joignant le geste à la parole, il empoigna le soldat par les cheveux, lui fit faire un demi-tour non réglementaire et le jeta dans le couloir sans autre forme de procès. Le gardien alla heurter violemment le mur d'en face sous la poussée. Son appendice nasal toucha la paroi en premier et craqua un peu sous la violence du choc. Il réussit pourtant à mettre les mains en avant, ce qui le renvoya d'où il venait. Mu par son instinct un peu assoupi de militaire de carrière, il parvint à accomplir un demi-tour quasi complet avant de tenter à nouveau d'entrer dans la cellule. Malheureusement pour son nez endolori, il parvint sur le seuil en même temps que la porte, puissamment claquée par Amset. La rencontre fut inégale et le nez du gardien explosa comme une tomate trop mûre. Le reste de son corps repartit une nouvelle fois en direction du mur opposé. Tout occupé à porter ses mains à son nez, le militaire ne s'aperçut que sa trajectoire n'était pas complètement rectiligne qu'au moment où son postérieur entra en collision avec la tige de fer rouillée qui permettait de retenir plaqué contre la paroi, la porte de la cellule d'en face. Le morceau de métal se ficha profondément dans son arrière train, lui arrachant un hurlement de souffrance.

La porte de la cellule de Toutankhptah se rouvrit brutalement et heurta malencontreusement les orteils du gardien, ce qui fit redoubler ces cris.

— Vous allez la fermer ou je vous fais arrêter pour entrave à une enquête officielle, lui dit le Medjaï, d'un ton glacial où rodaient des couteaux effilés.

Le gardien ravala ses plaintes et se mit instinctivement au garde à vous.

— Je vous entends encore un fois et je vous fais muter au fin fond du pays de Koush, c'est clair ?

— Oui monsieur !

Amset le planta là sans forme de procès et se retourna vers Sheriffa.

— Vous pouvez l'interroger à nouveau ?

— Non, il lui faut du repos.

— Qu'en pensez-vous ? C'était vraiment son Kâ qui nous parlait ?

— Le clergé d'Amon vous dirait certainement que oui.

— Et vous ?

— Je pencherais plutôt pour ma première hypothèse, pour moi ce pauvre bougre souffre du double mal. Son esprit est double, mais son Kâ est unique.

— Ça ne m'avance pas beaucoup. Kâ ou pas Kâ, pouvons-nous nous fier à ses déclarations ?

— Je n'ai jamais vu personne mentir au cour de telles séances et les papyrus médicaux n'en font jamais mention.

— Donc il est innocent ?

— Puisqu'il le dit, cela doit être vrai !

— Cela ne fait que confirmer les autres éléments à décharge. Pouvez-vous veiller sur lui, il faut que je voie le vice-vizir de toute urgence.

— C'est que ...

— S'il vous plait, rendez-moi ce service.

— Mais...

— Faites le pour lui au moins, rajouta-t-il en laissant ostensiblement glisser son regard vers le jeune prêtre toujours avachis au fond de la cellule.

— Soit ! Mais faites-le détacher alors.

— Je vais voir le directeur de ce pas. A bientôt, ajouta-t-il en ouvrant à nouveau la porte.

— Ne me faites pas attendre trop longtemps, lui répondit Sheriffa en esquissant un sourire.

— Non, non, bafouilla le policier en sortant précipitamment pour masquer son embarras.

Mais cette sortie hasardeuse eut une victime colatérale. Encore troublé par le sourire de la jeune praticienne, Amset heurta de plein fouet le dos du planton qui montait toujours la garde devant la céllule. Le malheureux, surpris par la violence du choc, partit en avant et heurta à nouveau le mur opposé. Son appendice nasal encore endolori fit de nouveau connaissance avec la pierre mal taillée du couloir.

– Vous ne pouvez pas vous ôter du milieu, le tança Amset sans même un regard.

Le soldat voulut répliquer mais le temps qu'il se retourne en se massant le nez, le Medjaï avait déjà disparu.

Le masque d'Anubis

Le vizir se fait tirer l'oreille

Amset n'avait pas chômé depuis qu'il était sorti de la cellule de Toutankhptah.

Il avait d'abord convaincu le directeur de la prison de traiter moins durement le jeune novice et de laisser la doctoresse le remettre sur pied dans l'intérêt de l'enquête.

Il avait ensuite fait un saut à son bureau pour récupérer les ostracons où il avait fait consigner par écrit les témoignages qu'avaient recueillis ses adjoints au temple d'Anubis.

Il était ensuite passé convaincre son supérieur hiérarchique de l'accompagner chez le vizir. Ce dernier avait quelques doutes sur le témoignage sous hypnose, mais le Medjaï avait fini par le convaincre.

Le masque d'Anubis

Depuis une demi-heure, les deux policiers patientaient, inconfortablement installés sur un banc de pierre devant l'entrée de la résidence particulière du vice-vizir. Rê était encore haut dans le ciel et semblait se faire un malin plaisir à darder ses rayons brûlants sur eux.

La porte en bois de sycomore, logé dans le mur d'enceinte de la propriété s'ouvrit enfin.

Un serviteur les invita à le suivre. Ce qu'ils firent sans se faire prier.

Il les précéda à travers un jardin luxuriant et ombragé qui contrastait violemment avec la chaleur et la lumière de la rue. On entendait au loin le glougloutement de l'eau qui courait dans les rigoles et le chant de quelques oiseaux.

L'employé de maison leur fit contourner le bâtiment principal et les invita à pénétrer dans ce qui ressemblait à première vue à une petite chapelle de pierre rouge.

L'intérieur était presque entièrement occupé par un bassin délicatement décoré de mosaïques en pâte de verre bleue. Seule une étroite margelle de marbre séparait la surface de l'eau du mur.

Le vice-vizir Ouajaty, assis sur cette dernière, leur faisait face. Les jambes plongées dans l'eau, il était en train de se faire masser le dos par une nubienne à la peau noire comme le ventre de Seth.

— Qu'est ce que vous me voulez encore avec ce Toutankhptah ? Leur dit-il en guise de bienvenue.

— Il est innocent, lui répondit Amset.

— Il a été jugé coupable par le tribunal que je présidais, il n'y a pas à revenir là-dessus ! Foutez-moi le camp de là que je puisse profiter de mon bain ! Se mit à hurler l'édile.

— Pourtant les preuves sont là, dit le Medjaï sans se démonter, tout en tapotant le sac de lin qui contenait les dépositions des différents témoins.

— Quelles preuves ? Aboya le vice-vizir

— Les déclarations sous serment de quarante trois prêtres du temple de Knouth, dont le supérieur lui-même, qui jurent tous que le novice n'a pas quitté l'enceinte sacrée pendant toute la durée de la cérémonie.

– Et alors ?

– Et alors ? S'il n'a pas quitté la maison de Knouth, il n'a pu retourner au temple d'Anubis enlever la victime.

– Vous en êtes certain ? demanda-t-il d'une voix un plus calme en fixant Imhotep

– J'ai moi-même vérifié tous les témoignages, lui répondit ce dernier, le doute n'est pas permis.

– Qu'importe ! Il a été jugé coupable, il sera exécuté ! S'emporta à nouveau le haut fonctionnaire.

– Cela serait contraire à Maât ! S'emporta à son tour Amset. Sans compter que le vrai coupable court toujours.

– Je ne peux pas revenir sur la sentence, je me ridiculiserais aux yeux de Pharaon.

– Il le faut !

– Impossible !

– Il y a peut-être un moyen de sauver la face tout en respectant Maât, dit doucement Imhotep en se caressant la barbe.

– Lequel ? S'enquit aussitôt le vice-vizir.

– Amset va vous expliquer son plan, répondit le chef de la police.

– Parle alors, au lieu de me faire perdre mon temps ! s'emporta le dignitaire

– Il suffirait en fait que vous annonciez l'exécution de Toutankhptah tout en le gardant au secret. Lui dit ce dernier d'une voix calme.

– Je ne pourrais pas le garder indéfiniment au secret, votre idée est stupide. S'emporta le vice-vizir, tout en se tortillant sous les effets du massage.

– Pas indéfiniment bien sûr ! uniquement en attendant que le vrai meurtrier repasse à l'acte.

– Et je m'en sors comment ? Répliqua le vice-vizir, soudain plus attentif, en posant une main sur celle de la masseuse pour lui signifier d'arrêter.

— En annonçant à ce moment là, que dans votre grande sagesse, vous aviez tout prévu à l'avance et que le procès et l'exécution n'étaient que des ruses destinées à découvrir le vrai coupable.

— D'un autre côté, si malgré toutes les preuves, il s'avérait qu'il soit réellement coupable, vous n'auriez qu'à le faire mettre à mort discrètement, ajouta Imhotep.

— Arrête ton massage, s'exclama brusquement Ouajaty à l'adresse de la jeune nubienne, tu m'empêches de réfléchir.

La servante se releva et quitta la pièce sur la pointe des pieds. Le vice-vizir se laissa glisser dans le bassin et disparut sous l'eau. Seul le haut de son crâne luisant émergeait encore à la surface.

Il resta ainsi immobile au fond du bassin en apnée complete.

Les deux policiers attendirent patiemment que le dignitaire daigne refaire surface.

Ce qu'il fit finalement dans une gerbe d'eau au bout d'une centaine de respirations.

— C'est d'accord, leur dit-il en prenant appui sur la margelle pour extraire son grand corps malade de l'onde. Mais j'ordonne le secret absolu sur toute cette affaire. Vous payerez de vos vies toutes indiscrétions ! Que cela soit bien clair !

— Cela va de soi, dit Imhotep

— Cela va mieux en le disant, le coupa le vice-vizir, tout en s'enroulant dans un pagne de lin immaculé. Je vais donner mes instructions à mes chefs de cabinet. Dans une heure l'exécution de votre innocent sera placardée aux portes du domaine d'Amon. Je vous ferais passer un sauf conduit pour aller récupérer votre protégé. Tachez de le cacher convenablement !

Amset et Imothep s'échangèrent un regard aussi discret que satisfait.

— Vous pouvez vous retirer, vous avez un coupable à arrêter ! Et de préférence avant qu'il n'y ait un nouveau cadavre !

La levée d'écrou

Amset n'avait pas perdu de temps non plus. Dès qu'une estafette du vice-vizir lui avait apporté le papyrus de levé d'écrou, il s'était précipité à la prison centrale, accompagné d'une demi escouade de Medjaïs subalternes pour donner le change.

Pendant que ses hommes prenaient leur mal en patience dans la cour, il faisait difficilement de même dans le bureau du directeur. Ce dernier voyait d'un mauvais œil un de ses pensionnaires le quitter ainsi.

– De tout temps, les exécutions capitales ont eu lieu dans ma prison, était-il en train d'expliquer pour la quatrième fois.

Depuis le temps des pyramides, le bourreau officiel officie dans mon officine.

— Au temps des pyramide, la capitale du double pays était à Memphis, le corrigea Sheriffa qui avait rejoint Amset dans le bureau du fonctionnaire.

— Qu'est ce que vous en savez ? Lui rétorqua l'administrateur, vous y étiez ?

— J'ai lu les registres royaux d'Héliopolis sur des papyrus originaux remontant au temps de l'Horus Netjerkyhet et écrit de la main même de son vizir, lui répondit-elle sans se démonter.

— Et qui c'est celui-là ? Un obscur roitelet des marécages du delta ?

— Son nom de règne était Djoser et son vizir s'appelait Imhotep, le glorieux architecte. Peut-être en avais-vous entendu parler ?

Le directeur piqua un fard mais rebondit aussitôt.

— Sans une confirmation du vice-vizir lui-même, il est hors de question que je vous confie mon prisonnier.

— Mais le papyrus que je vous ai remis est marqué de l'anneau du vice-vizir, s'étrangla Amset tout en se levant et en empoignant à pleine main l'épaisse planche de cèdre qui servait de bureau au locataire des lieux.

Sheriffa posa discrètement sa main sur son bras pour le calmer. L'effet fut immédiat. Le Medajï se rassit et se força à respirer calmement.

— De toute façon, le courrier que j'ai envoyé à son excellence ne va pas tarder à revenir et nous allons dissiper ce fâcheux malentendu.

Le directeur les ignora ensuite ostensiblement en se penchant sur un papyrus qui prenait la poussière sur son bureau.

Amset ne se contenait qu'à grand peine mais la douce main de Sheriffa toujours délicatement posée sur son avant-bras avait un effet antalgique des plus puissants.

Le silence se fit pesant, à peine entrecoupé par le passage nonchalant d'une mouche qui prenait un malin plaisir à se poser régulièrement sur la main du directeur de la prison.

Ce dernier la délogeait régulièrement d'un revers de son calame mais elle revenait sans arrêt à la charge.

N'y tenant plus le fonctionnaire tenta de l'écraser. Il ne réussit qu'à se planter profondément dans la main, l'extrémité acéré de son instrument d'écriture.

Il retint avec difficulté un cri de douleur pendant que ses deux invités riaient sous cape.

L'insecte effrayé quitta la pièce dans un vrombissement d'ailes diaphanes.

Seul l'écho assourdi des cris de souffrance des suspects interrogés au sous-sol venait parfois rompre la quiétude de la salle.

Le temps passa lentement, presque aussi lentement que le mouvement de la main de Shérifa sur l'avant bras du Medjaï.

Ce dernier n'osait regarder dans sa direction, ne sachant si la caresse était volontaire ou mécanique.

Un bruit de pas se rapprochant dans le couloir coupa court aux réflexions du policier. Une main anonyme frappa doucement à la porte.

– Entrez ! Cria le directeur, abandonnant sur le champ l'étude détaillée de son parchemin.

– Grand intendant, je vous rapporte la réponse de son excellence le vice-vizir, grand ami du roi et porteur…

– Suffit ! Le coupa le rustre en se levant, donnez-moi ce document que je puisse me débarrasser de ces deux là.

L'estafette se tut tout en lui tendant la missive et après un demi-tour réglementaire reprit la direction de la sortie.

Dans sa hâte de l'ouvrir, le directeur déchira à moitié la lettre d'Ouajaty. Il la parcourut rapidement, son visage passant par toutes les couleurs de l'arc en ciel.

Enfin, il la laissa choir sur son bureau et en fit autant dans son fauteuil.

Sans regarder ses deux interlocuteurs, il leur dit d'une voix éteinte :

— Prenez le prisonnier et allez-vous-en puisque c'est la volonté du vice-vizir.

— Je vous le dis depuis le début, lui répondit Amset tout en se levant, ce qui eut pour effet de faire retomber la main de la doctoresse. Chose dont il ressentit un vif regret.

Le message étant tombé face vers lui, il ne put s'empêcher d'en lire une partie du contenu en passant.

…vous seriez muté à la surveillance des mines de turquoises du Sinaï avec le grade de garde chiourme…

Moins de cinq minutes plus tard, Toutankhpah soutenu par deux Medjaï passait les portes de la prison en compagnie d'Amset et de Sheriffa.

— Où m'emmenez vous demanda-t-il pour la dixième fois au Medjaï.

— Vers ton destin, lui répondit ce dernier, assez fort pour que les deux sentinelles de faction à l'entrée l'entendent et se mettent à rire grassement.

— Passe le bonjour à Seth de ma part quand tu le verras lui cria l'un d'eux.

— Ne blasphème pas ainsi, le reprit la doctoresse ou tu risques de lui présenter ton respect en personne quand la grande dévoreuse viendra te chercher.

Le gardien avala difficilement sa salive et se le tint pour dit.

— Où m'emmenez vous ? demanda encore une fois le novice lorsqu'ils se retrouvèrent dans l'avenue des sphinx.

— En lieu sûr, lui glissa Sheriffa à l'oreille.

— Du moins je l'espère, pensait-elle.

Soudain, mue par un sombre pressentiment, elle se retourna brusquement. Elle ne vit rien de distinct, mais du coin de l'œil, il lui sembla tout de même apercevoir une ombre disparaître dans l'obscurité d'une porte cochère.

Elle resta immobile au centre de l'avenue, scrutant intensément les pavés brûlants qu'ils venaient de fouler. Hormis le miroitement des pierres polies, chauffées à blanc par les rayons de l'astre nourricier, Rê, le père de l'Egypte, elle n'aperçut rien de suspect.

Au bout d'un moment, elle refit demi-tour et força l'allure pour rejoindre le petit détachement qui s'éloignait sans elle.

Sur l'avenue, rien ne bougeait. Même les ombres s'étaient faites discrètes et brillaient par leur absence.

Le masque d'Anubis

La mort du novice

Une petite foule impatiente se pressait devant le premier pylône du temple de Karnak. Des scribes étaient à l'œuvre sur le mur réservé aux annonces officielles.

– Mais qu'est ce qu'il y a donc d'écrit ? Pestait un petit vieux qui tentait d'apercevoir l'inscription malgré le rempart de dos humains qui s'élevait devant lui.

– Je n'en sais rien, je ne sais pas lire ! Lui répondit son voisin, un solide gaillard au corps noueux qui tenait dans ses mains une collection d'herminettes.

– Je crois que ça parle de la prochaine crue, dit une mégère qui plissait les yeux en s'aidant de ses deux mains tout en regardant dans la mauvaise direction.

– Mais non, il s'agit d'un trafiquant de masques d'Apophis, dit un boulanger encore à moitié recouvert de farine.

– Pas d'Apopis, d'Anubis le reprit un fellah en désignant le symbole du chacal.

– De toute façon, pour moi tout ça, c'est des hiéroglyphes, disait plus loin un marin en riant grassement.

– Silence ! Silence ! dit le prêtre d'Amon qui supervisait le chantier, je vais vous le lire.

— Silence, silence, la ferme ! Taisez-vous ! Le mot d'ordre se répandit comme un nuage de criquets sur un champ d'épeautre pas encore moissonné.

— Au nom de l'Horus d'or, le taureau puissant qui met en pièce les Asiatiques, qui combat pour la multitude, le lion au cœur fort, grand de victoire sur tous les pays étrangers, le roi de haute et basse Egypte, puissante est la justice de Rê, taureau sur sa frontière, sur ordre d'Amon, son noble père.

— Cela a été fait pour lui le troisième jour du troisième mois de la quatrième année de son règne, aimé d'Amon et d'Isis, grand en rectitude et gardien de Maât, fils préféré de Rê, grand de bonté et doué de vie.

— Ce jour, le novice Toutankhptah, que son nom soit maudit, que son Kâ soit banni, a été exécuté par les soldats de la garde d'Horus, taureau puissant, grand de jubilé, monarque au grand règne tel Atoum dans le ciel.

— Que son nom honni soit rayé des registres du temple d'Anubis, que son corps soit jeté en pâture aux crocodiles sacrés, que son souvenir soit éparpillé dans le grand désert oriental.

Nombreux furent-ils dans l'assistance à toucher instinctivement leurs amulettes à cette annonce. La sentence était vraiment cruelle, le meurtrier étant condamné dans ce monde et dans le suivant.

A l'écart, un moine bizarrement enroulé dans une peau de mouton qui lui cachait une partie du visage, se permit un discret sourire.

Laissant la foule commenter à sa guise l'exécution, il reprit le chemin de Thèbes d'une démarche assurée.

La cachette

– Voilà, nous sommes arrivés !

C'est par cette simple phrase que le cauchemar de Toutankhptah s'était arrêté lorsque le Medjaï qui l'avait arraché de sa cellule, l'avait fait pénétrer dans cette petite maison de terre crue qui s'élevait solitaire, à l'écart de la piste qui mène à la Nubie par le grand désert.

– On s'en sert pour loger les trafiquants repentis qui nous aident à intercepter les caravanes de contrebandier, lui expliqua le policier une fois à l'intérieur.

La maison n'était pas bien grande et chichement meublée. Le sol était composé à part égale de sable et de cailloux du désert. Les murs décrépis étaient fendus par endroit, ce qui laissait entrer dans la pièce quelques rayons de soleil qui traçaient d'étranges et éphémères hiéroglyphes sur les parois au grès du vent léger qui balançait paresseusement quelques rares nuages entre Rê et la frêle bicoque.

L'unique fenêtre avait été condamnée il y a des lunes, si l'on se référait à l'épaisseur de poussière que supportaient les planches disjointes qui en barraient l'accès.

Une table bancale et deux bancs en aussi piteux états occupaient le centre de l'espace. Dans le coin, au fond, une vilaine natte de jonc délimitait la chambre à coucher.

— Tu vas rester caché là un moment en attendant que la situation évolue. Le docteur va rester avec toi pour te remettre sur pied.

A cette annonce, des éclairs meurtriers passèrent dans le regard de Shériffa sans qu'elle n'ouvre la bouche pour autant.

— Je passerai tous les soirs m'assurer que tout va bien, tenta de la rassurer le Medjaï. De plus, il y aura toujours des soldats aux alentours pour assurer votre protection. Mais dans l'immédiat, je ne pense pas que vous risquiez grand-chose ici.

— Et pour manger ? On demande à Bès de nous préparer le dîner ? Lui demanda, ironique, la doctoresse.

— Je vais donner des ordres au chef du camp militaire qui se trouve entre Thèbes et ici pour qu'il vous ravitaille.

— Alors je suis toujours prisonnier ? S'inquiéta d'une voix sourde le novice qui venait de se laisser tomber sur un banc.

— Quelqu'un t'en veut assez en ville pour assassiner des jeunes filles en ton nom. Maintenant qu'il te croit mort, il va peut-être commettre une erreur qui nous permettra de le démasquer. Dans ton propre intérêt, il faut que tu restes caché.

— Mais qui peut m'en vouloir assez pour ça ?

— C'est ce que tu vas essayer de nous dire. Le docteur t'aidera à chercher.

— Comment va-t-elle s'y prendre pour m'aider à découvrir quelqu'un que je ne connais pas ?

— Il lui faudra pour cela interroger ton…Aie ! Attention à mon pied !

Amset grimaçait de douleur tout en sautillant à cloche pied. En même temps il se massait l'extrémité du gros orteil que Sheriffa venait d'écraser malencontreusement.

– Puis-je vous dire un mot en privé ? Lui glissa-t-elle à l'oreille.

– Attends-nous à l'intérieur Touankhptah, j'ai des détails à régler avec les gardes, dit le Medjaï en sortant de la pièce à la suite de la doctoresse.

Dès qu'il eut refermé la porte derrière lui, celle-ci lui dit d'un ton courroucé :

– Ne parlez jamais à ce malheureux de son double intérieur, vous pourriez le tuer.

– Ce n'était pas la peine de me massacrer l'orteil pour ça.

– Et comment fallait-il que je m'y prenne pour vous faire taire ?

– …

– Et puis c'est quoi cette idée géniale de me planter en plein désert ? Je ne devais avoir qu'une séance avec Toutankptah. J'ai d'autres patients à voir et un cabinet à faire tourner.

– J'ai tout pouvoir du vice-vizir pour vous réquisitionner.

– Vous auriez pu me prévenir avant !

– Je n'ai pas eu le temps ! Mais ne vous en faites pas, le bureau du vice-vizir paiera vos honoraires.

– Je ne vous ai rien demandé !

– Mais…

– Vous êtes vraiment trop bête ! Lui jeta-t-elle avant d'entrer à nouveau dans la maison sans manquer de lui claquer la porte au nez et sur son orteil toujours aussi douloureux…

– Je ne comprendrais décidément jamais rien aux femmes, songeait-il en se dirigeant vers le fleuve où l'embarcation qui les avait emmenés jusque là l'attendait pour le reconduire à Thèbes.

Le masque d'Anubis

La quatorzième fille de Pharaon disparaît

Amset eut à peine le temps de poser le pied sur le port de Thèbes qu'un de ces adjoints se précipita sur lui.

– Lieutenant, lieutenant, on vous cherche partout.

– J'étais en mission spéciale. Que se passe-t-il ?

– C'est la princesse !

– La princesse ? Quelle princesse ?

– La princesse Itie !

– Oui et alors ?

– La quatorzième fille de Pharaon.

– Ça je le sais, mais encore ?

– Elle a été enlevée par un fantôme !

– Par un fantôme ?

– Il faut que vous vous rendiez au harem impérial le plus vite possible. Le vice-vizir vous y attend. Venez par ici, il y a un char pour vous.

241/397

Amset emboîta le pas à son subalterne qui le guida jusqu'à son véhicule. Le Medjaï sauta prestement à bord et se cramponna comme il put au garde-corps lorsque le charrier du palais fouetta sèchement ses deux chevaux pour démarrer au grand galop.

Le voyage fut de courte durée. Le harem impérial étant situé tout prêt du port. Le conducteur du char arrêta son attelage pile devant le grand escalier en granit d'Assouan qui en marquait l'entrée.

— Merci pour la course, s'exclama Amset en sautant hors du char.

Le charrier le salua d'un mouvement de fouet et repartit à brides abattues sans un mot de plus.

Le Medjaï monta les marches quatre à quatre et entra dans le grand bâtiment dont la lourde porte d'entrée était flanquée de deux statues représentant les déesses Isis et Nephthys.

Il y régnait une effervescence inhabituelle. Des soldats et des servantes couraient dans tous les sens. La niche du concierge était déserte et personne ne s'intéressa au policier jusqu'à ce qu'il arrive à la porte des appartements royaux.

Là, un garde monumental revêtu de l'uniforme de la garde du nôme l'arrêta d'un bref mouvement de sa lance.

— Je suis le Medjaï Amset, le vice-vizir m'a demandé de venir au plus vite.

— Entrez, il vous attend et il est foutrement en colère, lui répondit le soldat avec son rocailleux accent du Sud. Je n'aimerais pas être à votre place.

Amset ne releva pas la remarque et poussa la porte.

A l'intérieur, le vice-vizir était en grande conversation avec la supérieure du harem. Quand il aperçut le policier, il se dirigea droit vers lui, plantant sur place la noble dame, dont le visage outré eut fait rougir plus d'un militaire.

— Vous voilà vous ! Votre énergumène a remis ça ! Vous ne deviez pas le surveiller de près ? Tonna-t-il en pointant un index accusateur vers Amset.

– Mais je ne l'ai pas quitté d'une semelle. Il est actuellement à plus de cent coudées de Thèbes.

– Il vient pourtant d'enlever la princesse Itie.

– Impossible ! Strictement impossible !

– Douteriez-vous de moi ? S'emporta le nomarque.

– Pas de vous, mais de vos informations.

– Je pourrais vous faire envoyer dans les mines de turquoise pour votre insolence ! Cria-t-il de plus belle.

– J'avais pourtant prévenu votre excellence que cela pourrait se passer ainsi.

– Qu'est ce que vous voulez dire ?

– C'est la preuve que j'attendais, le vrai coupable est repassé à l'acte.

– Le vrai coupable ? Que me chantez-vous là ? Tous les témoins ont reconnu votre novice.

– Combien le connaissaient personnellement ?

– Je n'en sais rien !

– Laissez-moi les interroger ! J'espère que vous ne leur avez pas dit que Toutankhptah est toujours vivant.

– Ne me prenez pas pour un idiot !

Il se retourna brutalement et cria en direction de la supérieure qui n'avait pas bougé d'un pouce :

– Faites venir les servantes de la princesse ainsi que son garde du corps.

– Mais enfin monseigneur !

– Immédiatement ! A moins que je ne vous fasse jeter aux crocodiles du temple de Sobek avant…

La matrone blêmit sous la menace et quitta la pièce sans plus attendre.

Elle revint quelques minutes plus tard, accompagnée par quatre jeunes nubiennes et un mercenaire grec.

– Voici les servantes de la princesse ainsi que son garde personnel.

– Merci charmante dame, pourriez-vous m'indiquer un local libre où je pourrais m'entretenir avec eux ? Lui demanda Amset avec son plus beau sourire.

— Utilisez mon bureau si vous le désirez, c'est la porte du fond répondit-elle sans se départir de son air revêche.

— Merci infiniment. Si vous voulez bien me suivre dit-il en direction des cinq témoins qui n'en menaient pas large.

Sans attendre leurs réponses, il s'éloigna vers le bureau de la supérieure. Le mercenaire grec lui emboîta aussitôt le pas, imité peu après par les servantes.

— Attendez ! Cria le vice-vizir en se lançant à la poursuite du Medjaï. J'exige d'assister à l'interrogatoire.

— Mais bien entendu, à la seule condition de me laisser mener l'interrogatoire sans intervenir, rétorqua Amset sans se retourner.

— Attention, vous dépassez les bornes.

— Je ne fais que mon métier votre excellence. Si vous voulez bien vous donner la peine d'entrer, ajouta-t-il en s'effaçant devant la porte qu'il venait d'ouvrir.

Le vice-vizir entra et s'assit d'autorité derrière le bureau en sycomore de la supérieure. Le meuble était un véritable bijou. Le plan de travail à la planéité parfaite était posé sur quatre pieds sculptés représentant Isis, Nephthys, Selkis et Neith, les quatre déesses protectrices que l'on trouvait d'habitude aux quatre coins des sarcophages.

Amset fit un geste en direction du garde du corps lui intimant l'ordre d'entrer lui aussi dans la pièce.

— Mesdemoiselles, je vais vous demander d'attendre devant la porte. Je vous recevrai ensuite une par une. En tout bien tout honneur bien sur, ajouta-t-il en refermant la porte. Les soubrettes piquèrent un fard.

Après être entré à son tour, le policier, constatant l'absence d'un autre siège dans la pièce, posa son postérieur directement sur le bureau et, sans s'occuper du regard courroucé que lui lançait le vice-vizir, il fixa le mercenaire grec qui se mit aussitôt au garde à vous.

— Quel est ton nom ?

— Monsieur, Hypsilos, monsieur ! Lui répondit le garde d'un ton spartiate.

– Tu es grec, n'est ce pas ?

– Oui monsieur !

– D'où exactement ?

– Monsieur, je suis né sur l'île de Rhodes, monsieur !

– Pourrais-tu cesser de me donner du monsieur tous les trois mots, nous ne sommes pas à la caserne ?

– Bien monsieur !

– Et cessez de hurler comme ça, vous me donnez mal à la tête, ajouta le vice-vizir.

– Revenons-en à l'essentiel, tu travailles depuis combien de temps pour la princesse.

– Cela fait trois ans.

– C'est elle qui t'a embauché personnellement ?

– Non, j'ai été chargé de sa protection par le palais de pharaon.

– Qui exactement ?

– Le grand chambellan Ouenamon m'a choisi personnellement.

– Tu sais pourquoi ?

– Je suppose que cela tient à mes blessures de guerre.

– Que viennent faire les blessures de guerre de ce pouilleux, s'emporta soudain le vice-vizir. Allez au fait et dites-nous comment la princesse a disparue et …

– Sauf votre respect éminence, le coupa le Medjaï sans même se retourner. Voudriez-vous me laisser comme convenu mener cet entretien à ma guise ?

L'éminence fusilla Amset du regard mais se le tint pour dit.

– Soit ! Finit-il par capituler. Continuez donc comme vous l'entendez mais n'oubliez pas que vous êtes responsable de la vie de la princesse par là même !

Le policier ne releva pas la menace et fixant toujours le mercenaire, il l'invita d'un bref mouvement du menton, à continuer son récit.

– J'ai été touché au bas ventre lors d'une razzia de Libyens.

– Je comprends mieux. Mais dis-moi, ce n'était pas trop dur pour un gaillard comme toi de se retrouver au milieu de toutes ses jolies femmes sans pouvoir en profiter ?

– Je n'ai pas tout perdu quand même !

– Et donc la princesse t'accordait ses faveurs ?

– Jamais de la vie monsieur ! s'écria le mercenaire en serrant les poings d'un air menaçant.

– Ses servantes alors ?

– Quelquefois, répondit le costaud en rougissant. Elles aussi s'ennuient…

– Tu étais amoureux de la princesse ?

– Pardon ? répondit Hypsilos, manifestement décontenancé par la question.

– Elle était belle, jeune et riche.

– Elle était ma mission monsieur ! J'aurais donné ma vie pour elle, mais par honneur !

– Bien, bien, autre chose, c'est toi qui filtrais les visiteurs de la princesse, n'est ce pas ?

– C'est-à-dire ?

– Qui autorisais les visiteurs à entrer dans les appartements de la princesse ?

– C'était moi, monsieur.

– C'est donc toi qui as laissé entrer son kidnappeur ?

– …

– Réponds à ma question !

– Oui, ça doit être moi.

– Tu n'en es pas sûr ? Lui demanda le policier surpris.

– Personne n'a vu la princesse quitter ses apartements, comment savoir si elle est sortie seule ou pas ?

– Tu as pourtant indiqué aux gardes du vice-vizir que tu avais laissé entrer un prêtre dans ses appartements avant que ses servantes ne constatent sa disparition ?

– Oui.

– A quoi ressemblait-il

– A un prêtre, monsieur !

– Tu pourrais me donner un signalement plus précis ? Il était grand, gros ?

Le masque d'Anubis

– Ah oui, excusez-moi monsieur. Il était un peu plus petit que vous, pas vraiment costaud et le crâne rasé.

– Comment es-tu certain qu'il s'agissait du fantôme du condamné, le coupa soudain le Medjaï.

– Parce qu'il me l'a dit, monsieur.

– Il t'a dit qu'il était un fantôme ?

– Non, il m'a dit son nom.

– Et il s'appelait comment ?

– Toutanhkptah monsieur.

– Et sachant qu'il était un fantôme, tu l'as laissé entrer ? S'étonna le policier de façon un peu trop appuyé.

– Je ne le savais pas à ce moment là, ce sont les gardes qui sont venus me chercher qui me l'ont dit.

– Tu as donc vu un fantôme de près et tu ne t'en ais pas aperçu ?

– Je n'avais jamais vu de fantôme avant, comment voulez-vous que je les reconnaisse ?

– Donc, quand tu l'as laissé entrer, tu croyais avoir affaire à un être humain.

– Oui monsieur, ce démon m'a bien berné.

– Tu le reconnaîtrais si tu le voyais à nouveau.

– Sans aucun doute, je suis très physionomiste.

– Bien, tu ne l'as donc pas vu ressortir ?

– Non, je suis resté de faction devant la porte jusqu'à ce qu'une servante vienne me prévenir qu'il y avait un problème.

– Tu peux le jurer ?

– Bien sûr monsieur, sur mon honneur monsieur !

– Oui, oui, mais peux-tu le prouver ?

– La porte des appartements est juste en face de la cahute des gardiens du palais. Demandez-leur si vous ne faite pas confiance à ma parole, s'offusqua le militaire.

– Je vérifierai, sois sans crainte là-dessus mon gros ! Lui rétorqua Amset. Tu peux sortir mais restes dans le couloir, j'aurais encore besoin de toi plus tard.

247/397

– Oui monsieur, bien monsieur ! Répondit-il en claquant des talons. Il effectua ensuite un demi-tour réglementaire de parade et quitta la pièce sans se retourner.

Quand la porte se fut refermée, le vice-vizir toussota pour attirer l'attention du policier.

Ce dernier se leva à son tour et se retourna vers l'édile.

– Pourquoi voulez vous le revoir plus tard, vous avez un doute ? S'enquit ce dernier.

– J'ai toujours des doutes, c'est mon métier ! Lui répondit le Medjaï. Mais dans son cas, je voudrais juste le confronter avec le vrai Toutankhptah.

– Je croyais que cette nouvelle disparition prouvait de façon certaine que votre prétaillon était innocent.

– Je n'ai pas changé d'avis, mais si le vrai coupable lui ressemble autant, nous saurons mieux qui chercher, bien qu'à mon avis les chances pour qu'ils se ressemblent vraiment sont quasi nulle.

– Et pourquoi ?

– Bien peu de personnes à Thèbes connaissent réellement la tête de Toutankhptah. Sans vouloir critiquer le talent de l'artiste qui a dessiné son portrait, il faut bien reconnaître qu'il est peu fidèle.

Le policier, tout en discutant avec le vice-vizir, avait entrouvert la porte et fait un signe à la servante la plus proche

– À ton tour ! Lui dit le Medjaï d'un ton sec.

La jeune fille obtempéra aussitôt en silence. Elle se tenait à présent debout devant eux, sa tête obstinément penchée vers le sol, ses deux mains nerveusement nouées sur son ventre tremblaient légèrement.

– Quel est ton nom ? la questionna Amset d'une voix plus douce.

– Isba, votre seigneurie, répondit-elle d'une voix étranglée où perçaient déjà de gros sanglots.

– Je ne suis qu'un policier Isba. Pas la peine de me donner du monseigneur !

A ces mots la servante fondit en larmes et se jeta à ses pieds.

– Je vous en supplie, pas les crocodiles !

– Les crocodiles ? Mais de quoi parles-tu et relève toi enfin.

Mais la malheureuse s'accrochait à ses sandales avec l'énergie du désespoir tout en pleurant toutes les larmes de son corps.

– Pitié, pas les crocodiles, pas les crocodiles…

Amset se retourna vers le vice-vizir qui lui dit :

– Je crois bien que vous ne tirerez rien de celle-là.

Se dégageant de l'étreinte d'Isba, il rouvrit la porte et dit en direction des trois autres servantes :

– Entrez toutes !

Craintivement, elles pénétrèrent dans la pièce à leur tour, jetant un bref coup d'œil à leur collègue toujours prostrée au sol.

– Relevez-moi cette cruche, cru bon d'intervenir le vice-vizir.

Une seule osa s'avancer. C'était sans doute une nubienne si l'on s'en tenait à la teinte noir d'ébène de sa peau.

Elle se pencha sur Isba et l'aida à se remettre sur pied tout en lui chuchotant des paroles apaisantes à l'oreille.

Elles reprirent ensuite leur place aux côtés des deux autres qui tentaient, sans succès, de s'incruster dans le mur du bureau.

– Qu'est ce que c'est que cette histoire de crocodile ? Leur demanda à brûle-pourpoint Amset.

C'est la jeune nubienne qui répondit :

– Les policiers qui nous ont emmené ici nous on dit que le coupable et ses complices seraient donnés en pâture aux crocodiles sacrés du temple de Sobek. Ensuite, ils nous ont dit que nous serions forcément reconnus complices.

– Seul un tribunal pourra le déterminer et le vice-vizir, ici présent pourra vous le confirmer, lui répondit le policier.

— Je le confirme, personne ne sera jeté aux crocodiles aujourd'hui, dit ce dernier.

— Bien, ce détail réglé, laquelle d'entre vous a vu la princesse en dernier ?

— Moi monsieur, répondit la nubienne.

— Quel est ton nom ?

— Amonénhécherry.

— En quelle occasion l'as-tu vue ?

— C'est moi qui ai introduit le prêtre dans sa chambre.

— Quel était le motif de sa visite ?

— Il m'a dit qu'il venait la voir au sujet des représentations d'Isis dans sa tombe de la vallée.

— La princesse avait déjà sa tombe personnelle ?

— Non bien sûr, elle était trop jeune pour avoir son propre tombeau mais Pharaon avait décidé de lui réserver une salle dans celle de sa mère.

— La mère de Pharaon ?

— Non, la mère de la princesse bien sur, répondit Amonénhécherry en levant les yeux au ciel.

— Comment s'est-il présenté ? lui répondit le policier du tac au tac.

— Pharaon ?

— Mais non, le prêtre évidemment !

La servante piqua un fard et rosit légèrement.

— Il m'a dit qu'il s'appelait Toutankhptah et qu'il était envoyé par le supérieur du temple d'Anubis pour dresser les premières esquisses.

— Et vous l'avez cru sur parole ?

— Il m'a montré un papyrus officiel.

— Tu sais donc lire les hiéroglyphes, s'esclaffa le vice-vizir. Décidément le palais ne se refuse rien, voila qu'il emplois des scribes comme servantes.

— Bien sur que non ! Je ne sais peut-être pas lire, mais je peux reconnaître l'animal d'Anubis quand je le vois, rugit-elle en se tournant vers lui, les poings sur les hanches.

— Et cela t'a suffit pour le laisser entrer, la coupa Amset.

— S'il était arrivé jusqu'aux appartements privés de la princesse, c'est qu'il avait déjà été contrôlé. Ce n'est pas nous qui sommes responsables de la sécurité du palais.

— Certes, certes, tu pourrais me le décrire ?

— Il était un peu moins grand que vous, maigre et le teint blême. Les yeux noirs comme la nuit et le crâne rasé bien sûr.

— Tu n'as rien remarqué de particulier.

— Rien.

— Tu es sure ? Même si c'est un détail qui te semble insignifiant, ça m'intéresse.

— Si en fait, il y avait quelque chose. Cela ne m'a pas sauté aux yeux mais on en a reparlé plus tard avec les copines.

— Oui ?

— Son crâne.

— …

— Il était mal rasé, il avait encore de petites touffes de cheveux derrière. Ça nous a fait beaucoup rire.

— Tu saurais le reconnaître ?

— Je pense que oui.

— Et les autres ! Vous avez quelque chose à rajouter.

— Non monsieur, répondirent-elles en cœur.

— Une dernière question, où est située la tombe de la mère de la princesse ?

— Dans la nécropole des nobles, juste à côté du temple d'éternité de Ramsès.

— Bien, Vous et le garde, vous allez suivre mes hommes jusqu'à la prison.

— Je croyais que vous ne nous jetteriez pas aux crocodiles

— Ne vous inquiétez pas, je veux juste vous faire rencontrer quelqu'un.

Le petit groupe, escorté par deux policiers, prit rapidement le chemin de la prison, non sans appréhension.

— Je suppose que vous allez les confronter à votre protégé, glissa à l'oreille d'Amset le vice-vizir, tout en suivant d'un regard quelque peu libidineux les déhanchements des postérieurs des servantes qui s'éloignaient dans la clarté du grand hall du harem.

— Vous auriez fait un bon enquêteur mon seigneur.

— Attention Amset, ne vous avisez pas de vous moquer de moi ou il vous en cuira !

— Loin de moi cette pensée.

— Pensez-vous en tirer quelques enseignements ?

— Il ne faut négliger aucune possibilité. De toute façon, il y a forcément un rapport entre Toutankhptah et notre ravisseur.

— Lequel ?

— Je ne le sais pas encore.

La petite troupe venait de disparaître par delà la grande porte, le vice-vizir se retourna vers le Medjaï et ajouta :

— Il va aussi falloir en finir avec cette histoire de fantôme. Toute cette agitation autour de ce soi-disant spectre a assez duré.

— Certes, mais la seule façon de couper court aux rumeurs est d'arrêter le vrai coupable.

— Il y a beaucoup plus simple. C'est d'ailleur vous qui me l'avez suggéré.

— Pardon ?

— Ramenez votre prisonnier à Thèbes, je vais l'innocenter publiquement.

— Vous n'y pensez pas, vous allez nous priver de notre seul atout. Tant que ce monstre croie Toutankhptah mort, j'ai l'avantage sur lui.

— Contentez vous de retrouver la princesse au plus vite et laissez-moi m'occuper de la populace.

— Vous faite une grave erreur mon seigneur !

— Votre impertinence frise le manque de respect. Je vous ai déjà prévenu ! Vous vous approchez de plus en plus près des bornes de ma patience !

— Soit, mais notez bien que je suis en total désaccord avec cette décision !

Sur ces derniers mots, le Medajï salua rapidement le vice-vizir et quitta à son tour le harem.

A peine de retour à la caserne, Amset envoya un de ses adjoints et une escorte pour organiser le retour de Toutankhptah dans la capitale. Puis il ordonna ensuite à une escouade d'aller fouiller à tout hasard le chantier de la tombe de Falbalamon, la mère de la princesse.

Désœuvré en attendant le résultat, il s'autorisa enfin une petite sieste.

Le masque d'Anubis

Back on the chain gain

– Alors princesse ! On se réveille enfin ?

La jeune fille tentait d'ouvrir les yeux et de se redresser mais elle se sentait toute engourdie. Sa gorge avait un goût amer et tous ses muscles lui semblaient courbaturés. Elle tentait de fixer son interlocuteur mais la tête lui tournait et sa vision était complètement floue.

La paire de gifles claqua comme un fouet. La douleur fut fulgurante.

L'effet fut immédiat. Aussitôt Elle émergea complètement et ouvrit les yeux en grand.

– Où suis-je ?

– Dans ta demeure d'éternité

– Qui êtes-vous ?

– Tu ne reconnais pas Anubis ?

– Anubis ? Je ne vois qu'un guignol mal déguisé qui pue la transpiration !

— Silence femelle !

— Silence vermisseau ! Sais-tu vraiment qui je suis ?

— Oui, je le sais, tu es l'instrument qui va me permettre d'honorer les dieux.

— Je suis la fille de Pharaon, triple buse ! Lorsque tu seras entre les mains des soldats de mon père, tu regretteras d'être né !

— Ton bavardage commence à m'énerver. Tais-toi ou tu vas le regretter !

— Détaches-moi immédiatement ! La plaisanterie a assez duré maintenant ! Mais, mais, qu'est ce que...

La princesse ne put rajouter une parole, son ravisseur venait de lui glisser dans la bouche un morceau de tissu. Tout en l'empêchant de le recracher d'une main, il passa une corde derrière sa tête et la serra sur le bâillon improvisé.

La jeune fille, à moitié étouffée retenait à grand peine une envie de vomir. Ces yeux continuaient pourtant à lancer des éclairs en direction de son bourreau toujours caché sous le masque d'Anubis.

— Arrête de me fixer comme ça ou je te crève les deux yeux ! Hurla-t-il soudain d'une voix de dément !

La princesse Itie continuait pourtant à le défier du regard.

N'y tenant plus, le monstre attrapa la torche fumante qui éclairait la scène et posa brutalement l'extrémité en feu sur les yeux de sa victime.

Les flammes dévorèrent sans pitié ses paupières et firent bouillir ses globes oculaires qui éclatèrent comme un fruit trop mûr. La douleur était atroce.

La torche fut retirée.

A la place des deux yeux en amende couleur du désert rehaussés de khôl, ne subsistaient plus que deux trous noirâtres au fond desquels clapotaient les vestiges de ses pupilles.

Sans un regard pour les ravages qu'il venait de commettre, le kidnappeur commença à emmailloter sa victime de bandes de lin tout en psalmodiant d'incompréhensibles prières.

La princesse n'était que douleur. Elle hurlait dans son bâillon mais aucun son ne réussissait à passer.

Soudain son estomac se tordit violemment. Un jet de liquide gastrique remonta par saccade le long de son œsophage, emplit sa bouche, tenta sans succès de s'échapper par ses narines et finit par s'engouffrer dans sa trachée emplissant inexorablement ses poumons.

Tout son corps fut agité de tremblements pendant qu'elle s'étouffait misérablement.

Son ravisseur, tout à sa tâche, ne se rendit pas compte de la situation. Il se contenta de lui assener une nouvelle paire de gifle en lui criant :

— Tu vas te tenir tranquille catin !

Privé d'oxygène depuis trop longtemps, le cerveau de la princesse cessa toute activité au même instant. Son corps se détendit et cessa de bouger par lui-même

— Voila qui est plus raisonnable, la félicita son bourreau, toujours absorbé dans son entreprise.

Une heure plus tard, il avait fini l'emmaillotage. Rien ne manquait à l'appel. Ni les scarabées sacrés, ni les différentes amulettes n'avaient été oubliés. Les fines bandes de lin se croisaient sur le torse de la jeune fille en formant un motif complexe et rigoureusement symétrique.

Le monstre enleva son masque et se recula de quelques pas pour admirer son œuvre.

— Oh dieux, admirez mon présent ! Dans quarante jours et quarante nuits, il sera à vous, vivant pour l'éternité.

Brusquement, il jeta son masque à terre et s'enfuit en courant. Le bruit de son rire de dément résonna longtemps le long du conduit taillé dans la pierre qui le ramenait à la surface.

Le masque d'Anubis

Toutankhptah libéré,

Thèbes étouffait sous le ciel sans nuage en haut duquel, impitoyable, Aton dardait ses rayons surchauffés de l'aube au crépuscule.

Les ruelles de la cité étaient désespérément vides. Les boutiques et les tavernes restaient fermées jusqu'à la tombée de la nuit. Même les temples semblaient tourner au ralenti.

Dans la campagne environnante, le Nil s'était presque complètement retiré des terres et l'on pouvait apercevoir de loin en loin, un paysan plus téméraire que les autres qui poussait déjà sa charrue pour incorporer à sa terre le limon nourricier que le fleuve dieu lui avait laissé en présent.

Les décades avaient succédé aux décades sans que l'on ne retrouve la moindre trace de la princesse Itie.

Ses servantes et son garde du corps, mis en présence de Toutankhptah, ne l'avaient pas formellement identifié tout en notant tout de même une forte ressemblance. Il faut dire à leur décharge que les derniers événements avaient durement éprouvé le novice. Il portait encore dans sa chair et sur ses traits les sévices de ses multiples interrogatoires.

Le vice-vizir s'était attribué publiquement le mérite de la fausse exécution et avait ainsi chassé les rumeurs de fantôme vengeur.

Le novice, innocenté, avait été relâché rapidement mais n'avait pas réintégré le temple d'Anubis. Amset l'avait placé au service de Sheriffa, sous le prétexte de tenter de le guérir du double mal. En fait, pour le surveiller de façon discrète. Cela lui donnait aussi l'occasion de voir très régulièrement la doctoresse et bien qu'il s'en défende, ce n'était absolument pas pour lui déplaire.

Le jeune homme logeait maintenant dans une petite bâtisse attenante à la villa de Sheriffa avec qui il passait la plus grande partie de la journée. Entre deux consultations, ils avaient ensemble de grandes discussions et parfois une séance d'hypnose, mais rien de concret n'en était sorti pour le moment.

Amset continuait à rechercher la princesse mais sans succès. Il avait fait fouiller la plus grande partie des tombes de la vallée des nobles sans autre résultat que s'attirer les foudres des prêtres funéraires et des familles.

Le ravisseur restait lui aussi introuvable. Le Medjaï avait fait pourtant réaliser en de nombreux exemplaires le portrait de Toutankhptah. Ses adjoints, interrogeaient sans relâche la population thébaine dans l'espoir de trouver un renseignement, mais là aussi, le seul résultat tangible était un sentiment palpable de raz le bol de la part de la population devant les intrusions répétés des forces de l'ordre dans leur vie tranquille.

La confrontation entre Toutankhptah et le personnel de la princesse n'avait pas donner grand chose. Le garde du corps l'avait formellement reconnu mais les servantes avaient affirmé le contraire. Une deuxième confrontation avait eut lieu quelques jours plus tard avec un policier dans le rôle du novice. Le garde du corps avait là aussi était formel, c'était bien ce prêtre qu'il avait introduit dans les appartements royaux. Les servantes étaient divisées. Deux d'entre elle maintenaient qu'elles ne le reconnaissaient toujours pas, les deux autres avaient un doute.

Aucun moyen donc de savoir si le meurtrier ressemblait tant que ça à Toutankhptah.

La première heure de la nuit n'était pas encore finie et le soleil couchant n'avait pas complètement disparu du ciel. Ces derniers rayons faisaient rougeoyer de façon menaçante le ciel sans nuage au dessus de la montagne thébaine.

Amset se hâtait vers la maison de Sheriffa. Tout à son travail, cela faisait presque une semaine qu'il ne l'avait pas vu. Il marchait d'un pas rapide au milieu de la foule du petit peuple que la fraîcheur relative de la soirée faisait jaillir de partout.

Il se figea soudain et se retourna brusquement. Un léger picotement dans le cou l'avait alerté. Un don des dieux qui lui avait bien souvent sauvé la vie lorsqu'il pourchassait les esclaves en fuite autour des mines de turquoise de Sinaï.

Quelqu'un le suivait.

Mais les passants étaient bien trop nombreux et la clarté trop basse pour arriver à repérer un éventuel poursuivant.

Pour donner le change, il apostropha violemment un marchand en train d'installer son étal, lui reprochant de trop empiéter sur la chaussé. Le vendeur, un libyen à l'air pas commode lui répondit sur le même ton. Amset fit mine de s'énerver encore plus, tout en scrutant les environs. Les autres vendeurs de la rue se mêlèrent à conversation, suivis par des passants désœuvrés. La situation s'envenimait de plus en plus sans que le policier n'en profite.

Attiré par le tohu-bohu, une patrouille arriva en courant et dispersa sans ménagement l'attroupement. Amset en profita pour s'esquiver.

Il continua son chemin sur le qui-vive, mettant à profit toute son expérience pour tenter de démasquer son suiveur.

Il arriva pourtant devant la porte de Sheriffa sans certitude. Son instinct le trompait rarement pourtant.

Il poussa la large porte qui séparait la propriété de la rue et pénétra dans un petit jardin luxuriant. Partout des grappes de papyrus disputaient l'espace à de vieux palmiers dattiers croulant sous les fruits. Un sentier fait de pierres taillées serpentait au milieu. Le Medjaï le suivit dans la pénombre, guidé par la lanterne qui brûlait sur la façade de la maison de la doctoresse.

Toutes les ouvertures étant ouvertes pour laisser entrer la fraîcheur de la nuit, il toussota pour s'annoncer.

Sheriffa, confortablement installée dans un fauteuil fait de cannes tressées, releva la tête du papyrus qu'elle était en train de consulter. Toutankhptah, lui, assis sur un vilain tabouret à trois pieds, fit un bon de cabri qui envoya valser le frêle meuble à plusieurs mètres de là.

— Tiens, monsieur l'enquêteur en chef, c'est gentil de se rappeler de notre existence, dit la jeune femme en souriant.

— Vous m'avez fait une belle peur, rajouta le novice en tentant de se rasseoir.

— Non…

— Attention…

Trop tard pour les avertissements. Le jeune homme surpris par l'absence de son siège, s'étala de tout son long.

Il se releva tant bien que mal et dit en rougissant :

— Je crois que je ferais bien d'aller me coucher, je ne tiens plus debout.

L'instant d'après il n'était déjà plus là.

— Je l'impressionne toujours autant, il semblerait, s'exclama le policier en le regardant disparaître.

— Il a tout de même retrouvé le sens de l'humour, c'est très bon signe pour lui. Mais ne restez pas planté là, finissez d'entrer et asseyez vous, si vous retrouvez le siège évidemment. Rajouta-t-elle innocemment.

— C'est une enquête que je devrais pouvoir résoudre facilement, répondit Amset un peu vexé. Le voilà, mais il a un peu souffert, rajouta-t-il en tendant à Sheriffa les restes du tabouret. Au fait, je croyais que Toutankhptah devait habiter chez vous ?

– C'est tout comme, je l'ai installé dans la maison d'à côté.

– C'est contraire aux ordres.

– Les ordres sont bien de l'aider à retrouver son équilibre et la mémoire.

– Certes !

– Et bien, ce n'est pas en restant toute la journée dans mes toges qu'il y arrivera.

– C'est vous le docteur, je me rend, dit le policier en joignant les mains devant son torse tout en baissant la tête.

– Et vous ? Où en êtes-vous dans vos recherches ?

– Malheureusement, nous faisons du sur place, lui répondit le Medjaï qui reprit instantanément son sérieux.

– Nous ? Vous aurait-on retiré la direction de l'enquête ?

– Non, j'en suis toujours responsable.

– Ce nous est troublant dans votre bouche, il exprime un sentiment d'impuissance et de résignation que je ne connaissais pas chez vous.

– Vous voulez peut-être m'hypnotiser pour connaître le fond de ma pensée s'emporta le policier.

– Calmez-vous, je ne voulais pas vous blesser.

– Excusez-moi aussi, la coupa Amset. Cette histoire me met plutôt à cran. Le vice-vizir et les représentants du palais ne passent pas un jour sans me demander un rapport complet et je n'ai strictement rien de concret à leur présenter.

– Pensez-vous quand même la retrouver ?

– A ce stade, je pense qu'on retrouvera sans doute un jour son cadavre par hasard.

– Vous croyez qu'elle est déjà morte ?

– Je ne le crois pas, j'en suis certain. Personne ne peut résister aussi longtemps aux tortures de ce monstre.

– On ne sait jamais.

– Vous êtes médecin non ? Combien de temps peut-on vivre le ventre ouvert de bas en haut ?

– Vous avez raison, s'il a tenté de l'embaumer comme les autres, elle n'a aucune chance d'être encore en vie à l'heure actuelle.

– Vous voyez bien, aucune raison d'être optimiste.

– Vous m'avez pourtant dit qu'en examinant ses précédentes victimes, vous vous étiez aperçu que sa technique évoluait ?

– Certes, mais le temps qu'on la retrouve… Et vu qu'on n'a aucune piste…

– Rien qui puisse vous mettre sur la bonne voie ?

– Rien ! Personne ne se souvient les avoir vu quitter le palais. Personne ne les a jamais croisés ! Personne ne reconnaît le portrait !

– Pour un peu, je vais finir par penser que c'est bien un fantôme, rajouta-t-il en baissant la tête.

– Mais c'est que vous m'avez l'air complètement déprimé, s'exclama la doctoresse tout en se levant. Asseyez-vous à ma place, je vais vous faire un massage décontractant.

– Ce n'est pas un massage qui va beaucoup m'aider, lui répondit le policier en relevant la tête.

Néanmoins, il céda facilement et s'installa dans le fauteuil. Sheriffa pris un flacon d'onguent sur une étagère et contourna le siège.

Le contact des mains de la jeune femme sur sa peau nue électrisa Amset qui se raidit instantanément.

– Détendez-vous ! Laissez-vous aller, laissez-vous faire, laissez-moi m'occuper de vous, laissez-moi évacuer la tension qui vous mine.

Tout en lui murmurant à l'oreille, elle avait commencé à lui masser lentement les épaules. Ses doigts agiles courraient sur sa musculature, poussant des reconnaissances jusqu'au bout de ses bras pour remonter à la base du cou puis descendre doucement jusqu'au bas du dos.

– Vous ne seriez pas en train de m'hypnotiser ? Questionna le Medjaï d'un ton plus calme.

– Loin de moi cette idée, murmura-t-elle tout en continuant ses mouvements relaxants.

Le temps suspendit son vol. La température de la pièce sembla s'élever malgré le vent du soir qui agitait mollement les branches des arbres du jardin.

Amset, complètement détendu, s'abandonnait au massage de la belle doctoresse. Celle-ci sentait monter en elle un trouble étrange. Les manipulations se firent moins énergique, le massage se transforma imperceptiblement en caresse.

Le policier ressentit aussi le changement. Une douce chaleur le remplissait peu à peu.

Les mains de Sheriffa étaient maintenant sur sa poitrine et descendaient parfois jusqu'à son nombril. Il sentait dans son dos, la pression de deux petits seins, comme une tendre menace.

N'y tenant plus, il attrapa les poignets de la jeune femme et la força à faire le tour du siège. Elle n'opposa aucune résistance et se retrouva face à lui.

D'un geste sec elle tira sur la ficelle qui maintenait sa toge en place. Cette dernière glissa à terre dans un murmure de soie.

Devant le spectacle ainsi dévoilé, Amset resta muet et immobile.

Sheriffa pris les choses en main. Elle s'assit sur lui tout en remontant son pagne. Une seconde plus tard, elle était sur lui, il était en elle.

Un léger bruit provenant du jardin passa complètement inaperçu. Une ombre menaçante quitta l'abri de la fenêtre, sauta prestement par-dessus le mur d'enceinte et disparut dans la nuit.

Les deux amants, tout à leur étreinte, ne se rendirent compte de rien.

Le masque d'Anubis

Itie n'est plus

L'ombre s'éloigna rapidement vers la vieille ville. Evitant les grandes artères, elle se faufilait dans les ruelles, empruntant parfois la voie aérienne en passant silencieusement d'un toit terrasse à l'autre.

Après une demi-heure de progression tortueuse, elle s'arrêta devant le portail branlant d'une demeure abandonnée. Des deux côtés du lourd panneau de bois, subsistaient encore deux mats porte-étendards tout vermoulus où s'accrochaient encore les vestiges d'un drapeau aux couleurs des princes de Thèbes. L'ombre poussa la porte et entra dans la cour obscure.

La lune était dans son dernier quart et n'éclairait que chichement la scène mais l'ombre semblait voir dans le noir et se dirigea sans hésiter vers le côté de la bâtisse.

Enjambant les gravats et les herbes folles, elle se glissa jusqu'à ce qui devait être le jardin bien des années auparavant.

267/397

Ecartant de grandes feuilles de palmiers et des grandes planches de bois vermoulus, elle se glissa dans une ouverture qui s'enfonçait dans l'obscurité de la terre.

L'ombre fit quelques pas dans le noir et tâtonna un instant contre la paroi. Des bruits de frottements et de raclements précédèrent l'apparition d'une frêle lumière.

La torche s'embrasa enfin et l'ombre se fit homme. L'homme précédé maintenant par son ombre suivit l'étroit boyau de terre qui descendait en pente douce.

La terre disparut, laissant la place à la roche taillée et décorée de motifs aux couleurs passées.

L'homme déboucha enfin dans une pièce plus grande au centre de laquelle se dressait un bloc de pierre taillée.

Sur le dessus parfaitement plat reposait une momie.

L'ombre s'en approcha lentement, un large sourire aux lèvres.

– Les quarante jours sont passés ma belle. J'ai enfin réussi.

Soudain, il se figea. Une odeur nauséabonde venait de lui fouetter l'odorat.

– Noooonnn ! Hurla-t-il comme un damné en se précipitant sur le corps momifié de la princesse.

Il arracha sans ménagements les bandelettes qui cachaient le visage de la jeune fille.

Ce qu'il découvrit le plongea dans l'effroi.

Les traits altiers de la princesse s'étaient transformés en une bouillie infâme qui adhérait aux restes de bandelettes, laissant apparaître par endroit les os du crâne.

Le monstre lâcha sa torche et entreprit de bourrer de coups le corps sans vie tout en criant :

– Tu n'avais pas le droit de mourir ! Tu n'avais pas le droit de mourir ! Catin sans âme ! Soit maudite !

Il frappa et frappa encore le cadavre sans défense avant de se laisser glisser à genoux le long de la lourde pierre. La tête pressée contre la roche, il sanglota longuement.

Il finit par se relever et tituba jusqu'à la torche qui continuait de brûler à quelques mètres de lui.

Il se baissa et la ramassa.

Il commença à se diriger vers la sortie, s'arrêta, repartit, s'immobilisa à nouveau.

Il fit finalement demi-tour et se précipita vers la fausse momie.

Il posa la flamme sur elle.

Le bitume qu'il avait appliqué sur les bandelettes finit par prendre feu. De petites flammèches se mirent à courir le long du corps tout en dégageant une épaisse fumée.

Toussant et crachant, l'homme repartit en sens inverse et s'enfonça dans le boyau de sortie.

Quelques minutes plus tard, après avoir à nouveau caché l'entrée de la tombe, il disparaissait dans l'obscurité de la vielle ville.

Tout en marchant, Il marmonnait des mots sans suite. Un nouveau plan se dessinait dans son cerveau malade.

– Oui, oui avec elle, ça marchera sûrement, il suffit simplement…

Le reste de la phrase ne quitta pas ses lèvres. De toute façon, seul le vent du désert qui était en train de se lever aurait pu les entendre.

Le masque d'Anubis

Ciel mon jumeau

Toutankhptah était en train de faire sa prière rituelle devant les statues des ancêtres. Bien qu'orphelin, il s'était senti un devoir d'honorer ses reliques qui avaient été abandonnées dans un coin par le précédant locataire.

Tout en récitant les paroles convenues, il laissait son esprit vagabonder. Tantôt il essayait d'imaginer le visage de sa mère, tantôt il repensait en frissonnant aux tortures qu'on lui avait infligé dans la prison de Pharaon.

Dehors, la nuit était tombée depuis longtemps, chassant pour quelques heures la terrible chaleur du jour.

Rê, sur sa barque céleste, luttait contre Apopis depuis un long moment mais nul doute qu'il allait encore l'emporter pour renaître demain encore plus puissant.

La porte s'ouvrit soudain à la volée et alla heurter violemment la paroi dans un bruit de bois brisé. Toutankhptah se retourna, un homme venait de surgir dans la pièce. Son physique et surtout son visage lui étaient étrangement familiers.

— Regarde ! Dit l'inconnu conscient de son trouble.

— Regarde-toi,

Regarde-moi !

Regarde ton reflet ! Hurla-t-il en approchant un miroir de bronze poli de son visage.

Toutankhptah, comme hypnotisé par l'apparition, obéit et contempla son reflet dans le miroir. Ses yeux allèrent de la surface métallique au visage de l'inconnu. Il porta ses mains à son visage tout en détaillant celui qui se trouvait en face de lui. Son cerveau tourna à vide pendant quelques secondes.

— Non, ce n'est pas possible ! Finit-il par s'exclamer en joignant les mains. Anubis, viens-moi en aide eut-il le temps de supplier.

— Personne ne viendra t'aider ! Ricana l'inconnu.

— Mais qui êtes-vous ?

— Je suis toi !

— Ce n'est pas possible !

— Oh si ! Je suis venu prendre ta place…

L'inconnu laissa alors tomber à terre le miroir. Il heurta le sol de pierre dans un grand fracas. Toutankhptah ne put s'empêcher de suivre sa chute du regard. Il distingua néanmoins un mouvement rapide de l'inconnu grâce à sa vision périphérique mais il était déjà trop tard. L'homme tenait dans sa main droite une dague effilée. Il y eut un éclair d'acier et la lame entra profondément dans le ventre du malheureux prêtre.

L'homme lâcha le manche de l'arme. Toutankhptah s'en saisit et tenta de retirer la lame de son corps. Mais déjà les forces lui manquaient et il tomba à genoux. La douleur était atroce. Le manche, déjà poisseux de son sang, lui glissait entre les mains.

— Pourquoi ? Parvint-il à murmurer dans un soupir.

— Pourquoi ? Je vais t'expliquer pendant que tu agonises mon petit frère.

– Mon, mon… frère ?

– Economise ton souffle et écoute-moi bien, chien galeux.

Toutankhptah se sentait partir, il s'écroula soudain sur le côté et râla doucement, couché en chien de fusil. Il tenait toujours le couteau à pleine main mais ne parvenait plus à faire le moindre effort pour le retirer de son abdomen.

– Ecoute la triste histoire de ma vie, lui dit son assassin à s'agenouillant à ses côtés.

– Je m'appelle Nefertous et nous sommes frères jumeaux, issue de la même raclure.

– Parle-moi de ma mère, j'en ai tant rêvé, parvint à articuler Toutankhptah au prix d'un effort surhumain.

– Ce n'était qu'une catin, une traînée, une chienne lubrique.

– Et mon père ?

– Ton père ? Ah, ah, ah, la bonne blague. Son nom était Blasphertoum. Ta putain de mère m'a assez rabattus les oreilles avec ses jérémiades perpétuelles sur cet incapable, alcoolique et paresseux qui l'a abandonné quand j'avais trois ans.

Mais tu n'étais déjà plus là ! Mais tais-toi donc, je perds le fil de ce que je voulais dire !

Il accompagna cette dernière déclaration d'un grand coup de poing sur le visage du prêtre mourant. L'os du nez craqua et le sang jaillit à nouveaux. Toutankhptah n'eut pas la moindre réaction. Son regard était vitreux. La grande dévoreuse tournait déjà autour de sa dépouille sanglante.

L'inconnu repris son récit sans plus se soucier de son frère.

– Notre famille était pauvre. Notre père, d'après ce que j'ai pu comprendre n'était qu'un paysan sans terre qui se vendait pour quelques jarres de bière. Lorsque nous sommes nés, il a refusé que notre putain de mère nous garde tous les deux. Tu étais le plus jeune de quelques minutes, il t'a conduit jusqu'à Thèbes et t'a abandonné devant la porte du temple d'Anubis. Ta salope de mère ne lui a jamais pardonné ton abandon et c'est pour ça qu'elle l'a chassé du logis. Elle ne m'a jamais pardonné non plus d'être resté. Elle a transformé ma vie en enfer par ta faute.

L'étranger interrompit son récit. Des larmes coulaient de ses yeux secs au souvenir de son enfance. Il se redressa soudain et entreprit de tabasser le corps brisé de son frère à grands coups de pied.

— Tiens prend ça pour Bastoutnet, mon chat qu'elle a noyé. Et ça pour mon premier papyrus qu'elle a brûlé ! Et celui-là pour tous les coups de fouet.

Il s'acharna sur le corps de Toutankhptah pendant une vingtaine de minutes, cessant par moment de le frapper le temps de se justifier. Il s'arrêta enfin, hors d'haleine et les pieds en feu. Il s'assit à côté de son frère, adoptant la posture du scribe et recommença son histoire.

— Elle me battait au moindre prétexte et n'arrêtait pas de me rabaisser. Pour elle, je n'étais qu'un moins que rien alors que toi, tu étais déjà prêtre. Ton père lui avait dit qu'il t'avait abandonné devant un temple, mais il ne lui a jamais révélé lequel.

Alors elle s'est mise en tête de séduire tous les prêtres qu'elle croiserait. Après sa journée de travail aux champs, elle partait servir comme danseuse sacrée dans tous les temples de la région. Elle espérait te retrouver, mais Thèbes était bien trop loin pour elle…

Souvent elle ramenait des ecclésiastiques à la maison. Elle m'enfermait dans le grenier et copulait avec eux comme une truie. Quand ils partaient, elle venait me libérer et me disait : « C'est peut-être lui qui apprend les hiéroglyphes à Toutankhptah. Ce n'est pas toi qui en serais capable, fainéant ! » Et ensuite elle me frappait.

Elle m'attachait les poignets entre eux à l'aide d'une corde et me suspendait à un crochet qui pendait au milieu du grenier. Elle sortait alors son fouet de cérémonie et me frappait jusqu'à ce que je m'évanouisse. Quand je fus plus grand, elle inventa de nouveau supplice. Elle me forçait à la caresser, ou à me caresser. Elle m'introduisait toutes sortes de choses dans l'anus. Elle m'obligeait à boire son urine à la source ou à déguster ses défécations.

Quand j'ai eu quinze ans, je l'ai tué. J'ai pris son miroir préféré, je l'ai brisé et je lui ai enfoncé dans l'œil pendant qu'elle dormait.

Le silence retomba sur ce dernier aveu, à peine perturbé par les sanglots de l'assassin. Il resta ainsi prostré pendant presque un quart d'heure.

Nefertous se reprit enfin. Il secoua la tête en tout sens, comme un chien, séchant son pelage après un bain, et repris le court de son récit.

— Je suis d'abord parti à la recherche de notre père pour qu'il me dise dans quel temple tu te cachais. Mais lorsque je l'ai enfin trouvé, ce n'était qu'une loque humaine, un déchet puant et sans cervelle. Il a fallu que je le batte comme plâtre pour qu'il se souvienne de moi et de la putain vérolée qui t'a mis au monde. Mais j'ai frappé trop fort. Ce chien est mort avant d'avouer.

J'ai pris la route et je t'ai cherché partout. J'ai rodé autour de tous les temples du Delta dans l'espoir de retrouver ta trace mais nada !

Il m'a fallu près de cinq ans pour te débusquer. Jamais je n'aurai pensé que notre abruti de père t'aurait emporté si loin. Mais le jour que j'attendais tant est enfin arrivé à la dernière inondation. J'ai pus contempler ton visage de traître. Ce jour là, j'ai failli te tuer en pleine rue. Tu descendais l'avenue principale avec tes acolytes en portant sur ton dos, la barque de ton imbécile de dieu. Il y avait trop de monde et trop de soldats. J'ai réussi à garder mon calme.

Je t'ai alors espionné pendant des jours et des nuits. Quand tu allais dans la vallée accompagner les momies dans leurs dernières demeures, j'étais dans tes pas. Quand tu te rendais au bord du Nil en procession, mes sandales marchaient dans tes empreintes. Quand tu dormais sur ta natte, je te guettais depuis le toit…

J'ai décidé alors que ce serait Pharaon qui te ferait mettre à mort. J'ai tué toutes ces filles pour la gloire des dieux mais aussi dans le but caché de te faire accuser. Ça a failli marcher…

Nefertous donna un coup de pied rageur dans la chaise spartiate qui trônait devant un minuscule bureau dans l'angle de la pièce. Le frêle meuble décolla littéralement et alla s'écraser contre la paroi.

De l'extérieur monta alors une voix surprise :

– Il y a un problème là-dedans ?

– Non, non, ce n'est rien, je me suis entravé les pieds dans ma chaise, répondit nerveusement Nefertous.

– Vous n'êtes pas blessé j'espère !

– Ne vous inquiétez pas, tout va bien !

– Alors je vous laisse voisin, il faut que j'aille dormir.

Le bruit de pas de l'inconnu s'éloignant lentement rassura Nefertous. Sa voix n'avait éveillé aucun soupçon.

Il se pencha à nouveau vers Toutankhptah dont la vie ne tenait plus qu'à un fil et continua son histoire.

– Si ce crétin de policier qui se dit ton ami n'avait pas tout fait foirer, le bourreau t'aurait tranché le cou. Mais puisque te voilà innocent, je vais prendre ta place. Plus personne ne te soupçonne à présent. Je pourrais continuer ma mission sans craindre de me faire découvrir.

Au début, je croyais tuer ces filles uniquement pour me venger de toi, mais les dieux m'ont parlé…

– raaaah ! Râla à cet instant le malheureux Toutankhptah.

– Je t'ai assez entendu mon frère, fit Nefertous. Joignant le geste à la parole, il écarta les mains du prêtre et entreprit de retirer la lame de son corps. Le mourant fut agité de soubresauts nerveux. Le tueur posa la pointe de la dague sur sa pomme d'Adam et l'enfonça d'un geste brusque, tranchant net la carotide. Un flot de sang jaillit du cou de Toutankhptah. Ses yeux s'ouvrirent une dernière fois et un horrible gargouillis s'échappa de sa blessure à la gorge lorsqu'il tenta de parler.

Quelques secondes s'écoulèrent pendant lesquelles il regarda fixement son frère dans les yeux.

– Pourquoi ? Pouvait-on lire dans son regard. Ses yeux se voilèrent enfin et sa tête retomba en arrière. Dans un dernier soupir, son âme Bâ quitta son corps terrestre et plana au dessus de sa dépouille tel un vautour.

Nefertous ne perdit pas une minute. Il roula le corps sans vie dans la natte de papyrus qui servait habituellement de lit. Il fit basculer l'ensemble dans un coffre de cèdre qu'il avait préalablement vidé des pagnes qu'il contenait.

Il ouvrit doucement la porte et après avoir jeté un œil à droite et l'autre à gauche, il s'enfonça dans le couloir obscur, traînant la lourde malle derrière lui.

Comme il ouvrait la porte et sortait dans la rue, il tomba nez à nez avec un homme âgé.

– Mais où vas-tu à une heure pareille mon petit Toutankhtah, le questionna ce dernier.

– Je dois emmener sans tarder ce coffre au temple d'Anubis, ce sont des masques que je viens de finir.

– Et tu comptes sans doute le porter sur ton dos jusque là-bas ?

Nefertous resta muet, ne sachant que répondre. Imperceptiblement sa main se rapprochait de son pagne et du manche de son coutelas qui y était glissé.

– Prends donc mon âne si c'est urgent ! Les dieux n'attendent pas. Rajouta le vieillard en désignant une mule attachée à une fenêtre un peu plus loin.

– Je vous remercie

– Y'a pas de quoi mon petit, mais n'oublie pas de me la ramener avant le lever du soleil. Tiens passe devant, je vais t'aider à charger ce coffre sur sa croupe.

Avant que Nefertous ne puisse faire un geste, l'intrus avait déjà empoigné la lourde malle et tentait de la soulever. Le meurtrier décontenancé, attrapa à son tour une poignée et souleva la lourde charge.

– Ça pèse un âne mort ce truc, marmonna son voisin.

Quelques minutes plus tard, le chargement était solidement arrimé sur le bât de l'âne.

– Merci encore.

Et sans attendre de réponse, Nefertous tira sur la longe du quadrupède et s'éloigna rapidement dans la nuit noire.

Au tour de Sheriffa.

La barque de Rê naviguait dans le ciel depuis un bon moment. Aujourd'hui encore, aucun nuage n'avait osé s'interposer entre le double pays et l'astre royal. La température montait en flèche assommant la cité thébaine sous son haleine infernale.

Sheriffa s'était déjà lavée à l'aide d'un pain de natron. Elle avait revêtu une tunique de lin propre et coiffé ses longs cheveux bruns à l'aide d'un peigne taillé dans un os de chameau.

S'aidant d'un miroir de bronze poli, elle mettait une dernière touche de khôl autour de ses yeux à l'aide d'un fin bâtonnet.

Enfin prête, elle finit par s'étonner de l'absence de Toutankhptah. D'habitude ce dernier était plutôt matinal.

Elle empoigna un grand sac de cuir contenant ses onguents et son matériel médical et quitta sa maison. Elle traversa le jardin et cueillit une fleur à peine éclose qu'elle glissa derrière son oreille.

Elle sortit enfin dans la rue. La chaleur étouffante la saisit à la gorge.

Elle n'eut que quelques pas à faire pour se retrouver devant la porte de l'appartement du novice. Elle frappa et entra sans attendre de réponse.

— Debout là dedans, la journée est bien entamée.

A ces mots, le prêtre qui dormait encore en boule sur sa natte fit un bond et se releva en un éclair. Sa main plongea instinctivement dans son pagne à la recherche de son arme.

— Du calme mon ami, ce n'est que moi !

La confusion s'afficha sur les traits du jeune homme pendant quelques secondes puis ses traits se détendirent et son corps sembla se voûter.

— Encore des cauchemars mon petit Tout ? S'enquit la doctoresse en s'approchant de lui pour déposer un baiser sur la joue.

Nefertous se tendit comme un arc et la chaleur des lèvres de la jeune femme sur sa peau l'électrisa. Des envies de viol et de meurtre passèrent dans son cerveau comme des chariots lancés au grand galop. Serrant les poings jusqu'à faire blanchir ses phalanges, il réussit à se contenir.

Sheriffa ne s'était aperçut de rien et quittait déjà la pièce en disant :

— Dépêche-toi, ce matin nous sommes attendus au temple de Bastet pour soigner la mère supérieure, nous déjeunerons là-bas.

— Bien madame.

— Combien de fois t'ais-je dis de m'appeler Sheriffa ?

— Un million ? répondit le monstre en serrant les dents.

— Au moins oui, répondit-elle en riant, allons-y maintenant.

Et sans attendre, elle replongea dans la fournaise extérieure, le faux prêtre sur ses talons.

– Voulez-vous que je porte votre sac ? Lui demanda-t-il en passant à son tour le seuil de la maison.

– Volontiers, répondit-elle en lui tendant l'ustensile.

C'est ce moment que choisi leur vieux voisin pour sortir à son tour dans la rue.

– Bonjour docteur, bonjour Toutankhptah.

– Bonjour voisin, déjà dehors malgré la chaleur ?

– Les champs n'attendent pas et puis ce serait faire insulte à Hâpy que de laisser tout ce bon limon sans plantation.

– Bonne journée alors mais n'oubliez pas de vous protéger des bras de Rê.

– Je n'y manquerai pas madame, lui répondit-il en esquissant une révérence.

La doctoresse lui sourit et reprit sa marche.

– Et pour l'âne ?

Nefertous mitrailla le vieillard du regard tout en posant un doigt sur ses lèvres.

– Pour l'âne ? L'interrogea Sheriffa en se retournant à peine.

– Rien, rien, lui dit-il, n'allez pas vous mettre en retard pour moi.

– Il a raison, allons-y gaiement ajouta Nefertous en dépassant la jeune femme. C'est par là non ?

– Tu ne vas pas me dire que tu as oublié la route depuis hier ?

– Je plaisante bien sûr.

– Tu plaisantes ? Voila qui est nouveau ! Mais continue, c'est très bon signe en fait !

– En fait je viens de me rappeler d'un raccourci, venez, suivez-moi ! Ça va nous faire gagner un temps fou.

Nefertous l'entraîna à sa suite dans le dédale des rues de Thèbes. Confiante, la doctoresse le suivit à travers la vieille ville.

Un peu plus tard, passant devant un portail branlant Nefertous s'arrêta soudainement.

— Puis-je vous montrer quelque chose ? demanda-t-il en baissant la tête.

— Si cela ne nous met pas en retard.

— Non, non, il n'y en a que pour quelques minutes.

— Et que veux-tu me montrer.

— Chut ! Lui répondit-il un doigt devant la bouche. C'est un secret !

— Décidemment tu es bizarre ce matin ! Lui répondit-elle.

Elle franchit néanmoins le seuil vétuste à sa suite.

Il la guida silencieusement le long d'une vieille bâtisse à moitié en ruine.

— Ouille ! Cria-t-elle soudain. C'est plein de ronces et d'orties par ici.

— Venez, nous sommes presque arrivés.

— Qu'est ce que je ne ferais pas pour toi.

Ils arrivèrent au fond du jardin et Nefertous s'activa pour dégager l'entrée de la galerie secrète.

— Que caches-tu là dessous ?

— C'est par ici, passez la première.

Sheriffa, intriguée, posa le pied sur la première marche de l'escalier de pierre qu'il venait de dévoiler. Elle regarda vers le bas, tentant de percer l'obscurité, mais on n'y voyait goûte. Elle descendit prudemment un second degré avant de s'immobiliser. La descente était abrupte et la galerie peut accueillante.

— Il fait noir comme dans la Douhat là dedans ! Toutankhptah, tu es sûr de vouloir y descendre maintenant ?

Nefertous ne répondit pas. Il se glissa derrière elle et la bouscula légèrement.

Sous la ruade, Sheriffa descendit trois marches de plus. Elle fit mine de se retourner en tentant de retrouver l'équilibre mais le meurtrier qui l'avait suivi la propulsa violemment en avant des deux bras.

La jeune femme partit en vol plané, les mains levées frottant contre la partie supérieure du boyau. Elle atterrit un peu plus bas, sur la dernière volée de marche. Un peu sonnée, elle tenta de se relever mais il était déjà derrière elle.

Il se saisit de son bras droit et lui plia sans ménagement dans le dos.

Sheriffa hurla à pleins poumons.

– Tu peux toujours crier femelle, ici personne ne t'entendra.

– Mais enfin Toutankptah, à quel jeu joues-tu ?

– Tu le sauras bien assez tôt, catin lubrique, avance et tais-toi ou je te casse le bras.

La doctoresse tenta vainement de s'échapper mais son ravisseur la tenait d'une poigne de fer malgré son petit gabarit. Vaincue, elle céda enfin et se laissa pousser dans l'obscurité du tunnel.

Au loin, elle apercevait une lueur dansante.

– Pourquoi ? Pourquoi, Toutankhptah ?

– Comme si tu ne le savais pas, succube !

Le masque d'Anubis

A l'amour !

Alors que Sheriffa s'enfonçait dans les profondeurs de la terre, Amset se promenait dans le marché de Thèbes. Un sourire béat flottait sur ses lèvres, l'air lui semblait suave quand il n'était qu'étouffant. Les odeurs, même les plus pestilentielles lui semblait être des nectars.

Avisant un étal de fleurs, il troqua un magnifique bouquet de lys à un marchand nubien qui l'escroqua méchamment sans qu'il ne s'en rende compte.

Encombré par son acquisition, il se fraya un chemin en direction de la demeure de la doctoresse tout en continuant ses emplettes.

C'est les bras bien chargés qu'il se retrouva devant le portail de la jeune femme. Il tentait sans succès d'ouvrir le battant avec son coude lorsque le voisin de Shérifa s'avança pour l'aider.

– Vous arrivez trop tard, elle est déjà partie.

— Je m'en doutais un peu, je vais déposer tout ça et je repasserai plus tard.

— Elle est partie de très bonne heure avec son petit prêtre vous savez. Elle est bien courageuse, un peu comme feu mon épouse. Lui aussi il est bien gentil d'ailleurs. Je lui ai prêté mon âne ce matin vous savez, pour transporter ses choses de prêtre, et bien vous savez quoi, il me l'a rendu et il l'a même lavé et brossé, vous vous rendez compte. Mais je ne vous ai jamais parlé de ma femme hein ?

Amset écoutait d'une oreille distraite le discours du voisin. A chaque fois c'était la même chose. Ce vieux veuf ne ratait aucune occasion pour raconter sa vie et le policier y avait droit comme tout le monde à chacune de ses visites.

Accompagné du bavard qui lui ouvrit la porte d'entrée, il pénétra dans la demeure et déposa ses paquets sur la table du coin cuisine.

Il récupéra une jarre vide et la remplit d'eau qu'il puisa dans la réserve attenante et se mit en devoir d'arranger au mieux les fleurs dans ce vase improvisé.

— Un bien joli bouquet que vous avez là, vous savez. Feu mon épouse aussi, adorait les fleurs, je ne vous l'ai jamais dit ?

— SI, si, répondit le Medjaï tout en continuant son rangement. Vous savez où elle devait se rendre ce matin ?

— Ma pauvre femme ? Je ne vous ai pas dit qu'elle était morte il y de ça dix crues. Oh quel malheur !

— Non, je vous parle de Sheriffa.

— Non, non, elle s'appelait Thoueasiris, en l'honneur de la déesse hippopotame. Ah quelle adorable épouse c'était même si elle ne m'a jamais donné de fils.

— Je ne vous parle pas de votre épouse, je parle de la doctoresse.

— Ah Sheriffa.

— Oui, soupira le policier

— Elle est bien jolie elle aussi, et très gentille vous savez.

– Oui, je le sais ! Mais sauriez-vous où elle est allée ce matin ?

– Je l'ai entendu dire au novice pendant qu'ils s'éloignaient tout les deux qu'ils devaient aller soigner une prêtresse du temple de Thoueris. Euh non, au temple de Sekhmet ou peut-être à celui de Bastet finalement. Ah si ma femme était encore des nôtres, elle saurait vous le dire. Elle avait de la mémoire pour deux, vous savez.

– Ce n'est pas grave, je reviendrai ce soir.

– Je le lui dirai si je la vois.

– Surtout pas, je veux lui faire une surprise.

– Ma femme aussi aimait beaucoup les surprises. Je vous ai déjà parlé de ma femme ?

– Vous me raconterez tout ça la prochaine fois, il faut que je file.

Plantant là le vieil homme, Amset quitta la maison et se dirigea en sifflotant vers la caserne.

A son arrivée, les deux plantons se tapèrent du coude devant son air guilleret.

Il se rendit dans le bureau d'Imhotep, son supérieur, pour le point journalier.

Ce dernier était plongé dans l'étude de papyrus de service. Il releva la tête et s'exclama :

– Quelle mine réjouis que voilà. Aurais-tu du nouveau dans ton enquête ?

– Malheureusement non, se rembrunit le policier. Toujours pas la moindre piste.

– Et ta magicienne ? Elle va réussir un jour à tirer les vers du nez du petit prêtre ?

– Ce n'est pas une magicienne mais un éminent spécialiste ! Ne put s'empêcher de dire Amset.

– Un éminent spécialiste ? Tiens donc répondit Imhotep en souriant. Elle te soigne aussi ?

– C'est-à-dire… bafouilla Amset.

– Assez plaisanté ! Assieds-toi et faisons le point de la situation.

— ça sera vite fait, se reprit le Medjaï en prenant place sur un petit tabouret. Depuis que le ravisseur et la princesse ont quitté le palais, personne ne les a revus.

Nous avons interrogé quasiment tout le personnel de la grande maison. Personne ne les a vus sortir. Personne n'a rien remarqué d'anormal ce jour là.

— Les tombes ?

— Nous avons fouillé tous les chantiers de la vallée des nobles et des nécropoles alentour. Nous avons retrouvé deux corps de plus mais leur état de décomposition et leurs mensurations ne coïncident pas avec le signalement de la princesse. Nous avons juste deux victimes inconnues de plus.

— La pègre ?

— J'ai personnellement secoué tous nos indicateurs et nos bons amis mais sans succès.

— Les avis de recherche ?

— J'ai fait placarder le portrait de Thoutmosis dans tous les villages du Nôme et j'en ai même envoyé à nos voisins du Nord et du Sud sans aucun résultat.

— Envois-en dans tout le royaume !

— Ça va coûter une fortune pour pas grand-chose.

— Nous parlons de la fille du Pharaon. Aucune possibilité ne doit être écartée.

— Vous savez aussi bien que moi qu'il y a longtemps qu'elle doit être morte.

— Je le sais bien, mais tant que nous n'avons pas de cadavre à présenter au vizir, nous devons faire comme si elle était toujours vivante.

— Et du côté des temples ?

— Mes adjoints ont interrogé tous les supérieurs des temples de Thèbes. Je me suis chargé du domaine d'Amon, mais aucune trace d'un prêtre défroqué ou d'un novice répondant au signalement qui aurait quitté la prêtrise ces dernières années.

— En somme, nous n'avons pas avancé d'un pouce.

— Croyez bien que je le regrette mais ce gars là est une vraie anguille.

– Nous n'avons plus qu'à tendre un filet alors ?

– Nous l'avons fait. J'ai posté discrètement des policiers devant les temples et dans les maisons de bière aux servantes avenantes au cas où.

– Du coup, nous n'avons plus assez de troupes pour garantir l'ordre partout. Les vols à l'étalage augmentent. Les rixes aussi.

– Je redemanderai des renforts au vice-vizir même je connais d'avance sa réponse.

– Bon, retourne à ton enquête et puisse Thot te guider vers la solution de nos problèmes.

Amset se leva et ouvrit la porte du bureau. Au moment où il allait en franchir le seuil, Imhotep lui lança :

– Au fait, Mes amitiés au docteur el Wallida el Nassera.

Le masque d'Anubis

La doctoresse en bave des ronds de chapeaux

Après un douloureux périple souterrain Nefertous précipita Sheriffa dans la salle principale de la tombe abandonnée. Elle tomba sur un corps inerte et poisseux de sang.

Son ravisseur en profita pour allumer une nouvelle torche. La lumière envahit le caveau.

Shérifa se releva avec peine. Ses yeux se portèrent sur le visage du mort.

Son regard affolé passa du cadavre à son tourmenteur et vice versa.

– Tu me reconnais ? Je suis moins beau mort que vivant n'est ce pas ?

L'esprit de la doctoresse tournait à cent coudées l'heure. Si le mort était Toutankhptah, qui était cet homme ?

Semblant lire dans ses pensées comme dans un papyrus déroulé, il se présenta :

– Mon nom est Nefertous. Je peux bien te le dire. Et cette chose par terre est mon frère ajouta-t-il en crachant dans la direction du corps sans vie.

– Laissez moi aussi vous présenter la princesse Itie, continua-t-il en esquissant une révérence devant les restes d'une momie à moitié carbonisée qui trônait sur une table de pierre au centre du tombeau.

Il fit tomber à terre les restes calcinés et ajouta en riant :

– Princesse, si vous voulez bien céder la place à notre nouvelle invitée.

– Docteur, je vous en prie, venez vous installer sur votre lit…

– De mort ! Rajouta-t-il en partant d'un rire de dément.

Sheriffa ne bougea pas d'un pouce.

Nefertous s'approcha d'elle et la prit par le bras.

La doctoresse le regarda droit dans les yeux et entama une prière sourde tout en se laissant conduire vers la table de pierre.

Nefertous reculait en la guidant, incapable de baisser les yeux. Il la fit se coucher sur la roche.

La lente mélopée continuait de retentir sous la voûte naturelle. Le monstre sentait son attention vaciller. Il avait beau lutter, il sentait son corps se détendre et le sommeil l'envahir. Doucement, il sortit son couteau de son fourreau et le déposa à côté de la jeune femme. Cette dernière tendit le bras pour s'en saisir mais ne put que l'effleurer.

L'arme tomba au sol dans un fracas métallique qui résonna contre les parois de la tombe.

Comme piqué par un serpent, Nefertous bondit en arrière.

– Sale pute ! Qu'essayes-tu de me faire ? Sorcière !

Sheriffa ne perdit pas une seule seconde, elle se laissa tomber au sol et roula vers le couteau qu'elle saisit par le manche. Elle se releva aussi prestement qu'un chat et tendit la lame dans la direction de son agresseur.

– Maintenant tu vas me laisser passer. Lui cria-t-elle. Si tu approches de moi, je te saignerais comme un rat.

Mais le monstre ne tenta pas de la désarmer. Il se précipita au contraire dans la direction opposée et s'empara de la torche.

– Reste où tu es ! Lui intima la doctoresse.

– Compte là dessus salope ! Hurla-t-il en retour.

D'un bond il fut de l'autre côté de la salle et plongea l'extrémité de la torche dans une jarre pleine d'eau. La lumière disparut dans un grésillement sinistre et ils se retrouvèrent tout les deux dans le noir complet.

Sheriffa bloqua sa respiration et tendit l'oreille. Elle entendait le souffle de son ravisseur qui semblait venir de quelque part derrière elle. Elle se retourna dans cette direction mais un bruit de pas lui indiqua qu'il s'était déjà déplacé.

Une main tendue devant elle, elle entreprit d'avancer vers la sortie. Tenant fermement le couteau de l'autre main, elle effectuait de grands moulinets avec son bras. La lame fendait l'air mais ne rencontrait que le vide. Privée de repère, elle partit dans la mauvaise direction. Elle trébucha soudain contre un obstacle et perdit l'équilibre. Elle tomba en avant et lâcha le couteau pour amortir sa chute. L'arme tomba à terre avec un vacarme assourdissant. Sheriffa tâtonnâ à sa recherche mais sans succès.

– Tu as des problèmes de vue sale pute, chuchota sur sa droite la voix de Nefertous. C'est mon couteau que tu cherches ? Rajouta-t-il, ses paroles semblant ce coup-ci provenir de la gauche.

Sheriffa se remit debout en silence. Les deux bras tendus, elle avança pas à pas, tentant de faire un minimum de bruit.

Soudain, elle sentit le froid de la roche sous ses doigts. Elle entreprit de suivre la paroi à la recherche de la sortie.

Dans son dos, elle entendait Nefertous qui respirait bruyamment et se déplaçait sans la moindre discrétion.

— Tu crois que tu peux te cacher longtemps dans le noir, espèce de raclure. Tu dois bien savoir pourtant ce que les dieux veulent de toi.

La jeune femme ne l'écoutait pas, elle progressait toujours, courbée en deux.

— J'ai des choses plus importantes à faire, je te laisse avec tes petits camarades, vous avez sans doute beaucoup de choses à vous dire ! Promis, je reviendrais bientôt.

Elle entendait à peine la fin de la phrase, la voix du monstre s'éteignait doucement. Le bruit de ces pas décroissait en même temps. Elle cessa de respirer et écouta avec la plus grande attention. Nefertous semblait effectivement s'éloigner.

Le son de ses sandales sur le sol de pierre s'atténua lentement et finit par disparaître complètement.

Shérifa n'osait plus bouger, craignant une ruse du monstrueux personnage.

Les minutes s'égrenèrent lentement dans le noir absolu.

Toutankhptah/Nefertous a du mal à vivre la vie de son frère

Les bras d'Aton caressaient encore de loin le ciel de la capitale. Le vent du désert soufflait avec modération. Il se chargeait d'humidité en traversant le Nil et rafraîchissait agréablement l'atmosphère.

Amset se hâtait vers la demeure de Sheriffa. Toute la journée, il n'avait pensé qu'à elle. A son corps, à son visage, à ses seins et à ses fesses.

Il pénétra enfin chez elle. Le bouquet de Lys n'avait pas bougé de place. Les lourdes corolles étaient juste un peu plus penchées.

– Sheriffa ? Tu es là ?

Seul le silence lui répondit.

Il parcouru rapidement les pièces de la maison. Elles étaient toutes désertes.

Même la chambre dans laquelle il pénétra après avoir frappé à la porte était vide de toute présence.

Il fit le tour du jardin mais ne rencontra pas âme qui vive non plus.

— Je n'ai plus qu'à prendre mon mal en patience, pensa-t-il tout haut.

Joignant le geste à la parole, il s'installa dans une toile de lin tendue entre deux troncs de sycomore et laissa son esprit vagabonder.

Il pensait alternativement à ce qui c'était passé entre eux la veille et ce qui se reproduirait forcément dès que la doctoresse serait de retour.

Son imagination s'emballait et son corps la suivait. Petit à petit son pagne se soulevait poussé par la puissance de son désir.

— Elle n'est toujours pas rentrée la petite dame ?

La question cueillit le Medjaï par surprise. Il tenta de se relever tout en tournant la tête vers son interlocuteur.

Il ne réussit qu'à se prendre les pieds dans le hamac et tomba lourdement à terre.

— Excusez-moi, je vous ai surpris. Comme disait ma pauvre femme, qu'Anubis la protège à tout jamais, je suis un peu trop bavard des fois. Je ne vous ai jamais parlé de ma femme au fait !

— Il n'y a pas de mal, lui répondit le policier en se relevant.

— Vous attendiez la doctoresse ?

— Oui.

— D'habitude elle ne rentre pas si tard.

— Ah bon ?

— D'habitude elle est déjà arrivée quand je rentre des champs. Je passe toujours lui faire la conversation et je l'aide à s'occuper des plantes médicinales qu'elle fait pousser dans son jardin. Elle est gentille vous savez. Presque autant que feu mon épouse. Je ne vous ai jamais parlé de ma femme ?

— Maintes fois, maintes fois.

— Excusez-moi, avec l'âge, j'ai tendance à rabâcher vous savez. C'est bizarre qu'elle ne soit pas encore rentrée, son novice est déjà là lui.

— Toutankhptah est rentré ?

— Il est chez lui, oui. Vous savez où c'est ?

Amset acquiesça de la tête et prit la direction de la porte d'entrée. Une fois sortie de la cour, Il tourna à gauche et se retrouva devant l'appartement du jeune prêtre.

Il poussa la porte et entra sans frapper.

Le novice, qui tournait le dos à l'entrée, fit demi-tour comme un naja.

Le policier aperçut un éclair d'acier dans sa main qui disparut aussitôt. Le prêtre sembla se ratatiner en le reconnaissant. Il baissa les yeux et dit d'une voix tremblante :

— Vous m'avez foutu une peur bleue.

— Excuse moi Toutankhptah, j'aurais dû frapper.

— Oui, mais pas sur moi je vous en supplie lui répondit ce dernier en ce mettant à genoux.

— Relève toi, tu sais bien que je ne te veux pas de mal.

— J'ai du mal à m'y faire vous savez.

Il se releva pourtant en souplesse. Ecartant les bras, il demanda au policier :

— Que puis-je pour vous, noble militaire ?

— Sais-tu où est Sheriffa ?

— Je ne l'ai pas vue de la journée.

— Tu as pourtant déjeuné avec elle non ?

Nefertous se troubla, un voile passa dans son regard mais il se reprit aussitôt.

— Bien sur, mais ensuite je suis revenu ici. Je ne me sentais pas très bien.

Amset ne releva pas mais il avait ressenti le trouble de son jeune interlocuteur. Son instinct de policier déjà aiguillonné par l'accueil se mis aux aguets.

— Saurais-tu où elle a passé la journée ?

— Je crois qu'elle devait soigner une prêtresse du temple de Bastet.

— Dans ce cas, je ne vais pas te déranger plus longtemps. Je vais continuer à l'attendre chez elle. Elle finira bien par rentrer n'est ce pas ?

— Mais bien sur, mentit avec aplomb son ravisseur, certain maintenant d'avoir berné le policier.

— A bientôt alors.

— Bonne nuit, que Ptah et Thot veillent sur vous et qu'ils vous montrent la voie vers la sagesse et la vérité.

Amset ressortit troublé du petit appartement. Quelque chose clochait mais il n'arrivait pas à trouver quoi ! Il avait comme un nœud à l'estomac et des picotis sur la nuque. Il était en train de passer à côté de quelque chose d'important.

Il resta immobile au milieu de la route, réfléchissant intensément.

Une patrouille survint sur ces entrefaites. Le lieutenant de guet, reconnaissant son supérieur le salua.

— Vous êtes sur une enquête ? C'est pourtant un quartier calme.

— Amonbonfis, vous tombez à pic. J'ai une mission pour vous.

— Mais nous sommes déjà en patrouille.

— Pas de discution, c'est un ordre.

— Oui chef, bien chef, répondit le militaire en claquant des talons.

— Silence, j'ai besoin de discrétion.

— Que devons nous faire ? Chuchota en réponse son subalterne.

— Postez discrètement deux hommes dans ce jardin et surveillez cette porte, lui répondit-il en lui désignant l'appartement de Toutankhptah. Si son occupant sort, suivez-le sans vous faire repérer.

Si une jeune femme entre dans le jardin, ne vous montrez pas mais restez en position.

Dans les deux cas, faites-moi prévenir immédiatement.

— Puis-je savoir pourquoi mon lieutenant ?

– Une intuition, lieutenant, une intuition. Au fait, si vous me cherchez, je serais au temple de Bastet ou en chemin.

– A vos ordres chef.

D'un signe de tête, le lieutenant désigna deux hommes qui se glissèrent prestement dans le jardin de Sheriffa lorsque la patrouille passa devant le portail grand ouvert.

La petite troupe disparut au coin de la ruelle. Amset partit en sens inverse. Il se força à marcher lentement mais dès qu'il eut tourné à angle droit au carrefour suivant, il partit en courant vers la demeure de la divine chatte.

Une sourde angoisse montait dans sa poitrine. Sheriffa était en danger, il le sentait, le ressentait.

A chaque enjambée, le soupçon se tranformait en certitude.

Le souvenir de sa conversation matinale avec le vieux voisin lui revint soudain. Il stoppa net sa course. Ils étaient partis tout les deux et pourtant Toutankhpath lui avait affirmé le contraire. Un des deux mentait.

Mais non, c'est la mémoire du vieux fada qui lui avait joué des tours.

Mais s'il disait la vérité.

Amset hésitait. Il trottinait sur place, incapable de prendre une décision.

Devait-il retourner sur le champ interroger le novice, quitte à passer pour un idiot si Shérifa revenait en plein milieu de l'interrogatoire.

– Si je brusque Toutankhptah, elle ne me le pardonnera jamais. Le temple de Bastet n'est plus très loin, je dois en avoir le cœur net.

Un passant intrigué par son comportement l'aborda alors en lui demandant :

– Ça ne va pas l'ami ? Trop de bière ou trop de soleil ?

Mais le Medjaï ne daigna même pas lui répondre. Il le planta là et reprit sa course vers le temple.

Le masque d'Anubis

Prisonnière des ténèbres.

Dans la tombe l'obscurité était toujours totale.

Shérifa s'était forcée à compter jusqu'à mille sans bouger avant d'être sûre que le monstre qui l'avait piégée avait bien quitté la salle souterraine.

Depuis, elle suivait la paroi de roche taillée à la recherche de l'ouverture menant au couloir.

Au bout d'un temps infini, elle sentit sous ses doigts une arête vive. Elle avait trouvé la sortie.

Revigorée par sa découverte, elle renonça à la prudence et accéléra le pas.

Une main sur le mur, l'autre tendu devant elle, elle avançait vers son salut.

Soudain, la paroi disparut sous ses doigts. Elle s'arrêta net, recula d'un pas et tâtonna dans le noir à sa recherche. De nouveau le roc sous sa main. Elle recommença à progresser doucement et sentit distinctement une nouvelle arête.

Tendant le bras qui touchait le mur elle essaya de toucher l'autre paroi avec la main droite.

La voilà.

Bras écarté au maximum, elle continua sa progression.

Le mur de gauche disparut sous ses doigts et réapparut deux pas plus loin.

Elle s'arrêta à nouveau. Il fallut bien qu'elle se rende à l'évidence. Elle était à une intersection.

Elle n'avait aucun souvenir d'un virage mais la douleur et la surprise étaient tellement fortes à ce moment là qu'elle aurait pu passer devant une pyramide sans l'apercevoir.

– Réfléchis, réfléchis. Si tu ne t'en souviens pas, c'est que tu n'as pas tourné. Il suffit donc de continuer.

Le son de sa propre voix la surprit. Elle tremblait, symptomatique de quelqu'un au bord de l'hystérie.

– Reprends-toi ma fille, sinon t'es foutue ! Hurla-t-elle soudain.

Tu, tu, tu, lui répondit l'écho de sa propre voix, rebondissant contre les parois du tunnel.

Sheriffa se força à respirer lentement. Immobile dans l'obscurité, elle se mit à fredonner la vieille complainte que lui chantait sa grand-mère, là-bas dans le désert quand les ombres qui rodaient dans les dunes l'empêchaient de s'endormir.

Peu à peu, elle retrouva son calme et reprit sa marche en avant, droit devant elle, du moins l'espérait-elle.

Elle sentait à nouveau la paroi sous sa main gauche.

Sa main droite aussi continuait à caresser les nombreuses aspérités de la roche.

Pas à pas, coudée après coudée, elle progressait en aveugle.

Il lui sembla que le conduit qu'elle suivait amorçait un lent virage. Elle se rendit compte en même temps qu'il descendait alors qu'il aurait dû monter.

Elle n'eut pas le temps de réfléchir plus avant à cette bizarrerie. Elle avança la jambe droite, mais lorsque son pied voulut reprendre contact avec le sol, ce dernier se déroba.

Effectuant de grands moulinets de ses bras pour se rattraper, Shérifa bascula la tête la première dans le vide.

Elle eut à peine le temps de penser aux piques qui protégeaient parfois les tombes royales qu'elle était déjà au fond du trou.

Son crâne entra en contact avec le sol. Il y eut comme un éclair dans son cerveau et elle plongea dans l'inconscience, assommée par le choc.

Le masque d'Anubis

Chasse à l'homme à travers Thèbes.

Amset arriva enfin devant le temple de Bastet.

Courbé en deux, les mains sur les genoux, il tentait vainement de retrouver son souffle.

– Il faut que je voie la mère supérieure, c'est urgent. Finit-il par dire.

– De la part de qui ? Lui répondit la matrone qui gardait l'entrée du sanctuaire.

– Police de Pharaon.

– C'est ça et moi je suis la fille cachée de Nefertari.

– Je ne plaisante pas, voici mon accréditation, lui répondit-il vertement en sortant son papyrus officiel de la petite pochette de cuir qui ne quittait jamais sa poitrine.

– Vous pourriez bien me montrer le grand livre des portes que ça me ferait le même effet. Je ne sais pas lire les hiéroglyphes. Je ne suis que la concierge moi.

– Allez donc chercher un responsable alors.

— Vous feriez mieux de revenir demain, il est trop tard pour aujourd'hui. J'ai fini ma journée moi.

Le policier excédé ne répondit pas. Il se dirigea d'un pas décidé vers l'entrée du temple.

La concierge tenta de l'en empêcher. Elle se retrouva assise sur ses larges fesses sans comprendre comment.

— Attendez, attendez, vous n'avez pas le droit. Piaillait-elle en tentant vainement de se redresser.

Mais le Medjaï ne l'écoutait plus. Il était déjà à l'intérieur.

Le petit sanctuaire était de forme rectangulaire. Une fois passé le pylône d'entrée, Amset se retrouva dans une cour plantée de palmiers derrière lesquels on apercevait le mur d'enceinte.

Deux petits obélisques de granit marquaient le début d'une chaussée en pierres taillées, qui, après avoir contourné un bassin empli de papyrus, menait à la porte principale de l'édifice.

Passant sous ce deuxième porche, le policier se retrouva dans une nouvelle cour, ceinturée de toute part par de hauts murs.

Au centre de cet espace clos, se dressait le bâtiment principal. La porte d'accès était gardée par deux statues de la déesse représentée sous sa forme humaine.

Poussant le lourd vantail richement décoré qui en interdisait l'accès, Amset pénétra dans le cœur du sanctuaire.

Quelques rares flambeaux en éclairaient chichement l'intérieur.

Une forêt de colonnes papyriformes soutenait le plafond qui devait culminer à dix mètres de haut.

Au centre se dressait une statue colossale de Bastet sous ses habituels traits de chatte assise.

Derrière la sculpture monumentale, une étroite ouverture dans le mur devait mener au naos.

Le Medjaï ignora cette issue et préféra se diriger vers une deuxième ouverture pratiquée dans le mur sud.

Il déboucha à l'extérieur dans une petite cour bordée de bâtiments de tailles diverses.

Avisant une prêtresse qui sortait de l'un d'entre eux, il l'interpella.

— Excusez cette intrusion mais je dois voir de toute urgence la doctoresse qui est venue soigner une de vos sœurs.

— Nous l'avons justement attendue toute la journée mais elle ne c'est pas présentée, contrairement à ce qu'elle nous avait promis. Pourquoi au juste vouliez-vous la voir ? Et comment êtes-vous parvenu jusqu'ici tout seul ?

Amset ne répondit pas. Il fallait bien qu'il se rende à l'évidence. Toutankhptah avait menti.

Plantant là l'adoratrice de Bastet interloquée, il fit demi-tour et repartit aussi vite qu'il pouvait vers la maison de Sheriffa.

.

Au fond du trou

C'est le froid qui réveilla la jeune femme. Elle ouvrit les yeux et ne vit rien. Pendant quelques secondes son esprit tourna à vide.

Puis tout lui revint. Toutankhptah, son cadavre, l'autre, la lutte, la chute.

Combien de temps était-elle restée évanouie ? Seule Amon le caché le savait.

Tâtonnant autour d'elle, elle chercha la présence d'éventuelles piques, heureusement sans en trouver.

Echaudée par sa précédente chute, elle entreprit tout de même de continuer sa progression à quatre pattes.

Au bout de deux mètres, elle toucha du doigt la paroi du trou dans lequel elle était tombée. Elle entreprit d'en faire le tour.

Bien vite, elle se rendit compte de l'inutilité de ses actes. Sans repère visuel, elle était incapable d'estimer la grandeur de la cavité.

Elle se redressa et levant les bras au maximum, elle tenta de repérer le haut de la fosse. Fort heureusement pour elle, les ouvriers qui l'avaient creusées s'étaient arrêtés en chemin. Elle réalisa immédiatement que le trou au fond duquel elle se débattait depuis de longues minutes ne mesurait pas plus d'un mètre cinquante de profondeur.

Au prix de quelques acrobaties, elle remonta la pente et se retrouva à nouveau dans le couloir.

Elle reprit sa progression en redoublant de précaution.

Le conduit semblait continuer à descendre. Shérifa s'arrêta pour réfléchir.

Elle n'était pas dans le bon couloir !

L'évidence s'imposait. La salle où l'avait emmené son ravisseur n'était que le vestibule de la tombe. En errant dans le noir, elle avait emprunté le conduit qui menait à la salle du sarcophage et à ses dépendances. Il fallait qu'elle face demi-tour au plus vite sinon elle risquait de se perdre dans le dédale des pièces de service.

C'est ce qu'elle fit immédiatement.

Rebroussant chemin, elle parvint à nouveau devant la fosse.

Elle descendit prudemment au fond du trou et escalada rapidement l'extrémité opposée.

Elle atteignit à nouveau le couloir perpendiculaire. Elle le laissa sur sa droite et accéléra le pas. Elle avait perdu assez de temps et son tourmenteur pouvait revenir d'un instant à l'autre.

Quelques minutes plus tard, elle débouchait dans le vestibule.

Longeant le mur en sens inverse, elle espérait retrouver rapidement le chemin de la sortie.

– Aïe ! Cria-t-elle soudain.

Son orteil venait de douloureusement heurter un objet pointu. Elle se baissa à sa recherche et l'empoigna.

Le parcourant du bout des doigts, elle reconnu une torche. Si seulement elle avait une pierre à briquet.

Pointant le bout de bois devant elle, elle reprit sa progression.

Soudain un virage à angle droit dans le mur lui dévoila le tunnel de sortie.

Elle venait de s'y engager quand elle aperçut loin devant une faible lueur.

Le masque d'Anubis

La fuite sur le Nil

Amset retraversa Thèbes à la vitesse d'un nuage de sauterelles s'abattant sur un champ d'épeautre.

Il allait se ruer dans l'appartement de Toutankhptah quand un des deux soldats qu'il avait laissé en faction sortit du jardin de Sheriffa.

– Pas la peine d'entrer, il vient juste de sortir.

– Qu'est ce que vous foutez là alors ?

– Je vous attendais, le sergent et mon collègue ont pris en filature le susdit suspect.

– Et je vais les retrouver comment ?

– Comme c'est écrit dans le manuel chef. Rigola le policier.

Le regard que lui jeta Amset lui fit ravaler son rire dans sa gorge.

– Les marques de passage sur les coins des murs.

– Dans quelle direction est-il parti ?

— Par là mon lieutenant.

— Allons-y et au trot alors !

Le militaire ne se fit pas prier. Il partit à petites foulées, Amset sur ses talons.

Suivant les marques du jour, un triangle inversé, tracé à l'aide d'un débris de poterie sur le dernier mur avant une intersection les deux hommes remontèrent la piste du prêtre.

Après une dizaine de minutes de course dans le dédale des ruelles de la vieille ville, le policier qui ouvrait la voie s'arrêta net.

Amset en fit autant.

— Là-bas, c'est le sergent.

— Laissez-moi le rattraper et suivez-nous à distance réglementaire.

— Bien chef !

Le Medjaï se remit en mouvement. Il marchait rapidement, se servant de la foule encore compacte à cette heur avancé pour remonter vers le sergent sans attirer l'attention.

Il arriva enfin à sa hauteur.

— Où est-il ? Murmura-t-il sans le regarder.

— Dix coudés devant nous, l'homme avec la capuche sur la tête.

— Et le deuxième suiveur ?

— Il est plus loin devant, il l'a doublé pour ne pas se faire repérer.

— Que s'est-il passé pendant mon absence ?

— L'homme que nous suivons est rentré dans la maison que vous nous avez demandée de surveiller. Il est resté à peine cinq minutes à l'intérieur, puis il est ressorti habillé différemment et chargé d'un grand sac.

Un de mes deux hommes à commencer à le prendre à filature, l'autre m'a prévenu. J'étais resté en surveillance un peu plus loin. Je lui ai dit de vous attendre et de vous guider jusqu'à nous.

– Très bonne idée. Vous n'avez pas été repéré j'espère.

– On n'a pas vraiment la tenue adéquate pour une filature mais je ne pense pas qu'il se soit rendu compte de quelque chose.

– D'accord, laissez-vous distancer, je prends le relais.

Imperceptiblement, Amset allongea sa foulée pendant que le sergent ralentissait. Personne ne se rendit compte de rien.

Toutankhptah continuait son chemin. Il marchait à bonne allure et se retournait souvent. Amset put observer son visage lorsqu'il s'arrêta près de la terrasse d'une maison de bière éclairée par des flambeaux.

Ses traits semblaient plus durs, son regard menaçant.

Troublé, le Medjaï faillit renverser une vieille femme qui sortait de nulle part, une chèvre aussi âgée qu'elle sur ses talons.

La vieille l'insulta copieusement et tenta même de le frapper avec la branche d'acacia qui lui servait de canne.

Le temps qu'il s'en débarrasse, Toutankhpath avait disparu.

Amset accéléra l'allure tout en regardant de tout côté. Pas de ruelle adjacente, pas de virage. Il avait dû entrer dans une des maisons délabrées qui donnaient sur la rue.

Laquelle ?

Un coup de vent remua au même moment un bout de tissu crasseux accroché au sommet de ce qui ressemblait à une hampe royale.

Le Medjaï capta le mouvement du coin de l'œil. Il se tourna promptement dans cette direction. La porte en dessous du fanion venait de se refermer.

Il courut jusqu'à l'ouverture.

Arrivé devant il poussa légèrement la lourde porte. Cette dernière céda aussitôt. Il se retourna vers la rue et fit un signe au policier qui venait juste d'en franchir le coin.

Ce dernier lui répondit d'un hochement de tête et se cacha dans le renfoncement d'une maison.

Amset constata qu'il était bien invisible et entrouvrit lentement la porte.

Il se glissa dans l'interstice qu'il venait de dégager.

La cour dans laquelle il se retrouva était sombre comme le cœur de Seth. La lumière de la rue n'arrivait pas à passer au dessus des hauts murs.

Un léger bruit de pas devant lui.

Marchant sur la pointe des pieds, le policier se dirigea dans la direction du son.

Il contourna ainsi lentement la maison. Ses yeux s'habituaient peu à peu à l'obscurité mais il ne distinguait aucun détail.

La lune choisit cet instant pour sortir de derrière un nuage.

Amset se figea.

Dix mètres devant lui, il aperçut la tête de l'homme qu'il suivait disparaître dans la terre.

Quelques secondes plus tard, une lumière jaillit du sol.

Prenant mille précautions pour ne pas trahir sa présence, le Medjaï s'approcha de l'ouverture qu'il apercevait au milieu d'un fatras de branches mortes et de vieilles planches.

Il reconnut un escalier qui s'enfonçait dans le sous-sol.

Il y jeta un œil.

Personne.

Toujours aussi lentement, il commença à descendre les premières marches.

Il descendit ainsi quatre volées de marche tournant à quatre vingt dix degrés avant de se retrouver dans une galerie d'à peine un mètre cinquante de large pour deux de haut qui s'enfonçait profondément sous la ville.

Il avisa une torche embrasée et fichée dans un anneau de métal rouillé.

Il s'en saisit et entreprit de suivre le couloir le plus silencieusement possible.

Guet append dans le corridor

Sheriffa recula aussitôt. C'était sans aucun doute Nefertous qui revenait.

Elle se plaqua contre la paroi, s'efforçant de retrouver son calme pour pouvoir analyser au mieux la situation.

Toutankptah serait là dans quelques minutes. Il la savait libre de ses mouvements, il se méfierait sans aucun doute en pénétrant dans la salle.

L'évidence la frappa soudain, elle ne devait pas rester planté là !

Elle devait reprendre sans tarder l'autre corridor et se cacher dans un recoin. Elle n'aurait qu'une chance de surprendre son agresseur.

Mais comment trouver une cachette dans le noir ?

Il fallait qu'elle attende que la lueur de la torche éclaircisse un peu les ténèbres. Mais pas trop, sinon le monstre l'entendrait se déplacer.

Choisir le moment propice. Sauver sa vie ou la perdre.

Respirant lentement, elle écouta les pas de son ravisseur résonner dans le couloir d'accès. Impossible de se faire une idée de sa progression.

L'obscurité semblait fondre, chassé par la pale lueur qui s'approchait.

Soudain Sheriffa distingua l'ouverture menant aux profondeurs de la tombe. Sans perdre une seconde, elle se dirigea droit dessus. Progressant sur la pointe des pieds, elle tentait d'être aussi silencieuse que possible. Le moindre bruit pourrait la trahir.

Le boyau était devant elle. Noir comme l'Amdouat, froid comme la mort.

Elle s'y enfonça pourtant sans la moindre hésitation.

Ses doigts couraient sur la roche et la guidaient dans sa progréssion. Sur la gauche, un renfoncement se dessinait. Elle s'arrêta devant et le mesura du bout du pied.

Trop juste pour s'y loger.

Elle reprit sa marche en avant.

Dans son dos, les bruits de pas se faisaient de plus en plus proche. Déjà la lueur de la torche pénétrait dans le couloir qu'elle suivait.

Elle en profita pour accélérer l'allure. Elle courait presque.

Sur sa droite, une ouverture. Elle y plongea.

Vite, se plaquer contre la paroi et lever bien haut sa torche éteinte. Un seul coup à donner mais il devait être parfait.

Les pas s'arrêtèrent. Son tourmenteur devait se tenir à l'extrémité du tunnel, tentant de découvrir s'il elle ne se cachait pas dans un recoin.

Les bruits de pas reprirent et la luminosité monta d'un cran. Il venait de pénétrer dans l'antichambre.

La lueur augmentait puis diminuait. Il fouillait minutieusement la salle, il se méfiait.

Les bruits de pas se dirigèrent brusquement vers elle. Il venait d'entrer dans le corridor. Il approchait.

La lumière se faisait de plus en plus vive. Sheriffa parvenait maintenant déchiffrer les hiéroglyphes peints sur le mur devant elle. La réserve des arcs ! Elle se tenait devant la salle qui devait abriter les armes du défunt.

Trop tard pour aller en chercher une !

Soudain elle aperçut l'extrémité enflammée d'une torche. Elle resserra son emprise sur le manche de la sienne.

La tête d'un homme apparu soudain dans son champ de vision. Éblouis par la brusque explosion de lumière, elle ne distingua pas vraiment les traits du porteur de torche.

Tant pis !

Rabattant brusquement ses deux bras par-dessus sa tête, elle propulsa l'extrémité de son arme de fortune sur le crâne de l'intrus. Le choc fut sévère et résonna contre les parois et dans ses bras.

L'homme s'étala de tout son long comme un vulgaire sac de palme. Sa tête atterrit la première sur le parterre de pierre. Le son fut encore plus fort. Si le premier coup ne l'avait pas assommé, celui-là aurait eu raison du plus fort. La torche enflammée lui échappa des mains et roula au pied de la jeune femme.

Elle se baissa pour s'en emparer.

Le masque d'Anubis

Le piège se referme

Amset continuait sa progression dans le tunnel. Il avançait lentement, scrutant l'obscurité devant lui à la recherche de Toutankhptah.

Il n'avait pas tant d'avance que ça sur lui. Il aurait du distinguer la lueur de sa torche. A moins que ce monstre ne sache se diriger les yeux fermés dans son repaire.

Le Medjaï s'arrêta. Retenant sa respiration et fermant les yeux, il écouta longuement. Pas un bruit, même infime.

Il reprit prudemment sa descente. Le prêtre avait dû le repérer, il devait l'attendre dans un coin pour tenter de se débarrasser de lui.

Mais le long couloir ne comportait aucune niche où un homme aurait pu se cacher.

Soudain la flamme lui révéla une salle devant lui. Si le prêtre devait l'attendre, c'était ici sans aucun doute.

Il approcha sans ralentir l'allure de l'entrée de la salle.

Au dernier moment, juste avant de franchir le seuil de l'antichambre, il jeta brusquement sa torche en avant et se figea sur place.

Aucun mouvement.

Il se jeta alors au sol et pénétra dans la salle obscure en effectuant une roulade parfaite. D'un bond il se remit sur ses pieds et tourna sur lui-même. Dans le même mouvement sa main droite avait sorti de son étui son épée à lame courte.

Il balaya toute la pièce du regard mais n'y vit aucune menace.

Rangeant son arme, il reprit la torche et entreprit de fouiller le local.

Il s'aperçut vite qu'à part la table de momification, il n'y avait aucun endroit où se cacher. Il se dirigea vers cette dernière et se pencha vers les restes calcinés de ce qui semblait être une momie.

Il l'examina de plus prêt.

Dégageant le cou des bandelettes à moitié consumées qui s'y accrochaient encore, il fit apparaître un pectoral doré aux armes de Pharaon.

– Je viens de retrouver la princesse ! Pensa-t-il.

Il ne s'attarda pas sur sa macabre découverte.

Par acquit de conscience il passa derrière la table et trébucha sur le corps sans vie de Toutanhkptah.

Il se baissa et examina ce nouveau cadavre. Il semblait mort depuis quelques heures alors qu'il n'avait perdu le prêtre de vue que depuis quelques minutes.

Avisant un nouveau couloir, il laissa tomber l'examen du mort et s'y engagea lentement.

Les murs de ce nouveau conduit étaient lisses et recouverts de stuc.

Par endroit, il distinguait les lignes noires tracés par le maitre architecte pour aider les ouvriers à reproduire ses œuvres.

Plus loin, les bas-reliefs étaient quasiment terminés. Amset ne put s'empêcher de les admirer.

Du coin de l'œil il distingua soudain un mouvement sur sa droite.

Il n'eut même pas le temps d'esquisser un mouvement de défense. Il ressentit une vive douleur au sommet de son crâne et plongea dans l'inconscience non sans se maudire pour sa bêtise.

Il s'était fait avoir comme un bleu.

Le masque d'Anubis

Ciel mon ami

Sheriffa entreprit d'enjamber le corps de Toutankhptah quand elle se figea.

Ce visage !

Elle se baissa et retourna la tête de l'homme étendu à ses pieds.

— Oh non ! S'écria-t-elle en portant une main devant sa bouche.

— J'ai assommé Amset, murmura-t-elle.

Mais l'urgence de la situation la força à agir.

Elle mit la main dans son sac qu'elle portait toujours en bandoulière malgré les événements survenus depuis ce matin.

Elle en retira une minuscule fiole fermée par un bouchon de chiffon.

Elle en posa l'extrémité directement dans une des narines du Medjaï inconscient.

L'effet fut immédiat.

Le policier éternua violemment plusieurs fois tout en remuant la tête en tout sens.

Il ouvrit en suite les yeux avec difficulté.

Son crâne le lançait affreusement et sa vision était complètement trouble.

Il aperçut une ombre qui se penchait sur lui.

Le masque d'Anubis

Instinctivement, il se jeta sur elle. Emprisonnant son cou entre ses deux mains il se mit à serrer de toutes ses forces.

– Crèves charogne ! Hurla-t-il à plein poumon.

– Amset, Amset, arrête.

C'était la voix de Sheriffa !

Peu à peu sa vision s'améliorait mais il n'en continuait pas moins de serrer.

L'ombre entre ses doigts, toussait, s'étranglait, remuait en tout sens pour échapper à son emprise.

Mais il la tenait fermement et rien n'aurait pu le faire lâcher.

Sous l'effet de l'adrénaline, sa vision s'éclaircit d'un coup

– Shérifa ?

Il n'eut pas d'autre réponse qu'un râle d'agonie.

Il desserra son étreinte.

La jeune femme s'effondra sur lui.

– Shérifa, shérifa, lui cria-t-il en se relevant tant bien que mal.

La doctoresse en fit autant de son côté tout en se massant la gorge.

– Excuse-moi, je t'ai pris pour Toutankhptah, lui avoua Amset, adossé à la paroi du couloir.

– Moi aussi, lui répondit-elle entre deux toussotements. Mais ce n'est pas Toutankhptah qui m'a conduit ici.

– Je sais, j'ai vu son cadavre là-haut. Qui t'as emmenée ici alors ?

– Il m'a dit qu'il s'appelait Nefertous et qu'il était le frère de Toutankhptah.

– C'est son jumeau alors, ils se ressemblent comme deux gouttes d'eau.

– Tu as certainement raison.

– Viens, ne restons pas là, finit par dire Amset, sortons de ce tombeau en vitesse. Mes hommes se chargeront de ce rat. Ils finiront bien par le débusquer.

Se soutenant l'un l'autre, ils se retrouvèrent à nouveau dans l'antichambre de la tombe.

Ils la traversèrent rapidement et allaient s'engager dans le couloir qui remontait vers la surface quand une voix lugubre les figea sur place

— Où comptez-vous aller les deux tourtereaux ?

Les paroles de Nefertous semblaient venir de partout à la fois. Le couple se figeât sur place.

— Vous ne pensez pas que je vous ai faits venir ici pour rien. Amon et Anubis m'ont parlé à l'oreille, cette tombe abandonnée sera la votre.

La voix partit dans un crescendo de rires complètement hystériques.

Au même moment, un vacarme infernal monta du couloir. Un nuage de poussière en jaillit et envahit la salle, la plongeant dans une semi-obscurité.

— Vite, sortons d'ici ! Hurla Amset en toussant, tout va s'effondrer.

Il se rua dans le tunnel, entraînant dans son sillage Sheriffa, dont il n'avait pas lâché le bras.

Ils n'allèrent pas bien loin.

Une dizaine de coudées plus loin, le couloir était obstrué par une montagne de gravâts.

Le masque d'Anubis

Emmurés vivant

Amset se rua sur les roches qui obstruaient le passage et entreprit de les dégager.

– Ça ne sert à rien, nous sommes enterrés vivants, lui glissa Shérifa en posant une main sur son épaule. Il a du déclencher le mécanisme de verrouillage de la tombe. Tu n'arriveras jamais à tout déblayer à toi tout seul.

– C'est ce qu'on va voir. Lui rétorqua le policier sans même s'arrêter.

– Mais enfin, réfléchis ! J'ai un peu étudié l'architecture et je peux te garantir que tes efforts sont voués à l'échec, nous allons mourir ici, quoi que tu fasses.

Sa dernière phrase se termina en sanglot.

Amset se retourna et examina sa compagne d'infortune à la lueur dansante de la torche. Il la regarda droit dans les yeux et lui dit :

– Tu as peut-être étudié l'architecture mais moi j'ai enquêté pendant des années sur des pillages de tombe. Et si je suis sur d'une chose, c'est qu'aucune, aussi bien conçue soit-elle, n'a jamais résisté aux voleurs.

— Pas la peine de me raconter des histoires, j'ai passé l'âge. Nous ferions mieux de nous préparer à comparaitre devant Osiris, nous n'avons aucune chance.

Tout en se lamentant, Sheriffa se laissa tomber à genoux sur le sol de la galerie, posant la torche à terre.

La claque que lui assena le Medjaï résonna dans tout le couloir et déclencha des échos en cascade dans le reste de la tombe.

L'effet fut radical. La jeune femme se redressa aussi sec, des éclairs dans les yeux et sans hésiter, poings en avant, elle sauta sur le policier.

Ce dernier la saisit par les poignets et remonta ses deux mains prisonnières sous son menton, approchant par la même son visage du sien.

— Met toi bien ça dans la tête, ce n'est pas aujourd'hui que Maât pèsera mon cœur ni le tien ! Alors ressaisis-toi et aide moi.

La colère qui avait envahit les yeux de la belle se retira aussitôt. Son corps, tendu comme un arc se détendit.

— Tu as raison, rien ne sert de se laisser aller au pessimisme.

— A la bonne heure. Allume la torche qui est fiché dans l'anneau, là ! lui répondit-il en pointant du doigt une petite niche creusée dans la paroi à quelques pas de l'éboulis.

Et pendant que je déblaie tout ça, explore un peu cette tombe. Il y a souvent une deuxième entrée cachée.

— D'accord mais quand on sortira d'ici, rappelle-moi de te rendre ta claque.

Amset sourit et se remit au travail sans répondre.

Shérifa, après avoir allumé la deuxième torche, s'enfonça à nouveau dans la tombe. Elle passa rapidement dans l'antichambre où le cadavre de Toutkantptah n'avait pas bougé d'un pouce et descendit à nouveau le couloir du fond.

Arrivée devant la fosse dans laquelle elle était tombée dans l'obscurité, elle prit son élan et la franchit d'un bond.

A partir de là, elle ralentit son allure et continua prudemment son exploration, tenant le plus loin possible devant elle la torche embrasée.

Le conduit descendait en pente douce tout en s'incurvant légèrement vers la gauche. Le sol était par endroit jonché de détritus et de brisures de roches. La surface des murs était inégale. Parfois, une couche de plâtre les recouvrait entièrement. Ailleurs, ils étaient encore bruts de perçage. On pouvait encore facilement distinguer la trace des outils qui avaient entaillé la pierre.

Sheriffa déboucha enfin dans une nouvelle pièce.

Les travaux à cet endroit étaient beaucoup plus avancés.

De larges poteaux papyriforme avaient été taillés à même le roc et semblaient soutenir le plafond décoré d'un zodiaque quasiment achevé dont la beauté laissa la jeune femme sans voix.

Les parois n'étaient pas en reste. Des tableaux rupestres richement colorés mettaient en scène l'occupant du tombeau dans ses activités quotidiennes : chasse au canard dans les marais, supervision de la cueillette des fruits ou recensement des troupeaux. A n'en pas douter, ce devait être un personnage haut placé.

Sheriffa s'arracha à la contemplation des décorations. C'est une sortie qu'elle cherchait.

Elle fit plusieurs fois le tour de la salle avant de repérer une ouverture masquée par un rideau de roseaux ingénieusement intégré dans un paysage de marais.

Elle l'arracha du mur sans ménagement, découvrant un nouveau couloir aux murs lisses et blancs, au sol recouvert de dalles de pierres.

Elle s'y engagea lentement, tous ses sens aux aguets.

Après quelques pas, son pied se posa sur une pierre légèrement proéminente qui céda sous son poids.

Instinctivement, elle se rejeta violemment en arrière. Les flèches, qu'un mécanisme caché cracha soudain, l'effleurèrent à peine. Trois d'entre elles se fichèrent malgré tous dans le manche de sa torche. La violence du choc dans son avant-bras lui arracha un cri mais elle ne la lâcha pas pour autant son unique source de lumière.

Elle ramassa un des projectiles qui avait rebondi contre la paroi. Se tenant à quatre pattes elle s'en servit pour appuyer à nouveau sur la pierre truquée.

Une seconde gerbe de flèche fut lâchée dans l'étroit passage. Certaines rebondissant sur son dos après avoir touché le mur d'en face.

Elle pressa encore la pierre plusieurs fois mais la réserve n'était pas inépuisable.

Elle se releva et continua sa progression, non sans enjamber prudemment le mécanisme.

Après un virage à quatre-vingt-dix degrés, elle déboucha dans la tombe proprement dite.

Les parois, le plafond et même le sol étaient décorés de peintures magnifiques représentant le défunt entouré des différents dieux égyptiens.

Au milieu de la salle trônait un impressionnant sarcophage de granit.

Mais partout autour, c'était le chaos. Jarres brisées, statues renversés, ouchbetys dispersées, étoffes déchirées…

Le couvercle du sarcophage gisait au sol, renversé et brisé en deux parties inégales.

Sur la plus grande, une momie démaillotée contemplait Sheriffa de ses orbites vides.

Accrochés à ses membres racornis, des vestiges de bandelettes ne cachaient plus sa nudité cadavérique.

Sheriffa s'approcha du corps du défunt. Les pilleurs de tombe n'avaient eu aucune pitié. Ils avaient même défoncé la cage thoracique du cadavre à la recherche d'amulettes cachées.

La jeune femme ne s'attarda pas sur le sort du propriétaire des lieux. Ayant repéré une autre ouverture, elle s'y engouffra et pénétra dans un nouveau couloir, lui aussi magnifiquement décoré.

Cette tombe ci devait être beaucoup plus vieille que la précédente. Comme souvent dans les nécropoles occupées depuis les origines du double pays, en creusant de nouvelles sépultures, les ouvriers débouchaient souvent sur d'anciennes tombes oubliées.

Le couloir qu'elle suivit depuis quelques minutes prit soudain un nouveau virage à quatre-ving-dix degrés. La doctoresse le prit et tomba nez à nez avec deux des pilleurs.

Le masque d'Anubis

Fuite en avant

Nerfertous riait encore en atteignant la surface mais la lueur de la lune le réduisit au silence.

– Ce grand sot de policier est certainement venu seul mais je ne suis pas aussi bête que lui, méfions-nous, méfions-nous. Même si Amon guide mon bras, il faut toujours redouter le hasard.

Marmonnant toujours, mais les yeux aux aguets, il rejoignit rapidement la porte donnant sur la rue.

Il l'entrouvrit le plus silencieusement possible et passa brièvement la tête par l'ouverture, regardant des deux côtés de la rue à la recherche d'une présence.

La ruelle avait l'air déserte mais le psychopathe resta pourtant à l'intérieur. Maintenant la lourde porte entrouverte à l'aide de son pied, coincé entre le battant et le chambranle, il ferma les yeux et écouta longuement le silence de la nuit.

Il allait sortir quand un bruit l'alerta. L'un des policiers qui veillait, bien caché dans l'ombre, venait de bouger et son arme de bronze avait légèrement heurté une pierre, produisant un tintement métallique des plus significatifs.

Nefertous réagit aussitôt. Il sauta dans la ruelle et partit en courant dans le sens opposé à la direction du son. Le Medjaï en faction de ce côté-là fut surpris par sa brusque fuite. Il eut à peine le temps de se relever, que le fugitif lui passait sous le nez en trombe.

– Halte, halte, au nom de Pharaon arrêtez-vous ! Lui cria-t-il en partant à ses trousses.

Le meurtrier ne prit pas la peine de lui répondre et accéléra encore son allure.

Le deuxième policier s'était à son tour lancé à sa poursuite mais accusait déjà une bonne centaine de coudées de retard. Tout en courant, il attrapa le sifflet d'ivoire qui pendait à son cou et souffla à plusieurs reprises dedans.

Le sifflement strident arracha au sommeil la moitié du quartier et mis en alerte tous les Medjaïs du secteur qui répondirent de la même manière pour signaler qu'ils se postaient aux carrefours stratégiques sans attendre.

Nefertous n'en continua pas moins sa course effrénée à travers Thèbes. Il connaissait bien les tactiques de la police pour les avoir observées à maintes reprises. Il tourna à droite dans une ruelle puis à gauche puis à droite et disparu ainsi quelques secondes à la vue de ses deux poursuivants.

Le plus proche de lui tentait de le suivre dans le labyrinthe de la vieille ville en se basant sur le bruit de sa course mais il dut bientôt s'arrêter. Les mains sur les genoux et tentant de reprendre son souffle, il dut se rendre à l'évidence. Le fuyard l'avait semé.

Son supérieur arriva à sa hauteur sur ses entrefaites et s'arrêta à ses côtés.

– Tu l'as perdu ?

– Ce diable de prêtre courait trop vite pour moi chef.

– Rejoins la patrouille de la grande avenue et fouille la zone. Il est sans doute caché dans un recoin. Faites du bruit, vous le débusquerez peut-être. Moi, je vais rejoindre Amset.

– Oui chef.

– Et envoie deux hommes me rejoindre, j'aurai peut-être besoin d'aide.

– Vous croyez que cet avorton a pu s'en prendre au lieutenant ?

– Sous-estimer l'adversaire mène droit à la défaite comme le dit le sage Khéty.

– Le sage Khéty dit tellement de choses chef…

– Si tu ne dois retenir qu'un de ses conseils dans l'exercice de ta fonction c'est bien celui-là.

– Oui chef.

Les deux hommes se séparèrent et partirent au petit trot.

Cinq mètres au dessus d'eux, une ombre perchée sur un toit de roseau se redressa et entreprit de passer en silence sur la toiture d'à côté.

– Tu vas avoir effectivement besoin d'aide pour retrouver ton petit chef et sa catin, mais ce n'est pas deux hommes qu'il te faudra, plutôt la moitié de la ville…pensa-t-il en sautant prestement sur la façade suivante.

Le masque d'Anubis

Dans la mine

Sheriffa faillit laisser la torche s'échapper de ses mains sous le choc.

Les deux hommes gisaient sur le sol, épinglés à la roche par une dizaine de madrier sortant du plafond, comme de vulgaires papillons des collections royales.

On pouvait encore distinguer sur le bois, les hiéroglyphes de malédiction destinés à chasser les pilleurs.

Vu l'état de leur cadavre où ne subsistaient que quelques traces de peau sur les os, le vol était ancien, très ancien.

La jeune femme contourna l'obstacle en plaquant son dos contre la paroi, suivant les très anciennes traces de pas qu'on pouvait encore apercevoir dans la poussière de la galerie.

Elle continua sa progression et faillit rater l'essentiel. C'est le bruit des cailloux sous ses pieds qui l'alerta. Elle se figea sur place et regarda en l'air.

Le plafond de la galerie était percé.

Le tunnel d'accès des pilleurs !
Forcément relié à la surface !

Sheriffa fit aussitôt demi-tour et se mit à courir dans l'obscurité.

De son côté, Amset se recula précipitamment. Un nouvel éboulis venait de se déclencher. Toussant et jurant, il fut contraint de revenir dans la première salle, poursuivi par un amas de cailloux.

Au bout de quelques minutes, la poussière retomba et le policier pu voir l'étendue des dégâts.

Alors qu'il s'acharnait depuis plus d'un demi-heure à retirer les pierres qui obstruaient le passage vers la surface, le couloir était de nouveau totalement bouché.

— A tous les coups, il y a une réserve de pierres, dit-il tout haut. Mais par Isis, je sortirai de ce trou.

Et joignant le geste à la parole, il se remit au travail.

Prendre une pierre sous chaque bras. Les porter dans la salle et les déposer dans un coin libre.

Retourner dans le corridor et recommencer, inlassablement, un caillou après l'autre, un pas après l'autre.

Faire rouler les plus gros blocs en évitant de s'écraser les pieds.

Tirer comme un bœuf pour faire venir les plus coincés.

Et de nouveau, se reculer en catastrophe devant un nouvel éboulis.

Le ciel n'était pas si loin non ?

Pendant que le Medjaï s'escrimait à déblayer le couloir d'accès, la jeune fille refaisait le chemin en sens inverse à une allure record et rejoignit finalement Amset qui continuait inlassablement à retirer les pierres du passage obstrué.

— Laisse tomber, j'ai trouvé la sortie.
— Tu en es sûre ?

– Quasiment, j'ai découvert un tunnel de voleurs et j'ai même trouvé ceux qui l'ont creusé.

– Tu plaisante ?

– Absolument pas.

– Et ces charmants garçons t'ont montré la sortie ?

– Pas vraiment, vu leur état.

– Tu as vu le ciel au moins ?

– Non, mais il ne peut pas être très loin.

– De toute façon, je ne suis pas sûr de pouvoir dégager ce passage avant demain matin, allons-y.

Il se baissa pour récupérer sa torche et emboita le pas à la belle doctoresse qui s'enfonçait déjà dans les profondeurs de la tombe.

– Voilà, c'est ici !

Amset leva le nez vers le plafond et examina attentivement l'ouverture irrégulière qui se trouvait deux ou trois coudées en dessus de sa tête.

– Ça ressemble effectivement à un boyau de pillard.

– C'est ce que je t'ai dit.

– Et tu avais parfaitement raison. Il faut trouver un moyen d'y grimper tous les deux. Je peux t'aider à y monter mais ce sera un peu trop haut pour moi ensuite.

– Alors c'est moi qui vais t'aider et tu me tireras de là-haut ensuite.

– Tu vas m'aider ? dit-il en esquissant un sourire, tu ne connais pas mon poids.

– Et toi, tu ne connais pas ma force !

Sans attendre de réponse, la jeune femme posa sa torche au sol et plaqua son dos contre la paroi à l'aplomb de l'ouverture. Elle écarta légèrement les jambes et joignit les deux mains devant son pubis.

— Mets ton pied là et grimpe.

Le Medjaï posa sa torche à son tour et s'exécuta. Il posa son pied droit sur les paumes de sa compagne d'infortune, pris appuya les mains sur ses épaules et s'éleva en souplesse.

— Je suis un peu court.

— Mets ton pied sur mon épaule, gros lourdaud !

Sans plus discuter, il obéit. La doctoresse grimaça sous l'effort mais réussit malgré tout à se tenir droite sous la charge même si ses jambes tremblaient toutes seule et qu'elle avait la très nette impression que ses bras s'allongeaient.

Soudain, une sensation de légèreté. Le policier avait réussi à se hisser dans le trou.

— Ça va là-haut ? Cria-t-elle en levant la tête.

— Oui, la galerie n'est pas tout à fait verticale. Passe-moi les torches que j'y vois mieux.

Sheriffa saisit la première et lança en l'air. Le policier s'en saisit sans problème.

— L'autre maintenant, on ne sait jamais.

La deuxième prit le même chemin laissant le couloir dans la pénombre. Amset entreprit alors d'explorer plus avant le boyau. En bas, Sheriffa vit la lumière s'amenuiser peu à peu.

— Tu ne vas pas me laisser là j'espère.

— Non, non, je cale les deux torches et je m'occupe de toi. Lui répondit-il d'une voix lointaine

— Ne les cale pas trop loin sinon je n'y verrais rien pour monter.

— Ne t'en fais pas, je reviens. Allez, saute et attrape mon bras.

La jeune femme ne perdit pas de temps. Elle prit son élan et bondit en l'air. Elle resta comme suspendu une seconde puis retomba dans le couloir sans pouvoir saisir la main du Medjaï.

— Attends, je vais descendre un peu plus.

Amset se contorsionna tant et plus pour trouver une position plus basse. Enfin il se sentit prêt.

— Essaye à nouveau, ça devrait aller ce coup-ci.

Sheriffa bondit à nouveau, effleurant les doigts du Medjaï sans plus de réussite.

Sans s'énerver, elle recommença et recommença encore.

Enfin sa main se referma sur la sienne et elle se retrouva suspendue.

Le policier la tira lentement vers lui en bandant tous ses muscles. Elle n'était plus qu'à quelques centimètres des parois de l'orifice quand retentit un bruit sinistre.

La pierre contre laquelle était arcbouté Amset céda soudainement. Instinctivement le policier lâcha la main de la jeune fille qui retomba lourdement sur le sol. Il tenta en vain de se raccrocher mais n'y parvint pas et tomba lui aussi vers le sol du couloir.

Sa chute fut amortie par la malheureuse jeune femme qui était en train d'essayer de se relever. Il lui tomba littéralement dans les bras.

Ils se retrouvèrent meurtris et contusionnés mais néanmoins enlacés.

— Je ne t'ai pas fait mal au moins ? Lui demanda-t-il soudain.

— Bien sûr que si, j'ai l'impression d'avoir reçu un obélisque sur la tête.

Malgré leur situation désespérée et la douleur de la chute, ils ne purent se retenir. L'écho de leurs rires se propagea jusqu'à la salle du sarcophage.

Une fois ce bref moment d'hilarité passé, ils se relevèrent et firent le point de la situation.

– On fait quoi maintenant ? Demanda Sheriffa.

– Il faut trouver quelque chose pour monter dessus ou un cordage pour nous aider à grimper.

– Et on va trouver ça où ?

– Tu vas monter là-haut et voir si tu ne trouves pas une des cordes qu'ont dues utiliser les voleurs. Moi je vais retourner dans la tombe histoire de voir si je peux trouver un marchepied. Allez grimpe, ces torches ne vont pas bruler indéfiniment.

La doctoresse prit appui sur les épaules et les genoux du policier et se retrouva en équilibre sur ses épaules. De là, elle s'éleva sans problème vers l'ouverture et s'enfonça dans la galerie.

Elle revint quelques secondes plus tard et fit passer une des deux torches à Amset.

– Sois prudente, lui dit ce dernier.

– Toi aussi, cette tombe doit receler encore des dispositifs de protection. Ce serait dommage qu'un beau gaillard comme toi finisse comme ces deux là, rajouta-t-elle en pointant son doigt dans la direction des deux squelettes des voleurs.

– Ne t'inquiète pas pour moi.

– Toi non plus alors !

Et sans lui laisser le temps de répondre, Sheriffa se mit à escalader l'étroit boyau à la pente sévère.

Amset resta quelque temps immobile, jusqu'à ce que les dernières lueurs de sa torche disparurent. Il empoigna alors la sienne et partit en quête d'un objet qui pourrait lui servir d'escabeau.

Pyromane

Nefertous se cachait depuis une bonne demi-heure dans la pénombre d'une porte cochère.

Il surveillait avec la plus grande attention les allées et venues devant la maison de Sheriffa. Pour le moment il n'avait pas repéré de policier en faction ou de signe de surveillance mais il se méfiait des Medjaïs. Il savait qu'il aurait tord de les mésestimer. Il savait aussi que c'était sans doute une erreur de revenir ici mais l'insolence de la doctoresse devait être effacée.

Il n'avait pas réussi à transformer la jeune fille en épouse d'Osiris. Les dieux ne lui pardonneraient pas facilement son échec. Il fallait qu'il supprime toutes traces de cette effrontée. Seul le feu purificateur pouvait détruire jusqu'au souvenir de cette trainée.

Nefertous leva le nez au ciel. Déjà les premières lueurs de l'aube teintaient de rosé le noir manteau de Nout. Le sang d'Apophis, une nouvelle fois vaincu par Ré, annonçait l''arrivée de son triomphateur.

Il lui fallait agir sans tarder et quitter au plus vite la ville. Le filet se resserrait de plus en plus autour de lui.

Profitant du passage d'un nuage devant la lune, il sortit de sa cachette et marcha lentement vers la porte de la propriété.

Il se jeta littéralement dans l'entrée et referma la porte derrière lui sans le moindre bruit.

Même un fantôme n'aurait pas mieux fait, pensa-t-il en descendant à la cave, une main posée sur le mur pour se guider.

Au dehors, le calme régnait toujours. Seul le cri caractéristique d'un hibou venait le perturber de temps à autre.

Nefertous tressaillit en l'entendant.

– Les dieux s'impatientent, pensa-t-il

Il descendit les dernières marches et poussa la lourde porte de la réserve. Tendant la main vers une petite niche creusée dans la roche, il se saisit d'une lampe à huile et du nécessaire pour l'allumer.

Il laissa la porte se refermait sur lui avant d'allumer la lampe.

La petite flamme tremblotante prit de l'assurance et éclaira bientôt la totalité de la pièce. Nefertous se dirigea vers le fond ou s'entassait de lourds jarres.

Il en prit une et l'abattit violement sur les autres. Les récipients explosèrent et laissèrent échapper leur contenu sur le sol de la pièce : Un liquide noir et visqueux se répandit lentement sur le dallage inégal tout en éxhalant une odeur épouvantable.

Le monstre ramassa par terre une moitié de jarre encore remplie de cette substance venue des déserts d'Asie. Il recula vers la porte tout en faisant couler un mince ruisseau.

Arrivé sur le seuil, il ouvrit et jeta sa lampe à huile sur la rigole de bitume. Le feu se propagea lentement au liquide et se dirigea vers l'amas de jarre cassé.

Nefertous remonta à l'étage supérieur et se dirigea tout droit vers la cuisine et sa réserve d'huile de lampe.

Il repéra de suite la lourde jarre. Il la souleva non sans effort et la trimbala dans toutes les pièces de la maison, arrosant tout ce qu'il trouvait d'inflammable.

Il finit par la chambre où il jeta la bonbonne encore aux trois quart pleine sur le lit de paille.

Une épaisse fumée s'échappait à présent de de la cave. Il fallait partir au plus vite, la maison allait se transformer en brasier dans quelques secondes.

Il était en train de se diriger vers la porte quand cette dernière s'ouvrit avec fracas.

Il eut à peine le temps de reconnaitre l'uniforme des Medjaïs que l'appel d'air ainsi crée attisa le feu du sous-sol. Des flammèches remontèrent l'escalier et coururent sur le sol jusqu'aux flaques d'huile.

Une énorme boule de feu remonta soudain du sous-sol, fit exploser la porte d'entré, traversa la cour et jaillit dans la ruelle, repoussant sans ménagement les premiers policiers qui s'approchèrent de la maison.

Nefertous se jeta sans hésitation à travers une fenêtre fermée. Sous le choc de son corps, le volet de cannes tressées s'ouvrit en grand et le criminel atterrit sans encombre au milieu du jardin. Toussa et crachant au milieu de l'épaisse fumée, Il couru vers le fond et escalada prestement le mur d'enceinte.

Arrivé au sommet, sa silhouette se détacha clairement sur la lueur de l'incendie.

– Attention, il s'échappe, hurla un soldat qui venait de le repérer.

Le criminel sauta dans la rue, fit un roulé boulé et se remit aussitôt sur ses jambes. Sans perdre un instant, il partit en courant dans les rues de Thèbes, une escouade de soldats à ses trousses.

Il prit malgré tout le temps de regarder par-dessus son épaule.

La maison de Sheriffa était la proie des flammes qui s'échappaient sans retenus par toutes les fenêtres et avaient déjà à moitié dévoré le toit de chaume.

Des scories enflammées s'élevaient dans le ciel poussés par la chaleur du brasier. Elles retombaient lentement sur les toits environnants. Le toit de la maison de veuf fut le premier à s'embraser.

Bientôt toute la rue fut en feu. Les habitants réveillés en sursaut commençaient à fuir leurs demeures qui se transformaient sans prévenir en piège mortel.

Mais Nefertous ne s'attarda pas pour suivre la suite des événements. Il courrait comme un dératé pour tenter de semer ses poursuivants.

En face de lui, il vit soudain se dresser un barrage de lance.

– Halte au nom de pharaon !

Méprisant l'annonce, il fit brusquement demi-tour et fonça vers ses poursuivants qui couraient derrière lui en ordre dispersé.

Arrivé à la hauteur du premier, il feinta à droite et le contourna par la gauche pendant que le soldat tentait d'attraper le vide.

Si j'en réchappe, j'appellerai ça un cadrage débordement pensa-t-il soudain.

Il esquiva encore trois autres soldats de la même manière avant de se jeter dans une minuscule ruelle qu'il avait aperçue du coin de l'œil.

Ses poursuivants, gênés par leur nombre, s'y engouffrèrent à leur tour.

Nefertous avait maintenant une centaine de coudées d'avance. Il négocia un virage à quatre vingt dix degrés et disparut à la vue de la meute qui le pourchassait.

Le premier soldat tourna à son tour à angle droit, franchit un étroit passage voûté et s'arrêta net.

Les suivants ne purent en faire autant. Ils le renversèrent et s'empilèrent joyeusement par terre.

– Arrêtez-vous, arrêtez-vous, c'est un cul de sac !

Les renforts, arrivant moins vite, parvinrent à stopper leur course. Les premiers se relevaient en regardant de toutes parts, cherchant le fugitif des yeux mais ne trouvant rien.

Le masque d'Anubis

La ruelle était fermée par un mur de vingt bonnes coudées de haut, sans ouverture et sans aucune aspérité apparente pour l'escalader.

– Seul un démon ou un homme de Seth aurait pu passer par là, s'écria un des soldats qui tentait malgré tout son ascension.

– On va quand même vérifier, hurla un officier. La première escouade fait le tour du pâté de maison par la droite, les autres avec moi.

Se confondant avec la voûte du plafond dans l'obscurité, jambes et bras tendues pour se maintenir en équilibre précaire entre une poutre de bois et deux pierres légèrement proéminentes, Nefertous les regarda repasser sous lui l'un après l'autre. Il leur aurait suffi de lever la tête pour le repérer mais pas un ne le fit.

Les muscles tétanisés par l'effort, il attendit patiemment que le dernier soldat repasse dans l'étroit passage pour se laisser tomber silencieusement derrière lui.

A peine le temps de sortir son herminette de son fourreau qu'il se lançait à sa poursuite.

Il le rattrapa presque aussitôt.

Il lui plaqua la main gauche sur la bouche pendant que la fine lame découpait prestement la glotte du militaire.

Il le saisit ensuite par les cheveux et tira sa tête vers l'arrière pendant qu'il maintenait son corps par l'épaule à l'aide de son autre main tenant toujours l'herminette et qu'il lui plaquait son genou dans le dos.

Un jet de sang vermillon jaillit de la gorge de sa victime qui tentait encore de comprendre ce qui lui arrivait.

Il n'était pas encore mort que Nefertous le déshabillait déjà tout en le traînant dans l'obscurité de la ruelle.

Revêtu de l'uniforme de l'armée de Pharaon, il s'éloignât à vive allure vers le quartier du port, tournant le dos aux lueurs de l'incendie qui se propageait rapidement à tous le quartier et aux cris des policiers qui le cherchaient en vain.

Le masque d'Anubis

Fortunes diverses

Shérifa progressait avec beaucoup de peine dans l'étroit boyau à la pente inégale.

Par moment la déclivité devenait quasiment verticale et il lui fallait s'arcbouter contre les parois de terre pour continuer à progresser vers le haut, le tout sans lâcher sa torche dont la fumée l'aveuglait.

De nombreuses pierres faisaient saillie à la surface inégale de la paroi et lui meurtrissaient le dos quand ce n'était pas la flamme de sa torche qui venait lui brûler l'extrémité des cheveux.

Heureusement, les voleurs s'étaient aménagés une plateforme sur le sol de laquelle on pouvait apercevoir les restes de leurs outils de fortune.

Pics de pierre grossièrement fixés sur des branches noueuses et sacs de jute pour évacuer les gravats vers l'extérieur.

Shérifa les écarta sans un regard sur leur contenu et resta assise de longues minutes, tentant de retrouver son souffle, l'oreille aux aguets pour repérer la progression d'Amset.

Mais nul bruit ne parvenait de la sombre cavité qui s'enfonçait sous ses pieds, aussi reprit-elle sa douloureuse ascension.

Poser la main droite contre la paroi opposée, coller son dos au mur, lever le bras gauche bien haut et pousser avec les pieds

Refermer les doigts sur une prise solide.

Plaquer le pied droit contre une pierre, forcer sur la jambe droite pour tenter de faire entrer ses fesses dans la terre froide et en profiter pour monter le pied gauche une demi-coudée au dessus de l'autre tout en sentant toutes les aspérités du mur s'acharner sur le mince tissu de sa robe.

Souffler un grand coup et recommencer en inversant l'ordre des pieds et des mains.

Peu à peu Sheriffa perdit la notion du temps. Son dos n'était que plaies, ses jambes deux crampes. La sueur de son front ruisselait sur son visage lui brûlant les yeux aussi radicalement que la fumée de la torche dont le poids sans cesse, attirait vers le bas, le bras qui la portait.

Une autre plateforme enfin !

La jeune femme s'y laissa tomber, totalement épuisée.

– Cinq minutes de repos et je repars, pensa-t-elle tout haut. Sa voix éveillant un faible écho dans le conduit.

Elle cala la torche le mieux qu'elle le put et ferma les yeux quelques secondes.

Plus bas, beaucoup plus bas, Amset avait refait le chemin déjà parcouru en sens inverse sans rien trouver qui puisse l'aider à se hisser dans le passage des pilleurs.

Il y avait bien les débris du sarcophage mais les morceaux de granit d'Assouan assez grands pour être utiles étaient trop lourds pour être portés sur une aussi grande distance.

Le Medjaï était donc revenu à son point de départ et avait entrepris l'exploration du couloir menant à l'entrée du temple.

Il progressait lentement, posant ses pieds avec précaution tout en scrutant sans relâche le sol et les murs, à la recherche d'un piège caché.

Il venait de franchir un tournant quand il sentit la pierre sur laquelle il venait de poser la sandale droite, s'enfoncer lentement dans le sol.

Il retira son pied aussitôt mais l'antique mécanisme continua sur sa lancée jusqu'à ce qu'un clic sonore retentisse.

Amset se jeta en arrière et atterrit violemment sur les fesses quatre coudés plus loin.

Quelques pierres tombèrent du plafond suivis par une lourde herse métallique qui heurta le sol avec un fracas digne de Seth dans un nuage de poussière.

Les fines particules s'introduisirent dans la gorge du policier qui, de surprise, était resté la bouche ouverte en grand. Il toussa et cracha pendant un bon moment jusqu'à ce que le nuage de poussière finisse par toucher le sol.

Il se releva et s'approcha de la herse.

A première vue, la route était bloquée et bien bloquée.

Les barres de métal qui la composait étaient aussi larges que son bras.

– Ce coup ci, je suis fait comme un rat, pensa-t-il anéanti.

Il empoigna néanmoins la lourde grille à pleine main.

A sa grande surprise elle bascula vers l'avant. Il eut juste le temps de la lâcher avant qu'elle ne s'abatte au sol dans un vacarme encore plus épouvantable.

Le temps, l'incompétence du maitre d'œuvre ou des artisans ayant construit la tombe avaient joué pour lui. Le haut de la grille était à peine retenu par un appareillage de mauvais mortier. La simple poussée qu'il venait d'effectuer avait suffit à la faire céder et l'ensemble de la protection s'était effondrée comme de vulgaires pions de Senet.

Amset ne laissa pas le temps à la poussière qui avait de nouveau envahi la galerie de retomber à nouveau pour passer prestement l'obstacle.

Il eut à peine le temps de faire dix pas que son pied se posa à nouveau sur une pierre piégée.

Il recula encore plus prestement que la première fois.

Une deuxième herse sortit du plafond et vint à nouveau lui barrer le passage.

Le Medjaï en saisit les barreaux et commença à la remuer vigoureusement d'avant en arrière tout en surveillant l'état de la maçonnerie en dessus.

Mais cette deuxième grille se révéla beaucoup plus coriace.

Enfin, après un bon quart d'heure à secouer la herse sans relâche, il sentit le mortier commencer à céder. Il redoubla d'effort. Poussant et tirant comme si sa vie en dépendait et c'était bien le cas par Amon et Ptah.

Soudain, l'ensemble de la maçonnerie supérieure céda au moment où il tirait la lourde herse vers lui.

Des pierres, des gravats et de la poussière tombaient en tous sens autour de lui. Plus problématique, la grille s'affaissait dans sa direction !

Il eut beau s'arcbouter pour tenter de la retenir, elle avait raison de sa force et descendait inexorablement vers lui.

Il lâcha tout et se propulsa en arrière mais la gravité que n'avait pas encore découvert Isaac Newton fut plus rapide que lui.

Il se retrouva couché sur le sol, la herse reposant sur son ventre et sur ses jambes. Fort heureusement pour lui, le plus gros du poids reposait sur une grosse pierre providentiellement tombée du plafond sur sa gauche. Sans cela, la masse de l'ensemble l'aurait aplati comme une galette de bière.

Il était néanmoins totalement coincé du nombril au bout des pieds. Il tenta de s'extraire du piège en prenant appui sur ses mains mais il ne bougea pas d'un pouce.

Il força et força encore sans le moindre résultat.

Il arrêta ses efforts inutiles et considéra froidement la situation. S'il ne trouvait pas un moyen de se dégager rapidement, il allait mourir ici.

Il examina les alentours à la faible lueur de la torche qu'il avait envoyé bouler au loin. Il repéra une grosse pierre à portée de main. Tendant son bras au maximum il réussit à s'en saisir.

Il la posa à sa droite et la poussa le plus loin possible dans cette direction tout en tentant de tirer son corps vers la gauche.

Le métal de la grille, hérissé d'échardes tordues lui entra dans la chair, labourant ses flancs et ses cuisses mais Amset n'en n'avait cure. Il serrait les dents et forçait encore plus.

Le sang commençait à ruisseler, la douleur était horrible mais le liquide poisseux servait de lubrifiant.

Après une bonne heure d'effort, il parvint enfin à s'extraire de son piège métallique.

La torche s'était consumée depuis longtemps et il se trouvait à présent dans le noir absolu.

Heureusement, il avait toujours sa besace et il sentait à travers la toile la présence de ses silex. Il lui suffisait juste de remettre la main sur la deuxième torche et l'allumer.

Ce petit détail lui prit un temps fou, mais enfin la lumière revint dans le couloir.

Le Medjaï ne perdit pas de temps en conjoncture. Il ramassa le plus possible de pierres et retourna vers l'ouverture du couloir des pilleurs.

En quatre voyages il réussit à entasser suffisamment de pierres pour pouvoir s'y hisser.

Il fit d'abord passer sa torche, puis, à la seule force des bras, il réussit à rejoindre la galerie. Sans prendre le temps de souffler, il reprit la torche et entama l'ascension.

– Sheriffa, Sheriffa, j'arrive, cria-t-il vers le sombre boyau qui le surplombait.

Mais aucune réponse ne lui parvint.

Le masque d'Anubis

L'incendie

Nefertous se dirigeait sans encombre vers le port. Tout ce que comptais Thèbes comme militaires et policiers convergeait vers le lieu de l'incendie et nul ne se souciait de lui dans le chaos qu'il avait déclenché.

Des chaines humaines s'étaient spontanément formées pour acheminer l'eau du Nil par jarres, plats, seaux, barriques, jusqu'aux premières maisons en flamme pour tenter d'éteindre les foyers.

Mais les maisons populaires n'étaient pas conçues pour résister aux flammes, bien au contraire. Les toits de palmes s'embrasaient à la moindre étincelle. Les charpentes en bois nus et secs ne tardaient pas à les imiter. Les murs de terre eux-mêmes prenaient feu ; la paille qui entrait dans la composition des briques finissant par s'enflammer à son tour.

La ville possédait bien un corps de pompiers mais le temps qu'ils approchent leurs lourdes citernes de sycomore, les flammes étaient déjà de la hauteur des obélisques du grand temple de Karnak.

Ils ne purent qu'assister impuissants à la destruction totale du quartier.

Fort heureusement, le vent se décida à se lever et sauva la ville sacrée. Une bonne brise repoussa l'incendie vers le Nil. Les flammes sautèrent des dernières maisons dans le fleuve mais Khnoum, le gardien du sang de l'Egypte, les étouffa une à une entre ses bras puissants.

Seules quelques felouques amarrées trop près flambèrent avant de couler.

L'aube révéla à chacun l'étendue des dégâts. Une dizaine de pâtés de maisons avaient été réduits en cendres. Partout ce n'était que mort et désolation.

Les soldats sortaient un à un les restes calcinés des habitants pris au piège dans leur demeure et alignaient sans ménagements les cadavres encore fumants au beau milieu des rues.

Bien vite la rumeur courue dans la ville. L'incendie était l'œuvre de l'assassin des vierges qui courait toujours.

Sa mort par lapidation n'avait pas réussi à l'arrêter et le monstre, sorti tout droit de l'Amdouât, était revenu se venger.

Son fantôme devait encore errer dans les rues de la capitale et une partie de la population se lança à sa recherche pendant que l'autre se réfugiait autour des temples de la ville pour implorer l'aide des dieux d'Egypte.

Nefertous, quant à lui, cherchait désespérément un moyen de quitter la ville. Tous les bateaux avaient appareillé en urgence avant qu'il n'atteigne les embarcadères.

Ceux qui étaient restés à quai avaient complètement brûlé.

Il décida d'attendre leur retour et partit à la recherche d'un endroit ou se terrer.

Il avisa une taverne encore ouverte malgré l'heure matinale et y entra.

La grande salle était encore à moitié pleine de marins en goguette et de filous aux mines plus patibulaires les unes que les autres. Tous ne parlaient que du grand incendie et du sort qu'ils réserveraient à l'incendiaire s'ils le rencontraient.

Nefertous s'installa dans la niche la plus obscure de la pièce et fit signe en direction du bar…

La marâtre qui s'approcha pour le servir lui jeta un regard en biais mais Nefertous, trop occupé à surveiller la salle enfumée ne la remarqua pas.

– Vous fermez à quelle heure d'habitude ? demanda-t-il

– On ne ferme jamais !

– Très bien, très bien.

– Mais il faut consommer pour rester !

– Une jarre de bière c'est combien.

– Pour vous tout seul ?

– Non, non, j'attends des amis.

– Combien ?

– En quoi ça vous regarde, s'énerva le meurtrier.

– Pour le nombre de coupe beau militaire, minauda-t-elle.

– Ah oui, emmenez en trois.

– Trois plus une pour vous ou juste trois ?

Le regard qu'il lui lança le dispensa de répondre. La serveuse tourna les talons et partit prestement en direction du bar.

Nefertous la suivit machinalement des yeux.

– Beaucoup trop laide pour l'offrir aux dieux, pensa-t-il subitement.

L'idée de ce gros corps paré pour son dernier voyage le fit sourire. Mais c'est un rictus de haine qui naquit sur ses lèvres quand il se remémora le corps de Shérifa. Cette pute aurait été un présent précieux pour le salut de son âme.

Le masque d'Anubis

Retour à l'air libre.

Amset avait gravi à son tour l'étroit boyau. Tout comme la doctoresse avant lui, il avait lentement progressé vers la surface à la seule force de ses jambes.

Habitué aux longues courses dans le désert, il avait sagement dosé son effort.

A chaque palier, il s'était forcé à se reposer avant d'appeler Shérifa sans succès.

Il atteignit finalement le sommet du conduit sans avoir trouvé trace de la jeune femme.

La galerie verticale rejoignait à cet endroit un tunnel beaucoup plus vaste et beaucoup mieux construit.

Le policier, prenant appui sur le sol dallé de la galerie, s'extirpa du boyau et se remis debout.

La torche à la main, il examina les alentours.

Au dessus de lui, le plafond était formé par une voute de pierres taillées reposant de loin en loin sur des piliers à moitié encastrés dans les murs de la galerie.

Le masque d'Anubis

Les parois étaient lisses, bien qu'on pu encore distinguer les traces des outils qui les avaient aplanies.

Le sol était constitué d'un dallage de pierres demi-ronde assemblées par du mortier granuleux.

Le conduit des pilleurs de tombe avait été percé en plein milieu.

Amset se trouvait face à un sacré dilemme. De quel côté partir pour retrouver Sheriffa ? A droite ou à gauche ?

Et la sortie se trouvait où ? Dans la direction qu'avait pris la jeune femme ou à l'opposée ?

Le Medjaï regarda l'extrémité de sa torche. La flamme penchait nettement vers lui, preuve qu'un courant d'air arrivait de la direction inverse.

Sans plus hésiter, il partit dans cette direction, synonyme de sortie, espérant que la doctoresse avait agit de même.

Sans s'en rendre compte, il se mit à courir dans le tunnel tout en criant le nom de la jeune femme. Mais les murs ne lui renvoyèrent que l'écho de sa voix.

Au bout de quelques minutes, il s'arrêta brusquement.

La galerie se séparait subitement en deux. Les nouveaux conduits ayant une largeur parfaitement égale.

Un reflet métallique accrocha son regard. Il se baissa et ramassa un petit objet posé au sommet d'une pierre plus proéminente que les autres.

Il reconnu une boucle d'oreille de Shérifa.

Sans hésiter, il fonça dans le couloir de droite.

Alors que le couloir précédent était haut et parfaitement rectiligne, cette nouvelle galerie était beaucoup plus basse de plafond et serpentait en tout sens.

Le Medjaï fut contraint de ralentir l'allure pour ne pas se cogner à chaque virage.

Soudain il s'immobilisa.

Un corps allongé barrait le couloir taillé dans la roche.

Amset reconnut aussitôt Sheriffa. Il allait se précipiter vers elle quand le souvenir de la herse lui traversa l'esprit…

Il avança lentement vers la jeune femme. Sa torche tendue à bout de bras, il observait avec le plus grand soin le plafond et les murs qui l'entouraient.

Soudain un sifflement lui arracha littéralement son flambeau des mains.

Le morceau de bois enflammé alla taper violement contre la paroi de gauche. Le policier tourna vivement son regard en sens inverse. Il eut à peine le temps de voir une barre métallique s'enfoncer dans le mur.

Il se baissa prudemment et tendit la main pour récupérer sa torche. Il l'attrapa par son extrémité et se jeta brusquement en arrière.

La barre métallique jaillit à nouveau du haut du mur, fouettant l'air de bas en haut puis de haut en bas avant de disparaitre encore une fois.

Amset s'approcha lentement et finit par repérer le mécanisme de déclanchement du piège.

Un fil mince comme de la soie et quasiment invisible dans l'obscurité était tendu en travers de la galerie.

Il sortit son couteau de son fourreau et coupa le lien d'une pichenette.

La barre jaillit une dernière fois du mur et s'immobilisa au centre du couloir.

Amset se pencha alors vers la jeune femme couchée sur le côté. Elle portait sur la tempe une énorme ecchymose violacée et boursouflée témoin de la violence du coup que lui avait porté la barre.

Il la retourna lentement et se pencha vers sa bouche.

Il sentit le souffle régulier de sa respiration. Elle n'était pas morte.

Il attrapa alors son sac et fouilla dedans à la recherche d'une solution pour la ranimer.

Il en sortit plusieurs petites fioles emplies de liquides aux couleurs étranges.

Il déboucha le premier et le passa sous les narines de la jeune femme sans le moindre résultat. Il essaya un à un les autres sans plus de succès. Il attrapa délicatement la mâchoire de Shérifa et entreprit de lui tapoter la joue gauche.

Mais rien à faire, elle gardait obstinément les yeux fermés. Il tapa plus fort tout en la secouant et en hurlant à plein poumon.

Enfin les yeux de la belle endormie s'entrouvrirent.

– Non mais ça ne va pas de crier comme ça ! Et arrêtes de me frapper sombre idiot, tu me fais mal ; cria-t-elle soudain.

– Excuse-moi, je ne savais pas comment te réveiller.

– Qu'est ce que je fais là ?

– Tu t'es fait avoir par un piège anti-pilleur !

La jeune femme porta la main à sa tempe et tata avec précaution la zone d'impact. Elle grimaça de douleur quand son index se posa au centre de l'ecchymose.

– Ça ne doit pas être beau à voir, dit-elle d'une petite voix.

– Ce n'est pas très joli effectivement.

Elle avisa alors son sac ouvert et les fioles dispersées sur le sol.

– Tu cherchais à m'achever ?

– Non, non, je pensais juste te réanimer avec un de tes trucs.

– Si on sort d'ici, penses à me demander des cours de médecine, eut-elle la force de plaisanter.

Elle tira le sac vers elle et entreprit de le fouiller. Elle mit enfin la main sur un petit pot de grès scellé. Elle le sortit du sac et le tendit au Medjaï.

– Passes-moi ça délicatement sur la plaie sans vouloir te commander.

Amset obéit. Il fit sauter le couvercle de cire et plongea un doigt à l'intérieur. Il le ressortit recouvert d'une épaisse pâte brunâtre qu'il entreprit de déposer sur la blessure de Sheriffa.

— Doucement, ça fait vraiment mal.

— C'est ce que je fais, mais je n'ai pas l'habitude.

— Pourtant tu m'avais l'air plutôt doué pour les caresses l'autre jour.

— Ce n'était pas tout à fait les mêmes conditions.

Il lui massa tendrement la tempe pendant plusieurs minutes avant de s'interrompre brusquement.

— Je pense qu'il y en a assez non ?

Il se redressa et tendit la main vers la jeune femme pour l'aider à se relever mais cette dernière préféra se débrouiller toute seule après avoir soigneusement remballé ses fioles et ses onguents.

Mais elle dut malgré tout s'appuyer sur le bras d'Amset un instant.

— J'ai la tête qui tourne, murmura-t-elle.

— Tu veux te rassoir un moment ?

— Non, non, ça va passer en marchant. Allons s'y, j'en ai un peu marre de ces satanés souterrains.

Le Medjaï ramassa la torche de Sheriffa et se mit en route, éclairant leur chemin de la sienne.

— Sois sur tes gardes, il y aura peut-être d'autres pièges.

Mais leur prudente progression ne fut plus interrompue, soit il n'y avait pas d'autres dispositifs de protection, soit ils étaient beaucoup trop vieux pour fonctionner encore.

La galerie qu'ils suivaient depuis un bon quart d'heure s'arrêta subitement.

Un mur de terre leur bloquait le passage.

— Oh non, un cul de sac, se désola la doctoresse.

— Non, regarde la flamme, lui répondit le policier.

— La flamme ?

— Il y a un courant d'air qui vient de là, lui expliqua-t-il en tendant sa torche sur sa gauche. Regarde, une ouverture !

Habilement dissimulé par un pilier de soutènement du plafond, elle distingua effectivement une étroite découpe dans le mur de pierres.

Amset s'y engouffra le premier, suivi comme son ombre par la jeune fille.

Ils débouchèrent dans une petite pièce aux murs teint en noir.

Sur le côté, un étroit escalier aux marches taillées dans la roche grimpait dans l'obscurité.

Les deux prisonniers de la tombe l'empruntèrent aussitôt.

Ils gravirent une cinquantaine de marche avant qu'Amset, qui ouvrait toujours la marche, ne s'arrête net.

– C'est bouché ? lui demanda Sheriffa dont le dos du Medjaï lui empêchait de voir le haut de l'escalier.

– Il y a une trappe de bois.

– Tu ne peux pas l'ouvrir ?

– Je vais essayer, tiens-moi la torche, lui dit-il en faisant passer le morceau de bois enflammé par-dessus son épaule.

La jeune femme lui prit des mains et redescendis trois marches pour lui laisser de la place.

Il tenta de soulever la pièce de bois en tendant ses bras au dessus de sa tête mais sans succès.

– C'est bloqué ? lui demanda Sheriffa.

– Je vais m'y prendre autrement.

Il s'agenouilla alors sur l'antépénultième degré et s'arcbouta contre la trappe.

Criant et gémissant, il força contre l'obstacle qui lâcha soudain. Une vive lumière envahit l'escalier tandis qu'un vacarme épouvantable se faisait entendre au dessus d'eux. Le policier se retrouva debout au beau milieu d'un groupe de soldats qui contemplait, effaré, la table renversée sur laquelle il y avait encore dix secondes, s'étalait leur repas.

Soudain, un des convives reconnut l'apparition.

– Mon lieutenant, qu'est ce que vous faites là ?

Sur le fleuve

Nefertous ; l'œil toujours aux aguets, vidait lentement sa coupe de bière. Bientôt une heure qu'il était rentré dans cette taverne à la recherche d'un abri provisoire.

Au dehors régnait encore une grande agitation. Les marins désœuvrés regardaient flotter les restes encore fumants de leurs embarcations. Les propriétaires des chalands, alertés par la rumeur, débarquaient les uns après les autres pour constater les dégâts.

– Qu'ai je donc fait à Hâpy ? Mes deux bateaux ont brulé entièrement ! Se lamentait un marchand, gras comme une outre, assis sur une bite d'amarrage

– Non seulement ma flotte entière a sombré mais la cargaison n'était même pas déchargée, je suis ruiné, je suis fini, monologuait un autre à quelque pas de là.

– Je ne vois pas le mien, il était pourtant amarré là hier soir, vous ne l'auriez pas vu ? Une felouque de vingt coudées aux armes d'Anubis, ça ne disparait pas sans laisser de trace ? Interrogeait un troisième de petite taille.

– Je l'ai vu ta barcasse, lui cria un passant, tes marins ont réussi à prendre le large avant que l'incendie n'atteigne le port.

– Qu'Hâpy et Anubis soit loués, c'était toute ma fortune.

– Tiens, la voilà qui revient ! Ajouta un marin. Perché sur les restes d'une charrette à bras, il scrutait le fleuve à la recherche de son propre bateau.

– Descends de là mon gaillard, je t'offre à boire pour fêter ma bonne fortune.

Le marin ne se le fit pas répéter deux fois, il sauta prestement de sa vigie improvisée et suivit l'armateur à l'intérieur de la taverne.

– Aubergiste, deux coupes de ta meilleure bière pour mon nouvel ami et moi. Je me voyais mort et celui-ci m'a sauvé. Mon beau bateau n'a ni coulé ni brûlé et le voici qui revient intact. Buvons, amis !

Le marin vida sa coupe en un instant, salua l'heureux homme et ressortit, toujours en quête de sa propre embarcation.

L'armateur, rassuré sur son sort savourait sa bière, accoudé au bar, tout en souriant bêtement.

Nefertous profita de l'absence de la serveuse et de la salle vide pour s'en approcher.

– J'ai entendu malgré moi que les dieux t'étaient favorables, lui dit-il de but en blanc.

– Ça, on peut le dire.

– Je peux t'aider à les remercier.

– Non, non, je m'en chargerais moi-même, lui répondit en souriant le petit homme.

– Je m'exprime mal mon ami. Je n'ai aucun doute sur ta dévotion et je ne propose pas de te remplacer mais bel et bien d'aider les dieux ou du moins un de leurs représentants sur terre.

– Je ne comprends pas !

– Ne t'en fais pas, je vais tout t'expliquer. Je m'appelle Toutanhptah et je suis prêtre honoraire au temple d'Anubis. Je devais me rendre de toute urgence à Pi-Ramsès pour une affaire sacrée, mais le bateau qui devait m'y mener a brulé cette nuit.

– Prêtre du temple d'Anubis, quelle coïncidence extraordinaire, Connais-tu le nom de mon bateau ? Il s'appelle gloire d'Anubis.

– Quelle coïncidence ? Crois-tu vraiment que les dieux jouent au Senet ?

– Mais…

– C'est un signe, tu dois me faire conduire à Pi-Ramsès

– Mais…

– Ne t'en fais pas, le temple te payera le prix que tu voudras pour la course. N'aie aucune inquiétude, le domaine du dieu regorge d'or. Prends déjà cet acompte insista le tueur en déposant dans la main de l'armateur une chevalière en électrum.

Le bijou d'excellente facture représentait le dieu des cimetières sous sa forme canine.

– Si c'est la volonté des dieux, je suis bien forcé de m'incliner lui répondit-il après avoir longuement examiné la bague. Il la fit prestement disparaitre dans la pochette de cuir qui pendait à son cou et se dirigea vers la sortie.

Nefertous lui emboîta le pas et ils se retrouvèrent tout les deux sur le quai à l'instant précis ou la gloire d'Anubis y accostait.

La gloire était déjà ancienne, le bâtiment ne payait vraiment pas de mine et avait dû vraisemblablement être mis à flot lors du règne du grand père de Kheops.

Seule une inscription aux trois quarts effacée et les restes d'un dessin naïf sur les flancs faisait encore allusion au maître des cimetières.

– Patron, patron, nous avons sauvé votre bateau, Cria le capitaine en apercevant le petit homme grassouillet.

— Merci mes amis, mille mercis mais les affaires reprennent. Il faut que vous conduisiez sans attendre ce prêtre jusqu'à Pi-Ramsès.

— Mais patron, nous n'avons pas dormi de la nuit !

— Vous dormirez là-bas, le temps que je vous trouve une cargaison pour le retour. Anubis a protégé mon bien et votre travail, vous pouvez bien le remercier.

— Bien patron, fini par répondre le capitaine. Tout le monde aux postes de manœuvre, nous appareillons.

A cet ordre, Nefertous sauta à bord où il se reçu en souplesse sur le pont de jonc tressé.

— Vous avez le pied marin pour un moine lui fit remarquer le capitaine.

— Je n'en suis pas à mon premier voyage, lui répondit glacialement le tueur. Montrez-moi plutôt ma cabine au lieu de faire des commentaires déplacés.

— Votre cabine ? S'étouffa le seul maître à bord après une ribambelle de dieux, vous vous croyez sur une galère royale peut-être ? Allez-vous installer à l'avant sur les cordages, ça vous évitera de nous gêner pendant les manœuvres.

Pendant cet échange, les marins avaient repoussé l'embarcation vers le large en s'aidant de longues perches de bois. Les rameurs s'étaient assis à leur place et plongeaient en cadence l'extrémité de leur rame dans l'eau limpide du Nil.

— Vous ne vous servez pas de votre voile ? demanda le tueur à un marin occupé à enrouler une corde de lin.

— Le vent ne nous est pas favorable pour l'instant mais plus loin le fleuve fait un coude vers l'est et nous pourrons tirer des bords.

— Bien sûr, bien sûr, marmonna Nefertous qui n'avait visiblement rien compris à la réponse, nous pourrons tirer des bords.

Encore raté.

Amset gravit les derniers degrés de l'escalier et jeta au loin le lourd couvercle de bois qu'il tenait toujours. Sheriffa le suivit de près et fut dehors avant que la poussière décollée par le Medjaï eût fini de retomber.

– Où sommes-nous ? s'enquit-il en s'adressant à un grand gaillard qui portait au cou l'insigne de sergent de la garde et qui venait de s'adresser à lui.

– Vous êtes à la capitainerie du port, mon lieutenant.

– C'est-il passer quelque chose de bizarre pendant cette nuit ?

– De bizarre ? Vous en avez de bonne, la totalité du quartier a brûlé ! Vous n'êtes pas au courant ?

– On est sous terre depuis hier soir, quelle heure est-il au fait ?

– Le soleil c'est levé depuis longtemps.

– Nefertous a dû profiter de l'incendie pour quitter la ville.

– Ça m'étonnerait ; votre adjoint a fait fermer les portes de Thèbes. Même moi, j'ai eu un mal fou à passer les barrages, le contredit un des convives qui était en train de ramasser son tabouret.

— Et par le fleuve ?

— Tous les bateaux qui n'ont pas brûlé ont levé l'encre dès le début de l'incendie.

— Et celui là ? demanda soudainement Sheriffa qui s'était approchée d'une fenêtre donnant sur le Nil.

Amset se précipita vers l'ouverture et regarda la felouque qui remontait lentement le fleuve dans leur direction. Au même instant un homme se redressa à l'avant du navire et se tourna vers la berge.

— Il est là ! Arrêtez ce navire immédiatement ! Hurla le policier en pointant un doigt rageur vers la silhouette se tenant à la proue.

Les militaires ne se le firent pas dire deux fois et sortirent en trombe de la salle, Amset et Sheriffa sur leurs talons. Ils descendirent les marches quatre à quatre, prenant à peine le temps de récupérer leurs armes déposées dans le hall d'entrée.

La sortie du bâtiment ne donnait pas directement sur le port mais dans une ruelle adjacente encore encombrée de gravats. Ils perdirent un temps précieux à les escalader ou les contourner.

Lorsqu'ils débouchèrent enfin sur le quai, la felouque était déjà loin.

Amset en tête, ils coururent à sa poursuite, slalomant entre les débris et les passants désœuvrés tout en criant le plus fort possible pour attirer l'attention des marins en train de manœuvrer pour gagner le centre du fleuve.

Ils arrivèrent au bout du quai sans avoir réussis à les alerter. Amset, vert de rage, s'apprêtait à plonger pour nager à leur poursuite mais le sergent le retint par le bras.

— Il y a trop de courant et ils ont trop d'avance. Vous n'allez réussir qu'à vous noyer.

Amset lui jeta un regard noir mais dû se rendre à l'évidence. L'assassin était en train de lui échapper.

– Où puis-je trouver un bateau rapide ?

– Les navires de la police fluviale sont au fond de l'eau, malheureusement, lui répondit le sergent en le lâchant.

– Il doit rester la barque des douanes mon lieutenant, le coupa un soldat en train de reprendre son souffle mains sur les genoux.

– Où est-elle ?

– Un peu plus haut sur le fleuve, au niveau de l'île des hippopotames.

– Conduis-moi s'y sur le champ.

– Conduis-nous s'y, le reprit Sheriffa, je viens aussi.

– C'est hors de question.

– C'est tout vu, nous n'avons pas le temps de discuter. Allez soldat, montrez-nous la route.

– C'est par ici, lui répondit-il en s'élançant au petit trot sur la berge accidentée qui faisait suite au quai.

Sheriffa lui emboita aussitôt le pas. Amset l'imita après avoir lancé quelques ordres.

– Cinq hommes avec moi ! Sergent, prévenez la maison des Medjaïs que nous partons à la poursuite du vrai momificateur. Essayez de trouver un bateau rapide et des archers pour nous prêter main forte.

Le petit groupe partit à vive allure au milieu des roseaux et des bouquets de papyrus. Amset dû sprinter pour revenir sur Sheriffa qui courait avec l'élégance d'une gazelle. Malgré l'effort et la tension de la poursuite, le Medjaï ne pouvait s'empêcher d'être fasciné par la courbe de ses fesses.

Quel cul de déesse, par Isis, quel cul, pensa-t-il tout le long du sentier.

Au bout d'un quart d'heure de course, le soldat de tête ralentit et s'exclama :

– C'est là, la barque des douanes est cachée dans ces roseaux.

Sans attendre, il sauta dans l'eau et se dirigea sans hésitation vers un bouquet de cannes plus touffu que les autres. Ecartant les branches, il dégagea une barque de papyrus tressé bien cachée au milieu des joncs. Il retira prestement l'amarre qui la retenait à terre et sauta à bord, bien vite rejoint par le reste de la troupe.

— Sheriffa, je t'en conjure, reste ici et laisse-moi m'occuper de ce monstre, tenta une nouvelle fois Amset en enjambant le rebord de l'embarcation.

— Hors de question !

— Bien, toi là, reste ici pour attendre le sergent et ses renforts, vous autres, attrapez les rames et souquez ferme. Et toi, tu sais barrer ?

Moins d'une minute plus tard la fine barque fendait déjà les flots du Nil à la poursuite de la felouque qui emportait le meurtrier loin de ses victimes.

— Si le vent ne se lève pas, nous aurons vite fait de les rejoindre, promit le soldat qui les avait guidés jusqu'à leur embarcation. Ces bateaux de commerce sont de vraies limaces à la rame.

— Et s'il se lève ? demanda la doctoresse.

— S'il se lève, ils mettront la voile et nous n'aurons plus aucune chance de les revoir avant la grande verte.

— Prions Amon qu'il nous soit favorable alors.

A partir de cet instant la navigation se poursuivit sans qu'une parole ne soit prononcée. Seul le bruit régulier des rames entrant dans l'eau se faisait entendre.

Un vol de hérons décollait parfois de la rive à leur approche. Quelques Ibis curieux les accompagnèrent pendant quelques centaines de coudés, prenant bien garde de rester à bonne distance.

Des canards apeurés s'enfuyaient devant eux, redoutant d'être la cible de bâton de jet.

De loin en loin, un sombre ondulement entre les roseaux suivit de la chute bruyante d'une masse dans l'eau trahissait la présence d'un crocodile en chasse.

Les rameurs redoublaient d'effort pour lutter contre le courant mais le fleuve que scrutait fiévreusement Sheriffa postée à l'avant de la barque, restait désespérément vide.

Enfin, au détour d'un méandre du grand corps liquide, elle aperçut la poupe de leur proie.

— Le voilà, cria-t-elle.

A ces mots, les rameurs accélérèrent encore la cadence.

Peu à peu la distance séparant les deux esquifs diminuait. L'arrière de la felouque paraissait toujours plus proche après le passage d'un coude du fleuve.

— Encore un effort, nous les tenons ! Les encourageait Amset.

Mais la fatigue commençait à se faire sentir. Les bras étaient lourds, les muscles brûlants. Les mains se raidissaient sur l'embout des rames. A moins qu'on ne les ait repérés sur l'autre navire...

Pendant un temps infini l'écart sembla se stabiliser, puis lentement il s'agrandit.

— Plus vite, plus vite, ils vont nous échapper.

— On est à bloc chef. On n'en peut plus

— Pousses-toi de là alors ! Sheriffa, fais comme moi ! Remplace un rameur.

Joignant le geste à la parole, il arracha une rame des mains du soldat le plus proche de lui et s'assit à sa place, faisant tanguer la frêle embarcation au risque de la faire chavirer.

La doctoresse fit de même avec plus de délicatesse. Les deux marins exténués se calèrent comme ils purent au fond de la barque et la poursuite, un instant stoppée, reprit de plus belle.

L'écart sembla de nouveau se réduire.

Après un quart d'heure, Amset demanda aux soldats d'échanger leur place avec ceux qui se reposaient. Puis de le refaire quelques temps après.

Cette nouvelle technique semblait donner de meilleurs résultats. L'arrière de la felouque ne leur avait jamais semblé aussi proche.

Mais soudain de lourds nuages apparurent à l'horizon. Sur les berges, les bouquets de roseaux s'agitaient en tout sens. Le vent, lentement, se levait. Et malheureusement pour eux, c'était le vent du désert. Le vent du pays de Koush qui soufflait toujours vers le delta et aidait les lourds cargos à remonter vers Memphis les richesses de la Nubie.

A leur grand désespoir ils aperçurent une grande voile blanche grimper le long du mat du navire de commerce à l'assaut du ciel.

La toile de lin claqua dans le vent et se gonfla profondément. La felouque accéléra aussitôt et les distança facilement.

Après deux nouveaux virages, ils étaient de nouveaux seuls sur le fleuve.

Nuit égyptienne.

Amset lâcha la rame qu'il tenait d'un mouvement rageur. Le soldat qui lui faisait face la rattrapa in extremis avant qu'elle ne tombe à l'eau.

– Si même Amon vient à son aide, nous ne le rattraperons jamais, s'emporta-t-il en donnant un coup de pied dans le banc de nage.

La barque tangua fortement sous sa colère et un des marins faillit passer par-dessus bord. Il évita le bain forcé mais tomba lourdement sur l'anneau de bronze maintenant sa rame en placc.

Il hurla de douleur.

Son cri dérangea une colonie d'ibis qui faisait la sieste dans les roseaux de la berge. Ils s'envolèrent tous dans un grand fracas d'ailes et poussés par le vent, prirent à leur tour la direction du delta.

Une famille de canards, cachée au même endroit émergea du fouillis de la rive et se mit à descendre le courant, maman devant, les jeunes derrière, tout ce beau monde cancanant à tue tête comme pour montrer leur réprobation vis-à-vis de ces empêcheurs de dormir en rond qui se croyaient malins d'hurler en plein milieu du fleuve.

Des deux côtés du cours d'eau, s'élevait maintenant un véritable tintamarre. Toute la faune du coin semblait en vouloir aux humains de passage.

Même les crocodiles ouvrirent un œil, certains allant jusqu'à plonger dans l'eau au cas où l'un des mécontents accepte de se transformer en collation.

— Le vent se lève aussi pour les renforts. Ce n'est pas la peine de nous faire couler pour autant, dit Sheriffa tout en examinant le marin blessé.

— Et toi ce n'est pas non plus la peine d'hurler comme ça pour une simple égratignure, ajouta-t-elle à l'intention du soldat qui se massait ostensiblement la pommette, on dirait une pleureuse d'Isis.

Le soldat vexé cessa de geindre et reprit sa rame en main.

La barque reprit sa progression à faible allure. L'après-midi fila et céda lentement la place au crépuscule sans que le vent ne baisse.
Amset, qui observait les rives depuis un moment, ordonna soudain à ses rameurs de virer de bord pour rejoindre la rive la plus proche.

Leur embarcation s'échoua sur une plage de sable abritée par des palmiers. Tous ses occupants sautèrent prestement à terre et la tirèrent au sec.

Tout le monde se laissa alors tomber dans le sable pour s'accorder un repos bien mérité.

Repos de courte durée car le Medjaï sentant le sommeil le gagner se releva d'un bond et donna ses ordres pour organiser le campement. Deux hommes furent désignés pour tenter de tuer quelques canards. Deux autres durent entamer l'escalade des palmiers pour cueillir les chapelets de dattes bien mures qui ornaient leur sommet.

Le reste de la troupe s'occupa de ramasser du bois et des pierres pour confectionner le grand feu qui leur servirait de foyer pour cuisiner et éloignerait d'eux les bêtes sauvages du désert.

La nuit tombait rapidement et tout le monde s'activait pour la battre de vitesse.

Les chasseurs de canard rentrèrent les derniers. En guise de volatile, ils n'avaient réussi à tuer qu'un couple de ragondins et un rat musqué.

Les rongeurs furent rapidement dépecés et empalés sur des cannes pour être rôti au dessus des flammes. Sheriffa fouilla dans son sac à malice et en sorti des herbes séchées et finement broyées qu'elle saupoudra sur le menu.

– Qu'est que vous mettez donc sur notre repas madame ? lui demanda poliment un des marins.

– C'est un mélange d'herbes aromatiques venant de l'autre côté de la grande verte. Cela devrait chasser le gout de vase de ces bestioles.

Le gibier, une fois cuit à point, fut partagé en parst égales et chacun pu constater l'efficacité des herbes de la doctoresse.

– Comment s'appellent donc ses plantes magiques ? Lui demanda Amset tout en se léchant les doigts dégoulinant de graisse.

– Du thym et du romarin.

– Tu devrais en vendre aux cuisines du palais royal, tu ferais fortune avec ça.

– Malheureusement le voyage jusqu'aux pays où poussent ces plantes est long et périlleux. Il faudrait les acclimater et les faire pousser ici mais pour le moment je n'ai pas réussi à me procurer des graines.

– Tu finiras bien par y arriver.

– Si Amon le veut, lui répondit-elle en croquant dans une datte mûre à point. Si Amon le veut.

Peu à peu les conversations des soldats autour d'eux baissèrent lentement puis se turent complètement. Tous s'étaient installés le plus confortablement possible pour passer la nuit et quelques ronflements discrets se firent entendre.

Au dessus d'eux, Nout s'étendit de tout son long et les multiples joyaux qui ornaient sa robe se mirent à briller de mille feux.

Accroché en plein milieu du céleste vêtement, Aah-te-Hut [8] formé un cercle parfait et sa douce lumière nimbait le fleuve d'or.

Au fur et à mesure que le silence se faisait dans les rangs humains, le vacarme montait d'autant chez les habitants de la rive.

Des millions de grillons semblaient s'être donné rendez-vous sur cette plage pour un gigantesque concert au clair de lune.

Du Nil lui-même, montaient les chants d'une immense chorale de grenouilles.

Les danseurs étaient eux aussi de la partie : papillons de nuit, moustiques et taons formaient de folles sarabandes au dessus des flammes. Des chauves-souris, attirées par leur présence passaient en vrombissant en plein milieu.

Au loin sur le fleuve on entendait aussi les meuglements des hippopotames dérangés par le vacarme et venant du désert tout proche, les hurlements des hyènes et des chacals saluant la lune, leur maîtresse.

Amset et Sheriffa finirent eux-aussi par s'endormir dans les bras l'un de l'autre.

Sous leurs pieds, Amon luttait farouchement contre les monstres de la nuit comme il l'avait toujours fait depuis que le monde existe.

---

[8] Dieu mineur de la mythologie égyptienne symbolisant la lune.

Nouvelle journée de poursuite

L'aube se leva enfin. Rê, une nouvelle fois triomphant, entama sa longue course dans le ciel.

La nuit lutta farouchement mais, peu à peu, les rayons du soleil chassèrent l'obscurité. Les insectes nocturnes rentrèrent se cacher dans leurs nids et le silence revint enfin, à peine troublé par le lent balancement des feuilles de palmier qu'un faible courant d'air agitait.

Amset se réveilla le premier. Il réussit à s'extraire de la douce prison que formaient les bras de Sheriffa autour de son corps. Il se dirigea vers la rive et entra silencieusement dans le fleuve. Il fit quelques brasses puis plongea vers le fond. Il s'accrocha à un rocher affleurant la vase et resta immobile jusqu'à ce que ses poumons demandent grâce. Il remonta alors à la surface d'un coup de pied rageur et rejoignit la plage d'un crawl puissant.

Les soldats et Sheriffa s'éveillaient peu à peu, le Medjaï se chargeant sans ménagement des plus gros dormeurs.

Soudain Amset se figea. Une mince colonne de fumée montait par-dessus le bouquet de palmiers qui bordait la plage.

— Ils sont juste là ! Le Nil doit faire une boucle et ils se sont arrêtés pour la nuit. Les meilleurs coureurs avec moi, nous allons les cueillir au saut du lit.

— Et la barque ? lui demanda Sheriffa.

— Tu la prends avec trois hommes et vous passez par le fleuve. Vous nous rejoindrez là-bas si par malheur ils nous échappent encore.

— Comme tu voudras.

— Assez palabré, en route !

— Mais chef, on n'a même pas déjeuné !

Le regard noir que lui lança Amset fit baisser les yeux du soldat.

— Prenez les dattes qui restent, vous pourrez les manger en chemin ! suggéra la doctoresse.

Les hommes ne se firent pas prier et la petite troupe partit rapidement dans la direction du panache de fumée.

Sheriffa prit le temps de refaire le plein de dattes avant d'aider les soldats à remettre la barque à l'eau. Seulement propulsée par quatre paires de bras, l'embarcation peinait à remonter le courant et s'éloigna lentement de la petite plage.

Amset avait avalé rapidement sa portion de datte et montait la pente abrupte le plus rapidement possible.

En quelques minutes, il se retrouva sur le plateau rocheux qui surplombait le Nil. Tout en attendant patiemment que le reste de sa troupe le rejoigne, il observait l'horizon.

Le mince panache de fumée, marquant l'emplacement du bateau qu'il poursuivait, montait toujours dans le ciel sans qu'il puisse en distinguer l'origine. En se retournant il vit l'esquif de Sheriffa tout en bas qui s'éloignait lentement.

Le dernier soldat les ayant enfin rejoints, il donna le signal du départ et partit en courant, adoptant instinctivement la foulée des chasseurs du pays de Koush.

Le plateau rocheux céda rapidement la place au sable du désert. La température monta rapidement, ralentissant d'autant leur progression, au fur et à mesure que Rê effectuait son ascension quotidienne de la voute céleste.

Le sable brûlant se logeait sans arrêt entre la plante des pieds et la semelle de leur sandale. Les rayons aveuglants du soleil leur faisaient plisser les yeux. L'astre royal semblait prendre plaisir à darder ses milliers de bras vers eux. La chaleur étouffante du désert transformait peu à peu leur gorge en un puits à sec. Même le vent du sud soufflait en rafale et criblait leur corps de grains de sable. Aucun de ces éléments naturels ne réussit à faire cesser leur progression.

Le souffle court, Amset atteignit le premier l'extrémité du plateau. Il se pencha et aperçut le bateau qu'ils poursuivaient depuis la veille. Il était encore à l'ancre mais l'équipage s'affairait tout autour, se préparant au départ. Sur le pont arrière, une silhouette blanche scrutait l'horizon d'une manière anxieuse.

– C'est lui ! Cria instinctivement le Medjaï lorsque l'homme tourna son regard vers le haut de la falaise qui surplombait la plage. La silhouette tressaillit. Lui aussi venait d'apercevoir ses poursuivants.

Amset se mit sans tarder à la recherche d'un chemin permettant de descendre vers la rive, mais la roche semblait d'un seul tenant. Il sépara son groupe en deux et tous reprirent leur course en sens opposé.

Il fallut presque une demi-heure au policier pour enfin trouver un chemin escarpé descendant vers le fleuve. Il s'y engagea résolument, ses hommes sur ses talons. La descente était abrupte, le chemin à peine assez large pour eux. A plusieurs reprises, ils furent obligés de se mettre dos à la paroi et de progresser en crabe, risquant à chaque pas de dégringoler en bas de la falaise où les attendaient un amoncellement de roche des plus menaçantes.

Au bout d'une nouvelle demi-heure, le chemin s'élargit et la pente se fit plus douce. Le Medjaï accéléra l'allure, traversant les bouquets de palmiers dattiers comme un projectile.

Il déboucha enfin sur la fine bande de sable qui formait la rive du Nil et se précipita vers l'endroit où avait accosté le cargo mais seul un crocodile indolent l'attendait.

La felouque avait déjà repris sa progression vers Pi-Ramsès.

De dépit, Amset se jeta à genoux, maudissant Seth pour l'aide qu'il apportait au fuyard.

Un de ses hommes s'accroupit à côté de lui et lui mit la main sur l'épaule.

— Vous ne devriez pas insulter le seigneur des ténèbres, vous allez attirer ses créatures, lui dit-il.

— Sornettes que tout ça, les seules créatures dangereuses ici sont les crocodiles et les hyènes, répondit le policier en se relevant. Nous n'avons plus qu'à attendre Sheriffa et la barque. Reposez-vous un peu et allez donc chercher ensuite de quoi manger, la journée va être longue.

Plus en aval sur le fleuve, Sheriffa et ses trois compagnons se battaient courageusement contre le courant mais leur progression restait des plus modestes. Rejoindre Amset et le reste de la troupe allait leur prendre une bonne partie de la journée.

Le Medjaï tournait en rond sur la plage. Le soleil était presque au zénith et toujours aucune trace de la barque. Ses hommes, après avoir fait la cueillette de dattes, péché quelques poissons et même capturé un couple de canards, somnolaient à l'ombre des palmiers.

La chaleur devenait suffocante. Heureusement qu'ils pouvaient compter sur la relative fraîcheur du fleuve. L'un après l'autre, ils se déshabillaient entièrement et allaient nager paresseusement au milieu des nénuphars et des jacinthes d'eau.

Seul Amset restait debout, observant imperturbable le coude du fleuve au-delà duquel devait apparaitre Sheriffa et sa frêle embarcation.

Le masque d'Anubis

Renforts

Ce n'est pas une barque qui déboucha soudain de derrière la colline qui bouchait l'horizon mais une galère de guerre.

Le bâtiment militaire était aussi équipé d'une large voile carrée qui augmentait encore sa vitesse maximale.

Amset fit de grands gestes en direction de l'embarcation.

Presque immédiatement le navire affala sa toile et bifurqua vers la rive.

— Tout le monde à l'eau, on monte en marche, hurla le Medjaï qui était déjà en train de nager.

En quelques minutes il atteignit la galère qui courait sur son erre. Un des marins lui jeta un filin qu'il s'empressa d'empoigner. Cinq secondes de plus et il était sur le pont face à Sheriffa !

— Tu en as mis du temps ! S'exclama-t-il en souriant.

Mais avant qu'elle n'ait eu le temps de lui répondre, il se penchait au bastingage pour exhorter ses hommes à accélérer la manœuvre. Il les aida un à un à monter à bord. Le dernier s'accrochait juste au bout qu'il se retournait déjà vers le capitaine pour lui crier :

— Tous le monde est là, vous pouvez repartir !

Le commandant fit un signe au tambour. Ce dernier commença à frapper en cadence sur les peaux de ses instruments. Les rameurs cessèrent leurs bavardages. Ils saisirent à nouveau leurs lourdes rames et les manœuvrèrent en cadence.

Lentement le lourd navire rejoignit le centre du fleuve et reprit de la vitesse. La voile fut de nouveau hissée et le vent du Sud la gonfla au maximum. La chasse reprenait enfin.

— Combien a-t-il d'avance sur nous ? Demanda Sheriffa au Medjaï qui scrutait le fleuve depuis la plateforme avant.

— Au moins quatre heures, si ce n'est plus.

— Et combien de temps va-t-il falloir pour le rattraper ?

— Beaucoup plus et certainement pas avant la tombée de la nuit.

— On a le temps de se reposer un peu alors ? Questionna la jeune femme en enroulant les bras autour de son cou.

— Ce serait avec plaisir, lui répondit-il.

Il échappa pourtant à son étreinte et ajouta :

— Va t'allonger dans la tente du capitaine, il faut que je continue la veille.

— Mais pourquoi ?

– Il ne faudrait pas qu'il vienne à l'idée de ce monstre de quitter le navire en cours de route. Je dois absolument surveiller les berges.

Devant la grimace qui se dessinait sur le visage de la doctoresse il rajouta :

– Je te promets de me reposer à la nuit tombée. Va maintenant.

Elle déposa un rapide baiser sur ses lèvres et s'éloigna aussitôt. Amset fixa son dos jusqu'à ce qu'elle disparaisse dans la tente dressée sur le pont pour le repos du capitaine. Il avait toujours du mal à croire à sa chance, comment une fille aussi splendide et intelligente que Sheriffa pouvait se contenter d'un policier comme lui. Athor était décidément une déesse pleine de surprises.

Aton monta jusqu'au zénith puis entama sa longue descente vers l'entrée des enfers. Il darda ses rayons une dernière fois avant de disparaitre à l'autre bout du monde. Le ciel rougit puis devint écarlate, souillé par le sang des monstres qui rodaient dans l'ombre et que l'astre resplendissant taillait en pièce pour s'ouvrir un passage vers la première porte de la nuit.

Amset quitta son observatoire. Le crépuscule noyait les berges dans une ombre épaisse, rendant vains tous espoirs d'apercevoir un indice. Il rejoignit le capitaine à l'arrière.

Ce dernier, confortablement installé sur un tapis, mangeait un plat de canard froid en compagnie de Sheriffa.

– Asseyez-vous mon ami et servez-vous. La viande est froide mais délicieuse, heureusement nous n'allons pas tarder à aborder. Nous pourrons faire du feu tout à notre aise.

– Ne pourrions-nous pas continuer dans le noir ? La lune est presque pleine.

– Le règlement de la marine royale est formel : Interdiction de naviguer après la première heure de la nuit !

– Cela nous laisse donc encore un peu de marge. Insista le policier.

– Hors de question !

— Bien, vous êtes maître à bord. Par contre, rajouta-t-il, à terre c'est moi qui décide. Interdiction formelle de faire du feu !

— Mais pourquoi donc ? S'étrangla le marin qui venait d'avaler de travers.

— Je ne veux pas que l'homme que nous poursuivons sache que nous sommes encore à ses trousses. Pas de chants ni de musique non plus. D'ailleurs le plus simple c'est que tout le monde reste à bord cette nuit. Nous repartirons plus vite demain matin.

— Les hommes ne vont pas apprécier, prédit le capitaine.

— Ils auront tout le temps de se reposer quand nous aurons coincé ce monstre. Maintenant veuillez nous excuser, nous allons nous coucher. Et encore merci pour votre tente.

Le commandant de la galère grogna un vague bonne nuit et partit donner ses ordres pour la nuit.

Sheriffa et Amset se glissèrent sous la toile de lin et s'allongèrent sur un pagne d'osier finement tressé. La jeune femme se blottit contre le corps du Medjaï. Ses mains partirent en exploration, caressant tendrement son torse. Un léger ronflement vint soudain interrompre le ballet de ses doigts. Le policier s'était endormi…

La jeune femme se dressa à demi sur son coude pour le regarder dormir. Elle s'arracha à sa contemplation, l'embrassa sur la joue puis se blottit contre son dos et chercha, elle aussi, le sommeil.

Il ne fut pas bien long à venir, la journée avait été épuisante.

L'halali

L'aube n'était encore qu'une vague lueur sur l'horizon lorsqu'Amset se réveilla. Il repoussa délicatement le bras de Sheriffa et se leva. Il quitta la tente sans le moindre bruit et se dirigea vers l'arrière du bateau où le capitaine dormait du sommeil du juste, confortablement installé sur une natte de jonc, un rouleau de cordage lui servant d'oreiller. Il ronflait comme un bienheureux, un mince filet de bave s'échappant de sa bouche grande ouverte.

Le policier le secoua sans ménagement.

Le marin eut du mal à reprendre ses esprits.

– Par Hâpy, ce n'est pas l'heure de mettre un marin debout ! Maugréât-il en se redressant avec difficulté. Vous n'avez aucune pitié pour mes rhumatismes.

– Le meurtrier que nous poursuivons n'a eu aucune pitié pour ses victimes. Elles, elles en sont mortes ! Alors tant pis pour votre dos.

– Réveillez votre équipage, il est temps de reprendre la chasse. Rajouta-t-il en se dirigeant d'un pas décidé vers l'avant.

Le capitaine ne se le fit pas dire deux fois. Il empoigna la trompe qui était posée sur le sol à côté de lui et souffla dedans.

L'équipage se réveilla aussitôt et courut aux postes de combat. L'ancre fut remontée à bord, les lourdes rames se mirent en position, les marins chargés de la voilure se regroupèrent autour du mat, empoignant les cordages.

Le tambour se plaça devant ses instruments et leva vers le ciel ses maillets. Un bref regard vers le capitaine et il commença à frapper ses peaux en cadence.

Le lourd navire de guerre, luttant contre le courant resta quelques secondes immobile puis la force humaine prit le dessus sur la puissance du fleuve et l'embarcation rejoignit le centre du cours d'eau et s'éloigna dans l'aube naissante.

Sheriffa, dérangée par toute cette agitation, choisit ce moment pour sortir de la tente. Elle remonta à son tour vers la proue de la galère. Elle prit tendrement la main d'Amset dans la sienne et tous deux, silencieux et immobiles, assistèrent au miracle journalier du lever du jour.

Le soleil semblait émerger du Nil lui-même, transformant le cours d'eau en une immense route dorée prenant sa source en son centre. Le spectacle était majestueux. Même les marins, pourtant habitués, l'observaient eux aussi respectueusement.

Le fleuve changea soudain de direction. Le navire vira de bord pour négocier le virage et le charme fut rompu. La journée commençait pour de bon.

Sheriffa et Amset s'étaient relayés pour aller avaler en vitesse un petit déjeuner frugal composé de dattes et de quelques oignons séchés. Le navire avait pris depuis longtemps sa vitesse de croisière. La voile avait été dressée au premier souffle de vent et soulageait d'autant les rameurs dans leur travail. Les virages succédaient aux virages sans nulle trace du navire qu'il poursuivait.

Les heures défilèrent lentement, à peine rythmées par l'envol des innombrables oiseaux que leur passage dérangeait.

Soudain au détour d'un nouveau méandre, Amset se figea.

– Le voilà ! Accélérez la cadence vite ! Hurla-t-il en se précipitant vers la proue.

– Cadence d'attaque ! Ordonna le capitaine.

Le vol des maillets s'accéléra peu à peu. La galère atteignit rapidement sa vitesse maximale.

–Les archers en position ! Fantassin préparez-vous pour l'abordage !

Un désordre indescriptible régna pendant une minute sur le pont. Amset l'observait atterré. Mais la désorganisation n'était qu'apparente et tous les hommes se retrouvèrent rapidement prêts pour l'attaque.

Plus loin devant eux, le lourd cargo continuait lentement sa route. Hormis l'homme de barre, bien visible malgré la distance qui séparait encore les deux embarcations, le pont semblait désert.

La galère royale fendait l'eau du Nil comme jamais. Le martellement des maillets sur les tambours continuait pourtant à accélérer la cadence. La lourde voile claquait au vent et les rames faisaient un bruit d'enfer en touchant la surface du fleuve avant d'en rejaillir dans un tonnerre d'écume.

Le bruit finit par atteindre le timonier du cargo qui se retourna vers eux et se figea, bouche bée, devant le spectacle qui s'offrait à lui. Il resta ainsi immobile une longue minute avant de se décider à réagir. Amset le vit quitter son poste et se diriger vers l'avant du navire.

Mais déjà le capitaine donnait ses ordres pour l'abordage. Les tambours d'attaque se turent soudainement, entraînant la rentrée des rames à l'intérieur du bâtiment. La voile fut affalée tout aussi rapidement et c'est en courant sur son erre que la galère se porta à la hauteur du cargo.

Les grappins furent lancés avec précision et en moins d'une minute les deux navires n'en faisaient plus qu'un. Les premiers soldats étaient déjà à bord du cargo, Amset sur leurs talons.

Le timonier ressortit de la cale sur ces entrefaites suivis d'un homme âgé au crâne complètement chauve à l'exception notable d'un épi de cheveux blancs au dessus de son oreille gauche.

— Mais que se passe-t-il donc ? Demanda-t-il d'une voix geignarde. Ma cargaison est parfaitement en règle.

— C'est votre passager qui nous intéresse, le coupa Amset impatient.

— Mon passager ? Pourquoi donc un prêtre du domaine d'Anubis intéresserait la police du fleuve ?

— Ne pose pas de question et conduit moi à lui.

— Que je vous conduise à lui, comme si je n'avais que ça à faire…

Le regard qu'Amset lui lança calma aussitôt la grogne du capitaine.

— Il doit dormir sur les cordages à l'avant, suivez-moi.

Amset emboita le pas du marin, suivis par son escouade qui s'était rassemblée autour de lui. Le petit groupe arrivait à hauteur du mat quand le bruit d'un corps tombant dans le fleuve retentit à l'avant du navire. Le Medjaï se précipita en courant vers la proue. Il aperçu un homme de dos qui tenait à la main un poignard dégoulinant de sang. Le meurtrier se retourna soudain et fixa le policier dans les yeux un quart de seconde.

— Au nom de pharaon je te conjure de te rendre, hurla Amset, amputant l'antique formule d'arrestation.

— Je n'obéis qu'à Amon pauvre mortel.

— Au secours ! Le coupa une voix angoissée provenant du fleuve. Aidez-moi par Amon, ils vont me dévorer vivant.

Le policier se pencha par-dessus bord et aperçu un marin qui se débattait dans l'eau. L'eau du fleuve autour de lui était teintée de rouge. Rouge du sang qui s'échappait de l'horrible blessure qu'il avait au ventre en même temps que ses entrailles.

Le masque d'Anubis

Attiré par le bruit et l'odeur les crocodiles jusque là totalement immobiles sur la berge se jetaient à l'eau et fonçaient vers le malheureux, leurs larges gueules grandes ouvertes.

– Jetez-lui un cordage vite, hurla Amset qui fouillait du regard le pont du navire.

Mais les sauriens furent plus rapides que lui. Un premier crocodile venait de refermer sa mâchoire sur le bras du marin qui hurla de douleur quand son membre fut arraché à la hauteur du coude. Un second le mordit férocement à la jambe avant d'être obligé de le lâcher, attaqué qu'il était par un de ses congénères.

Il y eut bientôt une vingtaine de reptiles autour du marin qui hurlait toujours quand il disparut de la surface de l'eau, entrainé vers les profondeurs du fleuve par la meute de sauriens déchainés qui se disputait son corps.

Le policier fut le premier à se ressaisir. Il se retourna vers l'emplacement où se tenait Nefertous il y avait quelques secondes, mais la proue du navire était vide.

Amset se pencha vivement au dessus du bastingage et aperçu la tête du tueur qui nageait furieusement vers l'autre rive. Il sauta sur le rebord du cargo et se prépara à plonger à son tour dans le fleuve quand une main l'agrippa fermement et le fit retomber à l'intérieur du cargo.

Le Medjaï se releva furieux et s'apprêtait à maudire l'importun qui l'avait ainsi retenu.

– Regarde ! lui dit Sheriffa, pointant son doigt vers le sillage de Nefertous.

La surface de l'eau était agitée par les remous causés par le déplacement de trois lourdes queues vertes appartenant au trois plus gros crocodiles qu'Amset n'avait jamais vu.

Les trois sauriens plongèrent de concert.

Nefertous nageait toujours vers la rive.

Trois sillions marquaient la surface de l'eau dans son sillage trahissant la présence de ses trois poursuivants

395/397

Pendant une longue minute, plus rien ne sembla bouger sur le fleuve. Les hommes, immobile sur les deux navires, regardaient impuissant le fugitif tenter de leur échapper.

Mais soudain un ibis sacré s'envola bruyamment du sycomore sur lequel il s'était perché pour observer la scène.

Surpris par le vacarme, tous les spectateurs quittèrent Nefertous des yeux quelques secondes. Quand ils tournèrent à nouveau leur regard vers le nageur, il n'y avait plus rien à voir. Tout juste un tourbillon d'écume qui disparut rapidement.

Une fugace tache rouge remonta lentement à la surface puis se dilua dans le grand tout.

Le cargo fut autorisé à reprendre sa route et se remit lentement en mouvement. La galère royale fit des ronds dans l'eau pendant près de deux heures sans que les guetteurs ne repèrent le corps du fuyard.

Les trois énormes crocodiles qui avaient pris en chasse Nefertous ne refirent jamais surface. Si la justice avait été rendue, ce n'était sans doute pas dans ce monde.